国家出版基金项目
NATIONAL PUBLICATION FOUNDATION

"十二五"国家重点出版物出版规划项目

走向世界丛书

主编　钟叔河　曾德明　杨云辉

FROM EAST TO WEST

钱德培 欧游随笔
李凤苞 使德日记

穆易　校点

岳麓書社·长沙

本册总目□

丛书新序 …… 3
丛书原序 …… 7
丛书凡例 …… 13
叙论：值得珍视的两份游欧记录（穆易） …… 17

□

钱德培欧游随笔

钱德培欧游随笔 …… 5
索引与简释 …… 143

□

李凤苞使德日记

李凤苞使德日记 …… 153
索引与简释 …… 232

丛书新序□

钟叔河

二〇一三年十月

“走向世界丛书”一百种，只收晚清时期 from east to west（从东方到西方）的记述，这并不等于说，只有十九世纪末二十世纪初的中国人，才需要面对走向世界的问题。

纵观人类历史，走向世界决不是什么地区性和阶段性的活动，而是不断出现在全人类发展进步过程中并与之同步的历史现象。一百万年前，人类开始从非洲进入亚洲和欧洲，一万年前，又从亚洲进入北美洲和大洋洲，就是在不断地走向世界。

从有史以来的文献、文物看，三千多年前的《奥德赛》和《出埃及记》，说的是古希腊人和以色列人走向世界——走向地中海和巴勒斯坦。两千多年前的《史记》和《汉书》，写了张骞和后来汉朝“益发使”走向世界——曾走到罗马在西亚的边陲。一千三百年前的《大秦景教流行中国碑》、七百年前的《马可·波罗游记》和四百年前的《利玛窦中国札记》，记下了阿罗本、马可·波罗、利玛窦的 from west to east，这和 from east to west 一样，都是在走向世界。

人类曾因地理、种族、制度、意识形态等原因而互相分离，甚至隔绝。夜郎国的君长初见汉使时问：“汉孰与我大?”当是时，夜郎的世界僻处黔西，其“大”可知；连夜郎都未入版图，则汉之“大”亦远不如今之中国。但人为万物之灵，为了求生存谋发展，总不能老守着自己的一亩三分地，总会要想方设法走向世界——走向更广阔的外部世界。于是，汉要“通西南夷”，要前往原来“道险终不能有”的夜郎；夜郎要问“汉孰与我大”，要想改变原来“不知汉广大”的状况。由互相隔绝变而互相接近，互求了解，这就是走向世界。

走向世界，无论是自己走出去还是让别人走进来（总比让别人杀进来好），无论是主动的还是被动的，从总的历史进程看，用大的历史眼光看，都有利于发展，都是一种进步。对汉朝来说是如此，对夜郎来说亦是如此。两千年前是如此，两千年后亦是如此。上世纪七十年代末开始编辑出版“走向世界丛书”时是如此，如今来继续编辑出版这部丛书时亦是如此。

今天的中国已不再是七十年代的中国，虽然仍称发展中国家，经济总量却早已“超英”，正在“赶美”，但走向世界的路还“漫漫其修远”。时至现代，走向世界当然是要走向现代化的世界，也就是要高度现代化，全盘现代化。“四个现代化”的“四个”——工业、农业、科技和国防，已经“化”出了很大的成绩，而我们的管理现代化，我们的服务现代化，我们的制度现代化……要走的路的确还很长。

现代人走向世界，首先要使自己成为能接受全球文明，有世界知识，有世界眼光，有世界理想的人。“走向世界丛书”杰出的作者，如郭嵩焘、黄遵宪……又如邹代钧、金绍城……他们看到的新技术还是德律风（送话器和最早的手摇电话机）、火轮车（蒸汽机车）……我们如今却已经用上了智能手机、坐上了波音飞机……但在思想层面上，我（不敢称我们）反省自己的世界眼光和世界理想，甚至在世界知识的某些方面，比起一个多世纪以前的郭、黄他们来，差距实在还不小。在这方面，也就是人的现代化这方面，要走的路就更“漫漫其修远”了。

五年前北京奥运会的成功举世公认，它已经成为中国走向世界的一大标志。它的口号：

ONE WORLD，ONE DREAM

“同一个世界，同一个梦想”，这也应该是现代人走向世界的志向和目的，是我们继续编辑出版“走向世界丛书”的志向和目的。

丛书原序

钟叔河

一九八〇年七月

人们常说，今日之世界，乃是一个“迅速缩小的世界”（rapidly shrinking world）。在电视卫星、激光通信和喷气式客机的时代，地球之上各地之间的距离，确实好像越来越短，人们相互间的接触和交流，也越来越方便和密切了。

可是，仅仅在几代人以前，异国还显得那样的离奇和遥远。古代欧洲人说，中国人用小米和青芦喂一种类似蜘蛛的昆虫，喂到第五年虫肚子胀裂开，就从里面取出丝来（Pausanias《希腊纪事》）。古代中国人则曾经相信，西方有种羊羔是从泥土里生长出来的，脐带还连着大地（《旧唐书·西戎传》、《渊鉴类函·边塞部九》）。这类海外奇谈，今天听起来简直不可思议，而在过去上千年中，却一直被当作可信的资料，记载在欧洲和中国的史书上。由此可见，人类文明的发展，经历了一条何等漫长曲折的道路。

为了探索和开辟外部世界，丰富自己的物质和精神生活，各国人民都作过许多贡献。人类文明史像叙说伟大的发明家和著作家一样，将永远铭记着张骞、玄奘、马可·波罗、哥伦布等不朽的名字。我们甚至可以这样说：一个民族从中世纪到现代的历史，也就是它打开眼界和走向世界的历史。

历史的发展从来是不平衡的。当黄河、长江已经哺育出精美辉煌的古代文化时，泰晤士、莱茵和密西西比河上的居民，还在阴暗的原始森林里徘徊。而自从地理大发现和产业革命以来，中国却相对地落后了。在西方实现资本主义的现代化以后，中国还是一个基本上同外界隔绝的古老国家。是鸦片战争打开了中国的大门，也打开了中国人的眼睛。人们称林则徐和魏源为清代最早“开眼看世界”的人，因为西方的坚船利炮打到中国来时，他们首当其冲，亲身感到这个世界在缩小，距离和壁垒再也不能将异国隔离开了。

过去时代的中国读书人，在“严夷夏之大防”的社会里度过了上千年。封闭的外壳被打破后怎么办？守旧派的办法是把脑袋钻进沙子里学鸵鸟，像慈禧太后的大学士徐桐，见到洋人就以扇遮面。就是这个徐桐，在庚子年间焚香叩请骊山老母下凡来“杀尽洋人”，结果骊山老母没有下凡，他自己的老命却白白送掉了。而林则徐和魏源则不同，提出要“师夷长技以制夷”，主张学习外国的长处，以对付外国的侵略。要学习，先得了解，于是林则徐编了《四洲志》，魏源编了《海国图志》。虽然他们未能亲身出国去考察，书的材料靠间接采辑而来，难免有许多谬误，但无论如何，地里长羊羔之类的神话毕竟不得不逐步让位给常识了。

林、魏之后，中国才开始有读书人走出国门，到欧美日本去学习、访问和工作。容闳、王韬、郭嵩焘、黄遵宪和严复等人，要算是最早的。接着出国的人渐渐多了起来，尽管其中不少是奉派而去的政府官员，但既然去了，就不会不接触近代—现代的科学文化和政治思想，也就不可能不在中国发生影响。

“走向世界丛书”专收一九一一年前国人亲历

欧美和日本的记述。自从一八四〇年鸦片战争失败那时起，先进的中国人，经过千辛万苦，向西方国家寻找真理。应该说康有为和在他之前的郭嵩焘、王韬、容闳等人，的确代表了近代中国向西方寻找真理的一派人物。当然，丛书所收的，也并不全属先进的人物的作品；但总而言之这些都是中国人从东方走向西方的实录，自有其文化的意义和历史的价值。

必须指出的是：从鸦片战争到五四运动这一历史时期中，西方国家虽在许多方面比中国先进，值得中国人学习，但国家利己主义的本质，却总是要压迫剥削比他们落后的民族的。中国人走向世界、接触西方，既有一个学习外国长处的问题，又有一个抵抗外国侵略的问题，盲目排外和盲目崇外都是错误的。对于某些作品中不免流露的这类观点，我们将在为各书撰写的叙论中，适当地作些分析，供读者参考。

“洋为中用”是我们今天的主张，也是十九世纪先进的中国人的主张。“师夷长技以制夷”，不就是“洋为中用”吗？当然，随着接触和认识的逐步深入，人们慢慢地看出：仅仅学一点“长技”，搞一点坚船利炮，还是不行的；要救国，只有维新，维新行不通，就只有革命。伟大的革命先行者孙中山，用他自己的话来说，也是在一八七八年出国以后，“始见轮舟之奇、沧海之阔，自是有慕西学之心，穷天地之想”，才树立了推翻清朝建立民国的大志和信心。历史无情亦有情，后人的思想和事业肯定要超越前人，但前人的足迹总可以留作后人借鉴，先行者总是值得纪念的。

今天的世界已不是十九世纪的世界，今天的中国更不是清朝末年的中国。今日之中国，已经逐渐以现代的面貌，出现在世界的东方。但是，世界的进步越来越快，中国的经济和文化等许多方面还需要不断地发展和提高；这就必需继续打开眼界、走向世界。打开眼界以后，还要学会分析，分清好的和坏的。一切好的东西，要拿来为我所用；一切有害的东西，要实行抵制和预防。在这方面，前人的经验和教训，有一些也仍然值得我们注意。

谨将这套丛书奉献给爱好历史和文化、关心中国和世界的读者，希望它能在中国现代化的过程中，起到一点微薄的作用，是为序。

丛书凡例□

（一）“走向世界丛书”一九八六年前已刊三十五种，二〇一五年起仍按原定一百种的计划继续刊行，仍然专收现代以前用文言写作的国人考察西方（含开国后的日本）的记述，仍以亲身经历、直接闻见者为限。

（二）丛书按作者出国年月排列次序，尽量单行，即以一种为一册；只有字数过少无法单行者，才以两种或数种合订成册。合订本尽可能以类相从，按第一种出国年月排序；其各种均在封面列出书名，书脊则只列出第一种书名，并在其下注明“等几种”（另有附录者则注明“附几种”）。

（三）每种（册）书前，均由编校者撰写导言（叙论），介绍作者有关背景和书中重要内容，酌加评论分析，以供读者参考。

（四）丛书均经编校者校订，标点分段，并加边批。边批的内容主要包括三个方面，兹以《随使德国记》为例，举示如下：

1. 标题、提要和说明，如“星使由苏州来”、“普鲁士分一十二省”、“演八十日环游地球的故事”、“如夫人即赛金花”、“‘人工’今皆称工人”。

2. 书中较重要的译名（加括弧注出原文或今译），如“德璀琳（Detring）”、“毕驷马（俾斯麦）”、“布莱门（不来梅）”、“德利风（电话）”。

3. 原文的订正和存疑，如“‘公司船’原无船字”、“‘骁勇’原作‘骑勇’”、“‘薛福成’成字原作辰”、“奥京立斯本应是维也纳”。

（五）每种书后，均附人名索引，人名依首字笔画和一丨丿丶乚排列，按年、月、日三节数字查检（正文单页码下均有年、月、日三节数字备查)。如德璀琳之"德"字为十五画，于索引"十五画"内检得其名下首列"13，8，17"，查正文"13，8，17"在P. 3下，即可在P. 3上找到(光绪十三年八月)十七日"乘肩舆往拜税务司德璀琳"的记载。

(六)每种书后，一般附有译名简释(今昔译名对照，必要时并加说明)，亦依首字笔画和一丨丿丶乚排列。如"卜兰墩浦 Brandenburg，勃兰登堡"，又如"勺勾腊 chocolate，巧克力"。

(七)人名索引和译名简释的条目，并不限于边批中所举者；边批中所举者，则必皆收入索引和简释。

(八)人名索引按年、月、日三节数字查检，其原书不著年、月、日者，则按篇章序号或页码查检。

(九)原文因排印(抄写)而出现的明显的文字错误径予改正，不在边批中出注。

（十）原文中同一外国地名而作者译法多样，如缪祐孙《俄游汇编》中“彼得堡”就有“比得堡”“彼德堡”等异文，“莫斯科”也是如此。此种情形，无碍阅读，故一仍其旧，不作统一。

（十一）原文中之统计数字均一仍其旧。少量表格中之统计数字，为方便读者阅读，改为阿拉伯数字。个别已经失去时效、并无参考价值的资料，则在说明情况后予以删去。

（十二）丛书均以简体汉字印行；除总序、凡例外，编校者所作导言（叙论）、边批、索引中涉及的数字均按现行规定采用阿拉伯数字。

叙论：值得珍视的两份游欧记录□

穆易

光绪二年（1876），李凤苞以留学监督的身份带领数名学生前往欧洲学习，光绪三年（1877）钱德培前往德国就任刘锡鸿使署随员。光绪四年（1878）李凤苞被朝廷任命为署理出使德国大臣，接替离任的驻德使臣刘锡鸿，钱德培被李凤苞留任，并替代博郎的使馆支应事宜。他们两个都留下了记录自己足迹的文字，就是钱德培的《欧游随笔》和李凤苞的《使德日记》，前者记录的时间跨度大，从光绪三年到光绪十年，而后者记录的时间只有短短的三个月。但无论时间长短，他们的文字都是非常重要的史料，值得我们珍视。

钱德培的欧洲游历见闻录

钱德培（1843—1904），字琴斋，号闰生，山阴（今浙江绍兴）人。

光绪三年（1877）钱德培考取为出洋人员，于十月十八日从上海出发，经香港、新加坡、埃及，于十一月二十七日抵达意大利那不勒海口，十二月初四日抵达德国，次日拜见出使德国公使刘锡鸿（字云荪），并见到了同在使馆的参赞黎庶昌（字莼斋），随员刘孚翊（字鹤伯）、张斯栒（字听帆）、张凤书（字玉堂），翻译官庆常（字霭堂）、赓音泰（字韶甫）、荫昌（字五楼）、翻译博郎等人。在欧洲生活了长达七年之后，因为身体原因，他申请离开欧洲，于光绪十年十月初九日回到上海。此后，他还出任过驻意、日、奥等国的外交参赞。因为长年在国外生活，对洋务非常熟悉，又颇有见地，因此深得当时朝廷大员李鸿章、刘坤一、张之洞等人的赏识。他陆续襄办北洋武备学堂，创办江南陆师学堂、江西武备学堂，并担任江南陆师学堂第一任总办。因为他在德国多年，对德国的军事非常熟悉，因此，他主张引用德国教育模式，聘用德国教习，使用德国教材，培养了不少军事人才。

钱德培在欧洲期间，经历了刘锡鸿、李凤苞两任公使，在刘锡鸿任上，受刘委派，担任使馆支应各项账目入册造报的翻译事宜，在李凤苞署理暨接任驻德公使任上，除继续办理文案外，还接管了原由博郎经理的使馆支应事宜，并受李凤苞的委托，处理荷兰赛珍会中国馆的各项事务长达近八个月。在欧洲期间，钱德培还陪同专程前来欧洲的徐建寅（字仲虎）参观德国的制枪厂、火药厂、弹管厂以及定制定远舰的伏尔铿船厂等。

1877年前往欧洲的钱德培，应该说是走出国门走向世界的晚清中国人中较早者之一。此前的光绪二年(1876)冬，郭嵩焘率副使刘锡鸿等随员三十馀人启程赴英，在伦敦设立了使馆，这应该是中国的第一个正式的驻外使节团队。

欧洲七年，钱德培经历了郭嵩焘卸印驻英公使、曾纪泽就任驻英、法、俄公使，刘锡鸿、李凤苞交接驻德公使，还有崇厚经德国前往俄国就伊犁归还谈判后又返经德国回国的过程，这些事情他都有交代，但均是略记一笔，并没有就这些事情特别关注和记述。他的眼光集中在欧洲的政经制度、军事设备、中西文化差异、习俗礼仪等方面，其中有几个方面的记载值得关注。钱德培后来在江南陆师学堂所编撰的《江南陆师学堂武备课程》《江南学堂课艺》等教程，也许就是在这个时候萌芽的。他对于洋务的见解和关于军事及军事教育的见解也有不少散见于这部见闻录中。钱德培的《欧游随笔》就是一部欧洲游历见闻反思录，非常具有研究价值和史料价值。下面略举数例以见一斑。

关注政经，多方反思

当时的中国，洋务运动方兴未艾，各种观念的碰撞在所难免。钱德培在欧洲特别是讲究制度严格、行事俭约的德国多年，见识了欧洲的文明，在不少方面都有自己的见解。

比如，有的人认为，因为“中国无铁路，终不能自强”。钱德培认为，修铁路是必须的，但并不是当务之急。他认为，中国寻求强盛之道的当务之急“首在正风俗，次则讲武备”。他是这样论述的：

> 正风俗，则重在州县亲民之官，其先必使境无闲民，野无旷土，然后，教以孝弟忠信，则民心固结，而外侮莫侵。讲武备，则重在带兵各员必与士卒心气相通，手足相应，然后教之枪炮阵法，则万人一心，临敌不散。夫然后考究精械，建造铁路，庶几我之物，得尽我之用。否则，虽有精器、火车，不以资敌，亦终归废弃。

总之，就是先要风气正，思想统一，万众一心，然后才能发挥出坚船利炮、铁路精械的作用，否则，人心涣散，精器也只能是资敌而已。这种理念在其笔下出现过数次，可见其重视。如光绪七年（1881）三月，钱德培与徐建寅（仲虎）一起前往德国南部的巴登-符腾堡州参观德国枪械制造厂——阿勃尔陶而夫（Oberndorf 奥伯恩多夫）枪厂，即著名的毛瑟尔兄弟建造的皇家兵工厂，并受到了当时还健在第二年即去世的主人毛瑟尔的热情欢迎。作者参观枪厂，并对制枪流程做了较为详细的描述。此后又参观了与枪械制造相关的罗特威尔火药厂、卡尔斯鲁厄罗冷士弹管厂，认真记载机械设备、制造流程，历时八天，自认为“遍看制厂，考究一切，非无益也”。然而，他对于枪械利器，也有自己独特的看法。他认为毛瑟枪“分两不重，机括灵便，既可及远，又易命中，询为近时最利之器”，但十数年前的布法战争中，“法人器精于布，兵亦强于布，而终归灭亡”，其原因只在于“不得人而已”，因此，他慨叹说：“利器固为军中之要，苟非天时、地利、人和三者尽得，则徒有其器，亦为敌人所因耳。”此后，他在光绪十年八月二十七日回国途中途经亚丁，看到亚丁炮台所用均为前膛旧式之炮，又发感慨说“徒有精器而无人能用，则虽有若无”。“炮虽旧式，而得人以用之，则较之以精器而资敌用者，其胜算固何如哉!”至于如何才能做到“境无闲民，野无旷土”以正风俗，如何“得人以用之”，他指望的是那些州县亲民之官去努力，却未能看到根本性的问题。

钱德培也非常关注资源的开发与利用。在论述到有关资源时，他所说的话至今也令人深思。他说“天生万物，虽有用之不竭、取之不尽之妙，然过于发泄，亦恐无以为继”，西方人因为机器的发达，所以“矿产日绌”，以致于“垂涎于东方”，他认为：“我中国当此强邻四逼，必不能闭关独守。电报、铁路、开矿、制造，自不容缓。苟能次第举行，不让人先，仍使天生之物，不速竭其源，则人所无者，我独有，人所不足者，我有馀，富强之势，莫可与京，行见统一地球，尽归藩服，亦事之所必有者也。”虽然其结语不免可笑，但其认为既要学习西方，使自身逐渐强大起来，又要注意不过度开发，以免资源枯竭的思想，还是有其可取之处的。

钱德培还非常注意泰西各国使用机器的情形。经历了文艺复兴、启蒙运动的洗礼，又正沉浸在第二次工业革命氛围中的欧洲，已经开始步入现代文明之中。钱德培到达欧洲的时候，正是欧洲的第二次工业革命刚刚兴起不久，一切都处在新旧交替之中，电气、机械的发明和使用在在皆是。不过钱德培看到这些工业革命的成果后，其观点却很独特。他认为“机器之用，始于吾华”，他说“轩辕氏见飞篷而作车，见落叶而作舟，即中国创造机器之始”，只是西方之人民稀少，所以不得不发扬机器之力，转而越制越精而已。他甚至认为，不独机器之学始自中国，其他各学如化学、光学、重学、力学、医学等等，都是“中国开其风”，只是西人“袭取而精究之”，因“人得精一艺者，即可致身富贵，故不惜工本以相试验，事理愈推则愈广”，如果中国人也能“专心而揣摩之”“将来仍得自造其极”，其思想与数年后到欧洲的宋育仁在《时务论》中所论述的观点颇相仿佛。但是他看到了专心精究的意义，也算是非常不错的眼光。其实，欧洲此前的文艺复兴、宗教革命、启蒙运动正是欧洲工业革命的思想起源，也是钱德培所说的正风俗的真正内涵意义，可惜在欧洲生活长达六七年之久的钱德培没有能关注到这些，不能不令人遗憾。

钱德培也比较关注西方的风俗礼仪，有不少章节记载了西方特别是德国的节庆婚丧、舞会宴席、成人之礼等等。如“王宫各部大臣家，每宴客以千计，少亦数百，局面广阔”。这是欧洲奢靡之风盛行的一个见证。如西方讲究宴会舞会，讲究往来礼节；英国、德国风俗不同等等。当时中国到欧洲游历的人都发现，西方人无论是宴会还是舞会，都非常尊重女性，必以女性优先，因此不少人便认为西方人重女轻男。钱德培专辟一节对此进行辨析，他指出西方“治国之君臣则以男，议政之官绅则以男，妇人皆不与焉”，又说“男仆则呼以姓而不名，工资亦昂；女仆则呼以名，工资亦廉”，而“于筵宴行乐之事，往往女先于男，是则爱护之心胜，而乾坤之义杀矣。彼懦夫之惧内，何地无之？固不可以重妇轻男例之也”。将“女士优先”的西方美德比之如惧内，这种观点未免让人哭笑不得。当然比起郭嵩焘的副使、钱德培此时的上司刘锡鸿那样，与西方的习俗格格不入来，钱德培这种“爱护之心胜”的认识还是强了不少。

钱德培也很注意一些细节。比如他对西方严格的食品检验制度的关注。在作者的笔记中，记载了有关食品检验的见闻。我们且来看看这段记载：

> 西人食物，必先由巡捕查验有无毒害。故宰杀牛、羊、豕类，必聚集于公所，一一由巡捕派人查验，验无毒害，始准出售。柏林验肉公所在东北之郊。周围数亩，广厦数百间，每日宰杀通计约四五千数。查验厅三大厦，各以显微镜窥视。凡有虫者，其肉则以之熬胶，供木作之用；其五脏则用磺镪水化去之。来往牲畜之火轮车，必用药水刷洗，使无秽气，免致传染疾病。

这种严格的食品检验方式，让人们吃到的当然是放心食品。相比较两百多年后的中国食品安全状况来看，这种严格的检验制度有着非常重要的借鉴意义。

比如在写到法兰克福万牲院（动物园）的一只老猴时，对老猴恃技而骄就这样写道："彼（老猴）则故作懒态，每一命令，必延挨许久。有一技之能，即思自傲。兽尚如此，而况于人乎。"颇寓讽谏之意。

定远舰

光绪七年（1881）七月二十九日，钱德培陪同参赞徐建寅（仲虎）到德国伏耳铿船厂阅看正在建造中的我国定制的定远舰制造情形。此时的定远舰距定制初始已经有八月时间，"船面铁板已成一半，船身亦将全竣"，钱德培详细描述了清廷定制的这艘定远舰相关情况："定远铁舰系参考各国成式，损益利害，定议造办。计价德银六百二十万马克，军械在外，定限十八个月告成。故厂中添雇夜工，日夜趱造。该厂夜作工价仅十分之一，故所费亦不甚多。其甲系用半钢半熟铁，分赴英、瑞各国矿产处代造。船上之前后觜柱等，系由克鹿卜炮厂代造。盖因就矿制造，免致糜料。"

这一段记载中透露了几个信息，是非常重要的史料：一、定远舰是在参考已有铁舰式样的基础上，考虑各种优劣之后定造的，算得上精益求精了，这从徐建寅《欧游杂录》（"走向世界丛书"前编收录）中也可以看到，李凤苞、徐建寅等为了订购定远、镇远两舰的确是费了很多心血的；二、因为有期限，所以日夜赶工制造，但夜工工价便宜，所以费用并没有增加多少；三、甲板、觜柱是由他处矿产处就矿代造的，不至浪费材料。这也算得上是精打细算了，但是参与定制订购的公使李凤苞却被人控告他与洋翻译金楷理相互勾结，中饱私囊，结果风波不断，并因此郁郁而终。不过据史料记载，问题集中在李凤苞一力主张购买的济远舰上，是非曲直，无论是《欧游杂录》《欧游随笔》还是李凤苞的《使德日记》里都看不到蛛丝马迹，我们只能说，至少定远舰的制造上，当事人都是很认真的。

同年十一月初八日，钱德培陪同出使德国公使以及前来参加仪式的海部、内部等大臣，在士旦丁参加了定远舰的下水仪式。

然而，此时的钱德培也好，徐建寅也好，肯定没有想到，他们见证了制造过程的这艘定远舰，十三年后会遭遇到那样的情形，甲午战争爆发，作为旗舰的定远舰遭遇近邻小国的炮火猛烈袭击，折戟于黄海之上。

荷兰万国会

在光绪九年的记载中，作者从各方面较为详细地介绍了在荷兰阿姆斯特丹举行的赛会（万国会，即后世之博览会）以及中国参加此次赛会的情形。

赛会场地由各国参展者自行租定，并自行装饰。当时中国驻德使馆代表清廷在荷兰赛会租定了一千四百多平米的场地，钱德培等人代表使馆经营赛会场地，雇请工匠装修。因为承办驳运货物的事宜未及早议定，钱德培等人往来会场数十次，两头奔波，到第一批货物运到时仍未议妥，以致只能用驳船暂存货物。往年在美法等国参加赛会时，都是由赫德税司总办，由税司相关人员承办，人多而事易办。但这次荷兰赛会，由李凤苞公使奉命总办，但李公使事务繁忙（事实上使臣是不应兼任会务总办的，因为使臣尊荣，一任总办，就得受制于主办国之总办，有损尊严），便由使署随员钱德培等七人轮流办理，举凡建造房屋、购置橱桌、绘图估工、计值论价、会议驳运、验收箱物、开箱编号、定价黏签、陈设安排、收放银钱、缮写账目等一切事务，无论大小，都要一一到位，以至于作者“早起夜息，几有寝食不遑之势”。即使如此，到光绪九年三月二十五日赛会开始时，场地装饰并未全部完工。据作者记载，到四月十九日，法国的办公所才告成，而其他国家会场，除少数地小物少的国家完工外，大部分也都是未完工的。

这次中国参加荷兰博览会的货物，据钱德培记载：“既多且美，为前此所不及。官商各货共二千馀箱，屯积如山，会中路为之塞。”“凡人生日用所需，已无遗漏，而古玩尤为夺目。”对于这种情形，作者非常担心，他认为：“和国地小而僻，游人亦未能多到。倘陈赛以后销路不旺，则贱值拍售，恐多亏折。且以上国之多珍远示，彼族置之不甚宝贵之地，殊为可惜。”因此他认为，以后这种赛会，不妨直接拒绝参与；即使情不可却，必须参加，也不必如此大费周章，大肆由朝廷操办，而是挑选中国所独有的品种参与展示而已，不必出售，赛毕之后，或者收藏，或者部分赠人，“既省糜费，而又与比赛之原意相符”，“至于商人之欲来贩运者，不妨令其自租会屋，自加装潢”。毕竟像这种赛会，各国“国家必发帑，以助其资斧”，“我中国虽无拨帑协商之例，而建屋派员，官采官售，耗折尤多。无拨帑之名，而其实则甚于泰西各国”。

事实也的确如此，荷兰赛会开始后一个多月，而游人廖若晨星，不少参展商都“自怨自艾，极为悔闷”，因为他们以为也会像六年前巴黎举办的赛会一样，还未开展，购买者就已经摩肩接踵，没想到这里地僻人稀，游客极少。即使有几个游人，也只是“问价而却步”“见物而乞赠”而已，“欲其自购”“未之前闻”。这从其入会门票票价也一减再减，可见一斑。尤为令人尴尬的是，所有用于参会的物件，都被当地商人特别把持挟制，以至于有法国办会的商人扬言要将原货物运回本国，不再参加赛会了。因此，钱德培感慨言道：“其邻国之人受侮已如此，其他更可想见矣。”而且，不仅在阿姆斯特丹购买一应参会所用的物品，甚至寄来的旧衣服到关，也要验收缴纳税款。

钱德培所记载的关于荷兰举办这次赛会的内幕也很有意思，不妨摘录如下：

> 和兰以小国居英德大邦之间，事事不敢张大。据其国人云：本年之会，系总办计赚和君保护，因译语谓万国会曰爱

格司颇齐枪阴退而捺枪捺而，谓本国会曰爱格司颇齐枪捺枪捺而，其字微有不同。故三月二十一日，即西四月二十七日，和君到塘临会，各会总办往见时，其本国之总办被斥甚严，谓和国土地窄小，只足自守，予所允保护者，本国商会，非万国商会，岂知惊动各邦。倘余早知如此，绝不保护等语。余在旁，虽不谙和语，见其声色甚厉。

为什么荷兰总办会将本国会用计弄成万国会，其实也是为了荷国君民。其后的一段记载说得很清楚，不妨也抄录一下："举办炫奇会务，实系国家抽丰之举，美其名而已。凡国中贸易不能兴旺，则设会遍请各国饬商运货赴赛。于是，万商云集，百货齐至。其地则一切昂其值，俾人民得以沾利，而因之增建房屋，设市肆，闲居无业者，亦得有所事事。则困穷于以稍苏，而国用亦因之以渐裕矣。故德人败法奥之后，法奥均以此法行之。和国则因商务不起而为之，乃民之强君，君固初无此意也。"后世之所以竞办世博会、奥运会之类，看来也是如此传统的承续而已。

作者在为会展忙碌了三个多月后，终于有暇观览整个会展会场，并将各国参展位置、参展货品以何者为胜，一一罗列，成为后世得以想象当时会展情形的珍贵资料。

赛会时间很长。钱德培从光绪九年二月初八日抵达阿姆斯特丹，开始筹办赛会事务，一直到六月初四日才回到德国柏林。然后于十月初四日再次回到阿姆斯特丹办理收会事宜。也就是说这次的荷兰万国会持续了近八月之久。而办理收会事宜，钱德培与顾友笙二人，再加上年富力强、精通四国语言的田合通，三人花了一个月时间才将所有没有售出去的货物装运完毕，到十一月初四日始得完工。所以作者感叹："从前开会之难，限于时之太促；收会之难，则患于货之太多。"

在收会之后，因为此次赛会并非荷兰国君本意，所以并没有像往年其他各国那样向总办们赠送宝星以酬辛劳，只有中国驻德公使李凤苞因为是以大使而兼总办之职，所以被赠以头等大带宝星，却因此惹得各国总办怨声载道，荷国官绅羡而生妒。

海防之辩

钱德培在欧洲期间，参观了各种枪炮制造厂，了解欧洲各国的军械装备、军事设施等，以期能有所得。他还利用各种机会与同仁探讨中国军事和海防问题。徐建寅来德国期间，钱德培除陪同他前往各地参观外，还常在一起谈论，提出看法和建议。如他们的一次关于中国的海防之辩就值得玩味。

徐建寅认为，铁舰虽为第一利器，但造价太高，不如以造一铁甲之值多购快船雷艇，募敢死之士，以四面合围之势以击敌舰，则必有一中或多中，比以一铁甲对敌一铁甲更易获胜。

钱德培则认为，以雷艇撞击敌舰，用于目前未尝不可，但考虑长远的话，则仍需以铁舰为主。他认为，其实中国也不需太多，如果有二十艘铁舰，二十只快船，八百只雷艇，共计花费不过四千多万银两，就可以使中国与英、法、德、俄等匹敌，他甚至认为“倘能实力筹办，涓滴归公，速则五年，迟则十年之间，强盛莫与之京。统地球而一之，其惟我中国乎”。他这种多次出现的“统地球而一之”的全球一统梦想未免可笑，但他那种迫切希望中国从各方面吸收西方先进的东西而使中国强大的拳拳之心却也是跃然纸上，令人感佩。他认为中国海岸辽阔，遍设炮台是不可能的，“故最得用者为铁甲。铁甲可随时移驶，视敌船之所之，辅以雷艇、快船，可攻可守；以电报为侦探，瞬息千里。主客之势，利害悬殊。如此布置，而有守而不固，攻而不胜者，未之有也”。在此之前，钱德培还较为详细地介绍了德国海军的舰艇配置及军费情况，并指出德国虽不如英法海军之盛，但亦有可观。钱德培后来主持军事学校，全套引用德国的军事教育，说明他对德国的军事模式还是非常认同的。

中西医之辩

关于中医西医的优劣异同，至今都还是争论不休，未有定论。钱德培在欧洲期间，曾经有过病痛，既看过西医，也用中医治疗。在深有体会之后，又做了一番研究，因此在论述中西医诊病治病的不同特点时，很有见地。

他指出西医讲究解剖学（划割之医），对于人身之内的五脏、血管之类，“虽细如毫末，亦可纤悉毕晓”，不过要西医们像中医那样通过脉搏的跳动就知道所患何病，那就根本不可能；西医“切脉只论迟速，其馀不知也；施方只治一病，其馀不顾也”，“真所谓头痛医头，脚痛医脚。既无釜底抽薪之法，亦无急则治标之为”；但西医对于人体解剖方面则“可谓殚精竭虑，无微不晓”，如作者介绍的柏林的一个脏腑院（当即如现在的医学标本室），那里的各种人体器官，各种病症之貌，各种医治之法，分门别类陈列，让人叹为观止。而中医虽能通过脉搏的强弱变化知道所患何病，但要是让他们像西医那样，直接针对某一个部位诊治，那也是非常困难的。所以，他提出了一个观点，那就是“西医虽考究，仍须兼学中国脉理，以全其道。中医理法太奥，不妨兼学西医之法，以切实佐课虚之功，不必各执一是，务存畛域之见”，也就是说学西医的懂一点望闻问切的脉理之学，学中医的懂一点西医的解剖之学，不必非得将中医西医区分得那么清楚，这样也许真的能“仁寿同登，岂不美哉”。在百多年前就能有这样的见解，既不是抱残守缺，一味地认定中医就是最好的，也没有全盘否定，而是看到了中医与西医之间的异同和可以相互促进的途径，不能不说还是非常了不起的。近百年后的中西医结合门诊的出现，也许就是钱德培这样理念的实现吧。

《欧游随笔》虽然是按日期顺序记录，但并非逐日均有内容，跳跃性较大，有事则记，有感则录，因此每节都可独立成文。

李凤苞的使德之旅

李凤苞（1834—1887），字丹崖。江苏崇明（今属上海市）人。年轻时因为爱好历算，尤其擅长测绘之学，曾在江南制造局、吴淞炮台工程局等处任职，并兼任两局编译，与人合作翻译了不少关于物理、化学以及军事方面的书籍，相继得到丁日昌、曾国藩等人的赞赏。光绪元年（1875），李凤苞随丁日昌北上拜谒直隶总督李鸿章，他大胆向李鸿章建言，认为旅顺为京师东北之要害，朝廷应该早作打算，深得李鸿章赏识，并派他前往落实此事，由此为拱卫京津的海防体系打下了基础。光绪二年（1876），经李鸿章推荐任船政留学生监督，又“以候选道带同员弁赴各国学习文艺、兵法”。这批前往欧洲学习的学员中，就有后来成为北洋海军一代精英的刘步蟾、林永升、林泰曾、叶祖圭、黄建勋等人。光绪四年（1878）又由李鸿章保荐，先是奉旨署理出使德国大臣，不久即为正式出使德国大臣。李凤苞的《使德日记》就是从其署理公使开始。后来他又兼任驻奥、意、荷三国公使。光绪十年（1884）暂署驻法公使。此时，他已经是官司缠身，被人攻讦不已。

李凤苞被人攻讦的主要原因就是说他在定购济远等舰时，与洋翻译金楷理相互勾结，贪污朝廷购舰款项，以致济远舰质量低下，不堪使用。钱德培在《欧游随笔》中只提到定远舰的订造，是参考各国舰式设计式样设计，是精益求精、精打细算的情况；镇远舰出坞，也只在光绪八年（1882）十月十八日简单地记载了一笔。但关于这个备受争议的济远舰，《欧游随笔》没有提及，《使德日记》则只有短短三个月时间的记载，不可能提及。有人认为，李凤苞之所以被人攻讦，是因为他非科班出身，却做到了公使之职，因此有人心怀妒忌；也有人认为，李凤苞深得李鸿章的信任和重视，因此借着攻击李凤苞来打击李鸿章。内情究竟如何，我们不得而知。济远号到中国后，李鸿章的鉴定是没有多大问题，认为所有的攻击毫无根据。李鸿章奏调李凤苞前往北洋办理军务，管理水师学堂。清廷准奏，但仍有"差遣委用，仍随时察看，如不得力，即行奏撤"的旨意。而且攻击者并没有终止弹劾的奏章，李凤苞终被革职遣返回乡。抑郁苦闷、积劳成疾的李凤苞，于光绪十三年（1887）六月十八日逝世，终年五十三岁。

在这件公案中，还涉及历史上两位颇有名声的人物，一个是海关总税务司赫德，一个是接任李凤苞的许景澄。赫德曾向李鸿章推荐两款英国阿姆斯特朗公司制造的巡洋舰，李鸿章将赫德所给巡洋舰图说转给李凤苞，由他酌情定夺。李凤苞与德国海军部门就该巡洋舰进行探讨，认为这两款巡洋舰存在不少缺陷，而且价格昂贵，所以予以否定，并转而向德国定购了一艘当时正流行的装甲甲板的巡洋舰，就是这艘备受争议的济远舰。赫德被人如此忽视，英国人是否会由此生恨？不得而知。而接任公使许景澄接受朝廷旨意，对济远舰做了勘验调查，将济远舰存在的一些缺陷有没有与李凤苞当面商谈，不见记载，但是他却私信透露给了海军衙门章京袁昶、钱应溥等人，以致后来传言更盛，这是否也是一种推波助澜呢？

李凤苞的《使德日记》只记载了其光绪四年（1878）十月二日接奉朝旨署理驻德公使起至该年底短短三个月的时间，字数也只有两万来字，但是其涉及的内容却很丰富，也包括了很多方面，有很多细节的描述。比如最开始几日他拜会各国驻德公使的过程，比如参观柏林书库的过程，比如参观显微镜水族馆的过程，比如参观电机厂各种新创造的产品，都有非常详细的描述。按照这样的篇幅，这样的日记形式，如果李凤苞在欧洲几年时间都有日记，应该是洋洋大观，丝毫不会比郭嵩焘、曾纪泽等人的日记少，可是我们能看到的却只有这短短三个月时间的日记，而且还流传着不少版本，有的版本干脆只有摘要，比如我们这次附录在后面的版本。而且导致李凤苞官司缠身的济远舰等事情也不是这三个月发生的，所以我们无法知道后面几年发生的事情究竟在当事人笔下是一个什么情形。

从这仅仅三个月的日记中我们可以看出，也许是曾为测绘官员，所以李凤苞特别注重精细的描述。也正是这种精细细节的描述，成为今天了解当时德国甚至欧洲历史以及中国对外交流等方面的重要史料。

注重外交礼节，详录各方对中国的态度。当时各国驻德使臣分为头等、二等、三等、四等、署理等层级，各级公使的拜会礼节各有不同，李凤苞的日记对此做了详细说明。又分别记载了他礼节性拜会各国驻德使节的详细过程，交谈内容。这些记载，应该是我国外交史研究不可多得的第一手史料，弥足珍贵。

关心国际局势。当时的英法之间、德法之间、英俄之间、俄土之间以及中国与欧洲国家之间，关系错综复杂。李凤苞的日记记载了不少这方面的事情。比如他在十一月二十九日的日记中记载的有关英国征战阿富汗之事，就非常详细。英、俄同时派使者前往阿富汗，阿王拒不接纳英国使臣，驻印度之英督发函责问，也不理睬。因此英国派兵两路，攻向阿富汗。李凤苞的日记详细记录了英国各路兵马分兵攻击的路线以及战争结果。阿富汗问题今天依然是国际热点，李凤苞记录的这一节历史史料，对于阿富汗问题的研究未尝没有参考价值。又如其十月二十七日日记，详细记录了太姆士报主笔纵论俄国言行以及俄国对中国伊犁蚕食侵吞的原因，李凤苞认为其“指画形势，动中窾要”。十二月二十九日日记中，详细记录了德国新闻人士对中俄关系特别是俄国阴谋侵占伊犁之事的看法。还将这一年发生的所有有关国际问题做了一个综述性的描述，也可见李凤苞身为署使，却关注全局的胸襟。

关注政治，对德国的联邦制度、议会制度有所记载。

如德国联邦布鲁斯国相、英国首相在两国国会上关于相关政事的长篇发言，都是全文引述，也是一份重要的史料。重视经济，多处记录关乎国计民生的税收、厘金等内容。十二月二十六日的日记则论及钞票在我国的演变以及国际上的钞票情形，认为“行钞实可以裕国便民，特行之不善，则为弊政耳”，并例举五条弊端：“一在印造无限制，一在收发多折阅，一在昏烂不倒换，一在法制多更变，一在镂刻不精工。”又提出了解决的办法，指出“欲求其有利无弊，则惟印造有限而精细难伪、收发同价而配搭任便而已”。这种思路，在今天来看也还是颇有借鉴之处。

留心军事方面的最新动态，记录欧洲各国特别是德国在军事方面的相关内容。从记载的日记来看，李凤苞对德国的武器舰船制造是非常留意的，而且记录认真详尽。如十一月十七日的日记中，记录了其与克虏伯炮厂友人交谈时谈到的一种叫作“毕福脱”的炮船，即铁壳快船。先是详细记载了这位友人介绍这种快船的构造、特点、性能，然后又谈到该厂正拟造一船：“长一百尺，宽十八尺，入水七尺，汽机四百五十马力，每点钟行二十海里。上用十五生德迈脱（centimeter，厘米）长炮一尊，其钢弹可穿五百迈脱（meter，米）远、九寸厚之铁甲。其船只用五十人。”而且该船的制造“已领德国之保凭”。该友人又介绍说克虏伯厂现在制造“一寸径及一寸半径之炮，与格得令炮略同，可击敌人之水雷船。俱有图说，可译出送呈中国”。交谈细节记录如此详细，可见其用心。

十二月初七日，又记载其听闻德国维式厂自制的铁甲炮船，在较为详细地介绍了这种炮船的各种设施性能后，他写道："精于水师者，咸谓吃水既浅，铁甲又坚，最为合用，拟明春赴厂详考之。"可见他是非常关注舰船制造相关信息的，也许清朝廷交给他的使命之一就是购买性能优良的舰船，但他的日记中却没有这方面的交代。可惜没有此后的日记，不知道李凤苞赴厂详考后的情形如何，是否与中国定制的舰船有关。在关注舰船的同时，李凤苞也很重视其他武器制造的情形。在十一月二十八日的日记中，详细记载了他与翻译博郎应下议院议员銮伏之邀，前往其制造各种机器的制造厂参观的事情，详细记录了制造厂七层厂房的各种工艺，特别是为俄国定制的手枪的制造流程。之后，他慨叹道："是厂造器之精，则因全用鏇轮之法，以精钢视欲鏇之形犁作密楞，有弯曲者，则合以数段淬之以火，锋利无比。用以磨错，良于刨削。其造手枪之机，共五千馀架，计造十八月而方备。厂主规画图稿，颇多心得。工匠练习，二年方始熟悉。甚矣，创制之非易也。"德国人精益求精的态度、创新求变的精神跃然纸上，今日读来，依然获益不浅。在关注武器装备问题的同时，李凤苞对于德国的军队建设也很关注。他在十一月十三日的日记中记载了有关德军建设的"一哨工夫"。在德留学的四名中国学员即将毕业，德国营官德罗他前来告知，并细谈中国如何由四兵弁而至一军劲旅的"一哨工夫"：

> 德君整顿步军三十馀年，其规制之善，纪律之严，全在一哨工夫。为营为军，无非以一哨并合而已。四弁既晓一哨工夫，若中国欲令再习炮队一年，尤足增长识见。惟须由公使向德国商借年轻未娶之营官一员，俾与四弁同先令往中国，四弁分教，挑选教习。由四人而十六人，渐得一哨一营，由德营官教以调度分合变化应敌之法，并令通德语者与译陆营阵法及临敌机宜，则可得一营劲旅，亦可得一军劲旅。否则四弁回华，但充教练，终属无济。盖此间营哨官，必在武备学堂读书十馀年，考选五六次，而又加以历练者也。

李凤苞认为“此言颇为中肯”，因为非常认同，所以详细记载。在李凤苞短短三个月的日记中，关于武器装备及军队建设等方面的内容还有不少，既记载细节，也发表自己的见解，可见他是一个非常有心有抱负的人。李凤苞是测绘官员出身，因此，对有关测绘方面的事情也非常留心。如十二月二十八日记录了关于地图测绘之事。德国准备花费七十年时间制作德国全境图，并已经有了十多年的测绘数据，有了二万五千分之一、五万分之一、十万分之一等各种比例全图，并随时更改更正。又提及德国地图营官谈到，“行军胜败，全在地图”，并举布法战争时布兵人有法国地图以致直捣巴黎，而法兵反而无法国地图，以致无法认路而失败来论证。“法国有鉴于此，亦已设局测绘，恐需数十年方能竣工”，说明地图测绘之重要，逐渐被世人认同。

重视文化交流，调研风情习俗。作为一个外交人员，关注当地民风民俗，关注文化交流，是必备的课程。李凤苞在日记中也有不少有关方面的内容。如作者在十月二十六日答拜书楼正监督里白休士夫妇，并与里氏夫妇二人探讨了中国史书及韵律等问题后慨叹："尝疑西人之习华语，不过为通商传教，有所为而为耳。及来欧洲，方知有终身探讨中国古文诗词及满蒙文字，苦心孤诣，至死不变者。"又如作者对德国文学家果次（歌德）的介绍，据钱钟书先生考证，这是中国人中第一个记载有关歌德的记录。又如对德国著名地理学家亨保尔脱（洪堡）之著作《宇宙》（考司马司）及其续写者的介绍，应该是中国人介绍德国自然科学家及其著作的最早记录之一。又如他十月二十一日参观柏林书库的详细过程，如他在十一月初七日关于德国为人文荟萃之所的内容以及对德国之民俗的长篇描述，综合了他见诸报刊以及此前两年在欧洲的见闻所得，是非常精彩和具有极高史料价值的记载。而其十二月初三日即西历十二月二十五日关于圣诞节的描述，则是极为精炼精彩：

> 初三日为西历十二月二十五日克力斯马士（即圣诞节），相传为耶稣生辰。凡洋教西教之国，咸以为大节。上午，男女齐集教堂，唪经听讲，典至重也。德虽不甚崇教，亦以是日为令节。先三日，糖果玩物，杂陈市肆。街口遍搭木栅，发售各种食物耍具。先一夕，以食用之物馈送亲友，奖赏婢仆，并分赠彩绘名片，缀以吉语。向晚，每家供一柏树，密悬五彩烛枝，玩具果品，邀集亲友，男女长幼，团坐一棹，嘉肴旨酒，枣糕糖果，无不毕陈。宴罢，作猜枚藏钩一切嬉戏，尽欢而散。

用两百来字，将西方圣诞节的欢乐隆重情形描摹到极致。可见李凤苞虽非科班出身，文字功底也还是不错的。

西方科技创新进步情形，也是李凤苞的日记很在意的内容。如十月二十六日他参观西们士哈尔士该电机厂就是很典型的一例。该厂新创造的品种车栈大报钟、火车行速表、火警表、电报伏线、探报线，都是西方第二次工业革命的新成果，对这些新产品的构成、性能、作用，李凤苞的日记都做了详细的记载和描述。又如十一月初二日记载用映相法印制地图特别是带有用中国字印制的地图，对其印制过程、印制材料、印制价格都做了非常细致的描述。又如十二月二十一日对已经不断改善创新的引水机之构造、用途的介绍。这些都是非常重要的科技史史料。

还有一个可以佐证李凤苞重视科技及军事研究的资料。王咏霓在《道西斋日记》中，记述日本人学得德国人的炼磷铜法时，说德国人的鱼雷初成，中国就已经开始购买，因为“前李丹崖星使在德国时，与该厂人订明，购满百雷，传学炼铜造雷修雷各种秘法。后丹使到厂学艺，与金楷理翻译成书，天津艺徒亦往厂学习，惟未得炼铜之秘，传之者惟丹使一人而已”。购买一百枚鱼雷，就可以学到炼铜造雷修雷各种秘法，王咏霓说只有李凤苞得到了炼铜秘法，可见其非常用心。然而有关此事，李凤苞短短的《使德日记》中不可能提及，不知是否确实。也许是这三个月之后的事情。但天津得以派人前往学艺，应该还是得力于李凤苞的努力，这是没有问题的。

李凤苞的日记虽然记载的只有三个月时间，但其内容丰富，涉及面广泛，是不可多得的一份珍贵史料。

李凤苞的《使德日记》有不少版本，有的版本甚至只有摘要，且文字略有不同。本书以中华书局影印“丛书集成”之“灵鹣阁丛书”本校点，并附录摘要版本供参考。

钱德培欧游随笔□

光绪三年十月十八日	从上海出发
光绪三年十一月初一日	抵新加坡
光绪三年十一月二十七日	抵意大利，那不勒海口
光绪三年十二月初二日	抵法国巴黎
光绪三年十二月初四日	抵德国柏林
光绪十年八月初十日	离开德国回国
光绪十年十月初九日	回到上海

□ 据光绪十七年（1891）上海著易堂印
《小方壶斋舆地丛钞》本
□ 穆易校点

钱德培欧游随笔目录

光绪三年岁次丁丑……………………………… 5
光绪四年岁次戊寅 ……………………………… 15
光绪五年岁次己卯 ……………………………… 33
光绪六年岁次庚辰 ……………………………… 41
光绪七年岁次辛巳 ……………………………… 50
光绪八年岁次壬午 ……………………………… 88
光绪九年岁次癸未……………………………… 109
光绪十年岁次甲申……………………………… 125

3,10,18

光绪三年岁次丁丑（1877）

十月

十八日申刻，由上海登法公司“晏拿厘”轮船。船例不开行不供饭，因复登岸食宿。船价头等舱法银二千零七十五佛郎（每佛郎约制钱二百三四十文），二等一千六百六十佛郎，三等八百三十佛郎，因公来往者可酌减百之十五。每日小食二次，大餐二次，红酒如例。分外取饮者，各酒皆备，另给值。洗浣衣服，每件银三分。 法国轮船各种开支

十九日午刻登舟，住一百五十一号卧榻。因言语不通，邀洋务局张司马到船照料。其时适吉税司罗福、法副领事白君理格德、副领事穆君麟德、天津税司德君瓘琳均在焉。同舟出洋者，有德绅吕多而甫夫妇，先经德君瓘琳导见，托其在路照应；又有赴法国大会之洋员衣福伦、华监工孙心耕等。洋人之能华语者，仅衣君一人，一路承其 赴法大会人员

指教，获益非浅。随带之行李，大者存下舱，并无对号牌据，有时亦可取用；小者置卧舱内，随手可用：船例也。午正开行，风浪大作。

二十日过宁波、温州，外海浪大如山，颠簸殊甚。不能起坐，每食必吐，颇觉难耐。

廿一日过厦门、汕头，外海风浪稍平。

船抵香港各购藤椅

廿二日辰刻抵香港，舟客各购藤椅，以备舟行，南洋炎暑之用。有以劝余者，因亦置一具焉。孙心耕云：赛会官物，自沪至法，每吨水脚官价十五元，每吨约合一千七百斤，轻物则以四十二立方英尺为一吨。

西贡之民闽粤籍多

廿五日午自香港开行，风浪尚不恶。行三日，至廿八日早，抵安南海口。西贡其地为腴米之乡，法人据以为埠头，设总督等官，以理民事。人民闽粤籍为多。入口有狭港数十里，两岸矮树甚密。虽时值冬初，不啻五月天气。登岸有广东茶馆，剃肆价倍于粤，风土一切亦近香港。午后，有自港同舟之鸦片商颜君珍洧来招，至内市乘车游历约五六里，至其住宅。一路会馆、庙宇、店肆，民居悉如粤地。晚宴后，邀往观剧，园中尽粤东女伶。颜君名宗贤，小名伟，捐职道衔，在西贡开万合鸦片公司有年。此次赴闽，挈眷来贡。夜既宴，不及回船，即宿宅中，次早

3,10,28

回船。

西贡距安南国都尚有一千数百里，其地土人之业儒者，均通中国文字，遍贴门联。十月可衣单葛，芙蓉、夹竹桃同时盛放。夹岸槟榔、椰蕉结实累累，青绿可爱。盖就大地而论，近赤道处，固无所谓秋风下降者也。 西贡儒者遍贴门联

廿九日午初开行。

十一月

初一日午抵新加坡。泊船处距市陆路四五里，马车价约英洋六角。其时，船上装煤，炭屑尘飞，刻不能支，埠头又无憩息之所，不得不至内市一游。人物、市肆与西贡略同，惟多山岭，遍地棕葵，道旁玉兰树尤多。西湖柳有高数丈、大数围者。土人肤黑唇红，披红花袈裟，耳鼻皆系以环。能英语者甚少，土籍者并不及闽广。客产之多，夏令所食之红豆、茄蒲、王瓜诸蔬，虽在仲冬，无不悉备。土产为佳纹席、粗藤、波罗密、蕉鹦鹉、芙蓉鸟，各种螺壳。 抵新加坡 习俗物产

初二日午刻开行。

初四日晚出印度洋，风浪稍大。然不及过吴淞时颠簸

之甚，使人难耐也。

抵锡兰

初七日午刻抵锡兰东口装煤。泊仅四五时，渡船极窄，刳木为之，横安两木，两木之端系一长木，浮于水面，牵使其船不至倾覆。坐处宽不及尺，不能容足，故未登岸。其地椰树成林，怪石嶙峋，海潮搏击，浪花高数丈。晚亥刻开行。

锡兰土产玳瑁象牙

初八日卯正到锡兰西埔，地名可罗姆婆。泊舟，唤渡登岸，渡价每人洋银一角。土人与新加坡同，中国人已不数见。天气郁热，街道粪污臭不可当。市西有荷池，红衣早褪，碧盖犹存。土产玳瑁、象牙、假宝石器。酉正开轮，仍行印度洋。

出洋水道虽近赤道，而尚偏北数度至十数度不等。船上南窗启，则日光逼进，熏蒸郁炎，且易受风。是以由华至西洋，必择其右边之舱房，自洋返棹，则从左。

十三日将出印度洋。波光微皱，天气清凉，可衣薄棉，盖此处距赤道又较远矣。

亚丁驼鸟卵大周尺

十五日午初抵亚丁装煤。其地童山秃秃，景致毫无。西人设煤栈，以济行舟，置旅店，以息行人。地产驼鸟，可供驾车，其毛可作妇人冠饰，卵大周尺。

3,11,16

十六日寅正开行。

十九日可衣棉袍。

二十日未刻抵苏尔士河东口。

廿一日卯刻开驶入河。两岸黄沙地形如苏常一带官塘，河长二百数十里。晚泊港内。土人与锡兰仿佛。

廿二日早开行，未刻抵波赛装煤。其地为埃及国，一 抵埃及
名麦西国，属土耳其。土人崇回教，妇女以黑纱遮面，仅 地尽沙漠
露二目，丑态殊甚。地尽沙漠，产骆驼、驼鸟等。戌初开行入地中海。

廿三至廿五日风浪大作，舟左右倾侧，舱内物件自相搏击。浪过船面，水声澎湃。惟有僵卧不动，听其自然而已。

廿六日浪渐平。

廿七日申刻抵义大利国海口，地名那不勒。东面火山 抵义大利
烟焰上升，西面山际屋宇鳞比，人民蕃庶，古迹极多。晚灯列若繁星，照耀璀灿。晚开行，风浪大作。

抵法国之马赛　　廿九日卯正抵法国海口，地名马赛。舟泊定，来一洋人通华语者，询知为汉口税司那君威勇，赫总税司德派来办理法国赛珍会务者。承其照料，觅寓、赴关验照免税，并将行李代为径寄柏林。运费、寓金亦代为垫付，函致使署拨还。一切周到，可感之至。其地为法国第一海口，帆樯林立，屋宇栉比，繁华景象，一路来所未有也。

繁华景象

十二月

初一日卯刻，乘马车至火车站，登轮车。那君已先在照料，握别开行。

抵法国巴黎　　初二日午抵法国都城，地名巴黎。同行者仅衣福伦稍知法语，然系初次到法，一切生疏。在巴黎照料赛珍会之副税司宋波，则毫不关切。余即恳衣君同觅寓所食宿。

红酒便宜　　巴黎居民约二百万，房屋崇丽，街道宽广。城外有短行火轮车，较马车为便。食用一切无不昂贵，惟红酒为其土产，价贱于各国。

殷富虽多俗尚浮华　　法本君主，自布国战胜后，改为民主。所设总统备位而已。国中殷富虽多，而俗尚浮华。豪富子弟，有以五六金置绸袜一双者。性好虚名，凡物出自名家者，虽倍蓰其值，亦不靳。是以外图之心日益甚，故与各国时有龃龉。

3,12,3

近因布仇未复，力图自强。然孤立无援，恐再遇战事，亦必不能操胜算也。

初三日，衣君代觅一法人同赴火车行购票，计英金五枚，法银一枚。戌初开行。一面托衣君电致柏林使馆，俾到德后，得以预先派人照料。

初四日早入德国境，地名阔伦。用早餐，换车。戌初到柏林，车停来而退而火车行。此行一路言语不通，颇觉不便。同车者允为到柏林后送至使署。适使馆内已早得电报，先派洋役在站迎候，遂谢去。 进入德国

初五日早谒刘云荪星使，颇蒙青睐。同馆者为参赞官黎莼斋直牧庶昌，随员刘鹤伯通守孚翊、张听帆通守斯栒、张玉堂二尹凤书，翻译官庆蔼堂水部常、赓韶甫少尹音泰、荫五楼少尹昌，武巡捕贺蟠臣，武孝廉志斌、纪正斋，武茂才端洋，翻译博提督郎。 见刘锡鸿黎庶昌等

德国钱币金三品重漕平二钱一分者，值二十马克；重一钱零五厘者，值十马克；重五分二厘半者，值五马克。银六品重七钱五分者，值五马克；重五钱者，值三马克；重三钱者，值二马克；重一钱五分者，值一马克；重七分五厘者，值五十分尼；重三分者，值二十分尼。白铜二品重一钱二分者，值十分尼；重六分者，值五分尼。 德国钱币

红铜二品重九分者，值二分尼；重五分五厘者，值一分尼。通行以马克计数，每马克计一百分尼，约合制钱三百文。钞票自五马克、二十、五十、一百、五百、一千，凡六等。纸式大小有差，民间通行则甚于金银，以其便于携带也。

德人食米如用蕈菇

柏林米价每百磅二十馀马克至三十馀不等。以中国斗计之，约每石漕纹六两至十两。盖地气寒冷，不产稻粱，由西班牙、美国等处运来，加以水脚、关税，不得不贵耳。德人之食米者甚少，不过加少许于汤内，犹中国人之用蕈菇焉。

洗衣每件三十分尼，袜十分尼，巾五分尼。

银两汇兑

薪水经费等银自上海汇来。每库平一两，得德银五马克八十分尼。以之汇寄回华，仅得实银九钱而已。然磅价日昂，恐日后尚不及此耳。

行李自巴黎至柏林，系由货车转运。计十二日始行运到。计费一百三十八马克。前自马赛至巴黎之火车价，并马赛寓资，则由博军门汇还那税司，计共德银一百十四马克五十分尼。盖行李运费已由那君列入赛珍会内并销矣。

万牲园内生物悉备

万牲园在柏林之西郭。往观者购票，每人一马克。礼拜日减半。每月之第一礼拜日则又半之。园中有池沼、亭楼，遍畜禽、鱼、鸟、兽。凡狮、象、虎、豹、鼋鼍、鱼鳖之属，天地间所有之生物，无不悉备。所以资考证也。

蜡人馆

蜡人馆捏蜡成人，须眉毕肖，大小与生人等。衣服、冠履，悉用真者。乍见时，不知其为蜡人也。凡有名人物，皆肖其像而置之。往观者，每人购票五十分尼，内楼加三十分尼。

水族院尽蓄鱼、鸟，不及万牲园之备。盖自树一帜，而专考鳞介之属者。虾长尺馀，蛛大如蟹。固亦不可多得者也。购票亦五十分尼。

西人极喜照相，故凡帝王将相名人高爵之相，遍列市肆，任人购买。然未经本人允准者，虽寻常人之相，倘有私售，亦可控告科罪。

观戏术（魔术）

廿九日晚，张听帆邀观戏术。有乞取各人手巾置一漏斗内，漏斗之一端插入手枪头上，捩机开放，灰烬尘飞，忽于桌上，大面包中剖出。折叠整齐，正拟分还各人。以为必须洗净，遂又倾入水盆，极力擦洗，放一铜盆内，以圆熨斗压之。登时取出，一如新洗晒干者。又舁一木橱，大可容二人，请看客先行查验，尽无所有，左右后面亦无门隙。少顷，前面玻璃门启，陆续走出数女。又一女子以头枕木棍，上端空中横睡。或以电气作乐，空中自响；或以电灯映照，疑若广寒。种种奇异不能尽述。

4,1,1

光绪四年岁次戊寅（1878）

元旦，随班朝贺早晚，星使邀宴中国武员袁雨春、查连标、刘芳圃、杨德明。自斯邦道营次来城贺年，袁等系李伯相派来德国学习兵法者，归李丹崖观察监督。

西国金器以二十四股计，然必加铜方能制造，因纯金 金器成色
太软，不堪用。曰十四成者，则馀十股为铜；曰十八成者，则馀六股为铜；曰八成者，则馀十六股为铜。金器至十八成已为极高之色。

德意志国本名日耳曼，同盟之列邦，凡二十有五。自同治九、十年间，布鲁斯国王战胜法国后，列邦共尊之为
帝。即以柏林为德意志都城，无墙垣之守，然自有界限， 德都柏林
计四十七万密达。每密达合中国官尺三尺。近来日事扩充，建造工作年有所增。都城居民一百馀万有奇。

德国统有议院八十所。海口之著名而有关战守者，曰维勒海而姆哈芬、曰溪耳、曰司肥纳而明兑、曰汉姆布而希、曰枯克司哈芬。

德国政制

德意志为君民共主之国，凡政令，议于下，决于上。下议院绅以各乡邑之富绅充之。富则产业多，必自顾其身家。国固则民安，使其不自吝以失身家也。凡兵饷、官俸、水利、道途、树荫，一切国用计，其次年之所需，预先开院会议，计数征税。不足者，继之以国债、城债。会议则以允者过半为定。下院定议，则上之于上议院，上院定而批决于君，然后施行。亦有特筹一饷，特增一税，发下院议办者。苟民之所不愿，必相辩驳，以理为曲直，不以尊卑定可否也。税敛颇重，货物为贫富日用所必需者，亦止值百征五，且止征进口一次。土产无征税之例。客货进口后，任凭往返转运，概不重征。其馀丝税则约百之五十，茶则几倍，烟酒之税亦重，以其非必需之物，不妨重敛，而取诸富有而嗜好者。货税之外，有地税、房税、丁税、犬马税，又有每人每年所入之款计其多寡而征税焉。然敛重而怨轻，以其非国无以保民也。掌枢密一人，各部亦以一人主之，所以一事权也。掌铨政司文炳者，曰内部；司陆军者，曰兵部；司水军者，曰海部；司税课者，曰户部；司营造者，曰工部；司交涉者，曰外部；司教务以及医药者，曰教部；司耕种牧养者，曰农部；司贸易者，曰商部；司梨园者，曰乐部；司驿传者，曰信部。无

以理为曲直不以尊卑定可否

4,1,1

礼部，以考试已隶内部，仅设礼官长者，品级视尚书，随朝执事。部各司员数人而已。办地方一切公事者，曰地方官，专司桥梁道涂、水利坝闸、种植树木、清洁街道；曰审问官，专理词讼；曰税务官，专司地丁等税；曰户籍官，专司生死婚嫁；曰巡捕官，专管一切而分送各官办理者。刑罚甚省，曰罚钱，曰监禁。监禁之罪有数日以至数年或终身者。曰枪毙，曰绞。此数刑之外，又有所谓罚去体面，以久暂定重轻，去体面之期内为亲友所不齿。数十年前尚有镣铐、钉板等刑，今则久革矣。讯案以理折，不以刑求。无据之事，设誓以信之，则案结。然原被同愿设誓者，亦往往置之高阁焉。 德国刑罚

德国民情俭约，俗尚多文。凡男女六七岁即入学堂读书认字，父母任其游荡者，罚。幼孤或无力者入官塾。稍长至十四五，则分习他艺，操作有定时。每日辰至酉，除午餐半时外，不准偷惰。礼拜日则市肆闭，工作停，从事于嬉游、宴乐，教奉耶稣。近年滋生颇众，工商、农务渐见不足，故出游者甚多。平民年至二十即充兵，在营三年。惟残废者，可免学习。文官者，可免。在营年满，各归本业。遇事则随时征调。寓兵于农工商贾之中。婚姻须自择配，男三十、女二十为期。富贵之家竟尚门户，然女富而男贵者，往往厚赠其奁而遣嫁焉。通俗夏令尚出游，自贵官以至市伙，每夏例得请假四礼拜或六礼拜，互替往回。此风相沿才十数年耳。俗尚男女并重，鳏之再娶与孀 民情俭约 俗尚多文 婚俗礼仪

之再醮，无以异故。于冬令茶会盛行之际，未婚之男女互相周旋，而孀妇亦与焉。序次尚右，乘车、步行，女右而男左者，在彼欲便于扶携，非女重于男也。然我观之，仍合男左女右之例。婚嫁之后，姓仍从夫，中馈之外，一切事务女人不与焉。

英伦妇女要经国政

英国伦敦有妇人某，通经史，善词令，议论宏博，集同志若干人致书议院，以为妇女亦人耳，何以一切国政不得预闻，请男女并用，经理国政。然当女主听政之时，亦不能从其请。盖阴阳顺逆之道，有自然而不容溷淆者也。

德国地理

德国地居欧洲之中。南界法国、瑞士，东南界奥国，东界俄国，北界丹马海，西界和兰、比利时。国疆土五十三万九千八百十六平方密达，每平方密达约合中国九平方官尺。人民四千五百十九万有奇。陆路常兵四十二万七千二百零。战艘一百五只，载炮五百七十五尊，水师兵一万六千零。贸易行海商船四千七百七十七只，此近年实数也。

德国兵制尽民为兵

德国尽民为兵，常额四十馀万，战时可以尽数征调。其枪法、阵法、口号，一切于当兵时先已习熟，期满之后，仍每年调操十二日，故征调之际无事。团练带兵之员，均从武学堂学习。凡走阵、骑击、测量、绘画，均须考取，方能授职。官制亦与中国相仿。惟重武，故视把总

4,1,1

如庶常，千总如编检，守备则已开坊矣，都司以上，则已京堂矣。副将俨然阁学，提镇则比之尚书侍郎。盖武员必尽其所能，可以兼文，文员则不习兵法，不能兼武，故廷臣之。与朝宴者，部臣而外，武居首。每岁国君阅操，必特赐武臣之宴。出使之武随员亦被召，而公使不与焉。器械则有官厂，有民厂，炮曰克虏伯，枪曰毛瑟，为各国之冠，故能雄视欧洲。凡阅操，国君亲临者，年例陆路二次，野战一次，水师一次。操时俨同对敌，裹粮持械于千里之外，露宿风餐。随操者，有制造营，所以修理军械；工作营，所以折造铁路桥梁；粮食营，所以济兵食；医药营，所以治疾病。凡有工作，于数时之内无不立就焉。每遇战事，必令议院筹饷，故民皆不愿与各国有争斗也。

德国枪炮各国之冠

德国物产与英、法相仿。惟印书石一物，以化学作成之油书于纸上，拓于石面，则字迹结而不散，可任意用油墨刷印。每刷一次，润水一次，以水处无油，油处无水，使不致黏染模糊也。不欲存留者，用细石磨去一层，仍可另刷他书。各国用此石以代聚珍版者甚多，皆产自德境。

德国油墨石印

洋人制作一国所能，各国无不仿而行之。惟照章由国家给凭者，他人不得仿造争利，故百工竭其智巧不遗馀力。然雕虫小技，非为不可少之物。惟克虏伯之钢炮，葛鲁孙之铁炮台，毛瑟之后膛枪，刷次考夫之磷铜鱼雷，为战胜之具，御侮自强之道，是以特重也。

国家给凭不得仿造

黎庶昌（莼斋）

二十四日，黎莼斋参赞邀观剧。园名惟克多利亚。此园尚彩，故言语不通者亦觉易晓。其彩以油画之树木山石挖空悬诸台，后叠衬多层，以电灯映之。自近及远，约十数里，烟云缥缈，神仙来去忽隐忽现，观者疑为真景。每演凡三出、五出不等，每出必另易一彩。客座上等者，计每人六马克。戌初开演，子初散。

西人之文娱活动

西人游戏，有以大圆厅用胶灰做成极平极光滑之地，男女着四轮木履在上溜行，其疾如风，和以西乐。有时则特择一日，各衣古衣冠或戴鬼面，倍其购票之值，以充善举。

德国民兵

德国民兵除衣食由官放给外，每月饷银仅九马克。哨长以千把外委充之，月俸仅七十五马克至一二百马克。历七八年之久，始得升都守充哨官，月俸三五百马克。至提督，始得月俸一千马克。故充哨长者，必须家有津贴或娶妇之富者，藉以贴补。否则，债负累累，时有告假至他国另谋生计者。

德国重武

德国重武，世家子弟无不赴武学堂习艺。年将二十，考试中式者，即授以外委之职。新得外委，则趾高气扬，目空一切。故充哨长者，虽贫亦尚可设法支持，且富室之女，无不争婚焉。

4,1,24

武官平时亦须戎服，途遇同寅，须举手于额，以为礼。各处守门兵见之，举枪以为礼。途遇本营兵，则兵站立一旁，两手垂直，官则以手加额而已。

德国每年大操夏秋二次，君王亲阅兵丁。各背皮袋储干粮、火器，并铁锅一、大毡衣一，随处露宿。惟哨官有应得布篷，操时与行军相同，往往远及千里者。

二月

初四日晚，偕同事诸君往观兽技，或曰马戏。然所见者不仅马，亦有牛、象。惟演技者为马耳，大约如中国之跑马走索者。马甚解事，能应乐而走。女伶数人在马背忽上忽下，或立，或坐，或空架火圈飞驰跃过，或藏布巾于土中，令马寻觅而得之。上等座每人四马克，以次等杀。 德国马戏

德国寄信，每封以十五分重为率，约计中国漕平三钱八分。寄本国境内者，资十分尼。寄欧美各洲者，计资二十分尼。寄信函重者，总以十五分递加计值。寄中国、日本信，本须加倍，后亦改定一律收资。信亦可保险，无论大小，每封加给二十分尼。该局具一收据，倘有遗失，可持据索偿赔款。每函不计分两，偿德钱四十马克。又有气筒寄信，以铜管埋四城街道之下，凡有要事克期须递到者，可由气筒转寄。每函定限重十分，寄资须三十分尼， 寄信资费 信可保险（挂号信）

气筒转信速如子弹

递法以信纳筒之一端，用空气压入，推送至彼端。其速如枪炮之子弹，惟于都会省垣设此，以便紧要之用，乡间则不能也。总管邮务者，曰信部大臣，凡国中电报邮传一切悉隶焉。

街道信箱

信票（邮票）

柏林都城有信局六十二所，大半兼电报、气筒德律风者。信局之外，又于街道置铁信箱，约两三街置箱一口，寄信者可自投，而不能取出。每日由局丁启扃收取六次。西国寄信，必以信票黏贴信面，则资已付讫。倘不黏票，则接信者须倍给其资。信票以国君之面形或各国之记识，用钢板雕刻刷印，由信部颁发，各省、府、县一律通行，几同票钞。惟为数太微，不便行使耳。

停车费用

马车之停歇街口，受雇者凡二等。停车处有巡捕牌示，准停某等车几辆。等第不符、车辆过额者，罚头等车每十五分钟计值一马克，多一刻加五十分尼，以次照数递加；二等车每一刻给六十分尼，多一刻加四十分尼，以后亦以五十分尼为一刻递加，此均系一二人乘车者。倘三四人乘车，则头等车初刻给一马克五十分尼，二等车初刻一马克。夜间自十一点钟至次早八点，夏令则七点，谓之夜车，价照常加倍。雇车又有照地图之尺寸计算者，每长二千四百密达为一段，则照一刻时价给之，以次递加。其街道之尺寸，专有一图肆中刷就，由巡捕总统处盖印颁售。内以五色印成，每一色计长一百六十密达，各色相间，则

4,2,4

街道之长短，可按图而索之。

柏林长车以铁条嵌置街心，如大轮铁路式，长车行于上。每车小者可乘二十人，中者三十二人，大者五十六人。车式如舟，四围玻璃窗，夏则用百叶窗，软茵阔坐，颇觉适意。以两马驾之，小者一马。每人车价自十分尼至三十分尼，视路之远近为定。惟长车仅设于通衢要道，其寻常小街不能遍及。然四城已遍，即偶有不到之处，继之以步，已省力多矣。铁路、长车均系股分公司，苟欲添设，则会禀于地方官，官绅会议允准而行。 柏林长车

西法试金，以金磨在试金石上，再以铜磨。在金旁用销铜镪水化之，其不化者，或稍稍化去者，则金之真伪、成色之高低，均可确据以分别矣。 西法试金

遇热而伸，遇冷而缩，尽物皆然。故时辰表内之摆住者，必两半相断，俾冬夏缩涨，不致有碍于迟速。

德国食用较英国为贱，然较之中国已不止数倍。使馆中雇用门丁，月工一百二十七马克半。跟役二人，一百马克又九十马克。媪二人，每六十六马克。然土人雇用女仆，则给以饭食，月工不过十马克、二十马克。男仆较贵，然年节、生日必给赏款，每次须数十马克。惟庖工则非百馀马克不可，盖因从师学习而成也。 雇员费用

购买食物并寻常器皿，每日有市，较之肆中可贱十分之一二，且肉类更新鲜。市集有一定日期，一定地段，乡人车载马驮，络绎于道。有大家主妇率婢仆赴市选购者。

食物费用 猪肉市价每磅七十分尼，牛肉八十分尼至一马克零，以老牛贵，而小牛贱也。

三月

兵部花会 十一日，德兵部署内开设花会，招客往观。其中五色洋水仙为最多，杜鹃亦甚夥，茶花自东方来者不少，并各种洋花绚烂满目，馥郁可人。另有栽种机器、风车、水车，附设以备艺花之用。

柏林地纬与黑龙江同度，故三月中尚雨雪。然严冬青草不枯，但不及春夏之盛，想系草种不同，本自耐寒耳。

地方官署穷极崇丽 十四日午后，偕黎、刘二君游美亚署，译言地方官署。至其钟楼之巅，石梯四百九十级，俯瞩人马如蚁，房屋如鳞。署内十数楹、高数仞之厅事几处，或以皮书，或以议事，或以问案，各设百数十座，金彩耀目，穷极崇丽。鹤伯云：较之英伦有过无不及也。

显微镜 显微镜以数层玻璃凹凸制之，自六十倍以至一二千倍，照粒米如车轮。凡物之形质皆藉此镜以分别。特设一

4,3,14

所，置镜百十架。考究显微之学者，可往观，每次给一马克。

柏林之北，有兽医院。地可数十亩，房十馀所。另一所专储人胎、兽胎、人物骨殖者。有兽尸数具，二头五足者，二头六足者，二身相连者，又有人身二体相连者，均以烧酒浸玻璃缸中，以备考究。院中经费系国家所给。民间犬马因病送医者，仍须给值。医生亦系考充，不得滥厕。 兽医院内各种怪胎

十九日，游勿罗拉，译言花房也。房以玻璃为盖，大可五亩许。地下窖藏铁管通水锅，俾运送热气，使冬夏无异候。修竹、高椰自印度移来，为德国绝无仅有之物。有时芭蕉亦结实。屋右墙外绿水盈盈，布帆荡漾，景致颇佳。都人视为夏日纳凉之所，张灯作乐，以醵资焉。 玻璃花房

廿三日，看北冰洋画图。冰洋在南北两极，距赤道将九十度。寒冷不生草木，人迹难到，惟白熊最多。有人结伴前往，摹绘其景，复以油颜色绘布片上。冰山万仞，雪海千寻，探冰船只冻不能行，人藉火以活。描写之工，不能言喻。画置暗室，以灯光返镜照之，注目久视，不啻身历其境。 北冰洋油画

自来水机器厂，在柏林之四郊。每处或机器一座、两 自来水厂

座不等。以机吸取河内清水至一横筒内，筒周二三围，长二三丈。复以气压之，使水自下而上行至十馀丈高之塔顶，再由水管通行各处。

廿五日，随星使往观东郊之水厂。该厂有机器两座，一双轮、一单轮，每日可起水五千立方密达。机器价值廿一万马克，合中国银四万两，房屋及水管均不在内。

扫地机器

扫地机器以棕为之，如刷子，四面有颖，长约四尺，斜置车后，以马驾车。车行，则帚自旋转，将污秽扫至一旁，再用人夫搬入小斗车内，转载大车，装运出境。每车约可抵三十人力。

载人气球

气球以油绸或树胶汁之绸缝成，周六七丈，高三四丈，外罩绳网，形如单葫芦，鼓以煤气。气将满，则球势自上，以多人系之，并挂沙袋数十，下悬一筐，大可容三五人。气满则将沙袋解去，球即升高约千丈。欲下，则筐中人将气缓缓放去，自然下坠。然落至何处，不能自主。无风时，亦不致飘扬过远。倘遇风大，则数十里不能预定也。

四月

德君出游被击未中兵民庆贺

初十日午后，德君乘车游行，被击未中，凶手即时拿获。当时回宫后，百姓之聚集宫前问安者，有数万人。国

4,4,10

君亲出告慰，始各散去。次日，民间张灯结彩，悬旗作乐，以相庆贺。晚间，国君仍轻车出外观剧，以慰民心。数日后，武学院之肄业各生亦行庆贺礼，计共千馀人，教习乘四轮车廿馀辆，兵乐九起，至王宫庆贺，观者塞途。

星使以黎参赞本系借调之员，故于年前奏派李丹崖监督充头等参赞官，薛叔耘太守福成充三等参赞官。至是，奉总署议覆，以李系道员，应照使英大臣郭奏调之。张自牧作为二等，薛充三等。惟薛叔耘太守适值丁艰玉帛周旋，未便以墨绖从事，禀由李伯相咨销。

廿一至廿四日，随星使看大操。每日自早至午，马步、炮队齐集南教场，盔顶枪头，金光耀目。炮车粮载，尘土蔽天。数万人步伐无一足之参差。惟放枪不用火药，只以空机开放，所以省縻费也。教场周数十里，东西不能相见。德君及后，仅廿四日亲临一次。每届大操，由外部备帖分送各使署。车至教场，由巡捕验帖放入，排班停歇，惟武随员则须乘马，随同德君相与驰骤。 德军大操

老王宫在柏林西乡，距城约十里许，地名萨罗敦布尔希。德君之父，即以此宫为陵寝，于园囿之北，建屋设圹。圹之上面，以白石雕琢本人夫妇二形，挺卧石床上，刻工极精细。屋顶以蓝玻璃映之，地以大理石铺砌，镌生殁年月于上。宫中周围甚广，树木阴森，各房内庋藏古军 老王宫

器、瓷器、绣衣等甚夥，衣锦渐将灰化矣。往观者，谨给赏司钥人而已。

大操所到者，曰步队，曰马队，曰精选枪队，曰炮队，曰运送粮食军装队，曰造拆火车路队，曰搭造浮桥队，曰医药队，统计二万馀人。惟步队最多，约居十之五。

水雷厂

廿八日，随星使看水雷厂。雷以铁为壳，形如通商口岸洋船浮水之表。惟一头不尖，内实以棉花火药。雷之上面机管五处，以玻璃为之，内置发电之药水，外套以铅管。船遇机，则铅管碎，而电气自发。雷之下并有电线，一面通岸上，俾阴阳二电可合可离，使不致误伤己船。

五月

德君被击
世子摄政

初二日，德君被击中细枪子三十馀粒，头、面、左手均伤，幸无致命处，遂赴乡调治。世子摄国政。

煤气灯

柏林灯彩最繁盛者，一为克罗而，一为白良，虽均戏馆而兼花园者。园中于夏令遍置煤气灯，以五色玻璃罩之，光怪陆离。据称，各有二万灯头，惟见点点若繁星耳。

4,5,2

洋语头等公使曰"安八司得尔"，二等曰"米尼司得尔"，护理使务者曰"沙惹达非尔"，参赞曰"色克勒得尔"，随员曰"阿达塞"。中国遣使到彼，即以其各名目译报外部。然洋人所谓阿达塞者，系富绅子弟，自备资斧，禀请国家派至使馆学习出使事宜者之称。凡在使馆派有职司，或文案，或书启，则皆称之谓色克勒得尔。惟当分以等差耳。故各国使馆阿达塞，年皆二十馀岁，学习数年后，即派以职司，则易其名曰色克勒得尔。 公使随员洋文名称

自上海寄物来德，交英公司船寄者，物箱到英时，关上代为拆验，估计税项，来信索取。交法公司船寄者，则由马赛交轮车公司直达柏林，柏林税关亦须拆验。倘先期函致税关告以使署，公物某件若干重，开单送去，则可免验。因德国除公使或使馆公用之物，由德君发给公款存关，代纳税课外，其馀参随各员，均须自行纳税。然大小数十使馆在差各员之物，无不作为使馆公物开单放行者。 寄物纳税情形不一

使馆本在弗里得利希街第二百三十六号，岁租二万马克，立合同两年。年满屋主议增租值，故另行觅得，于八月初迁移新馆，在城西，为前户部大臣芬特而海脱之产。年租一万二千马克，又器具租三千四百马克，厅事较宽，于旧馆园中花卉亦略胜。惟距城较远，然夏令清气，则又胜于旧馆多矣。

九月

李凤苞接任德使

刘锡鸿卸任

廿七日，接总署咨文，光绪四年七月廿七日，上谕：候选道李凤苞著加二品顶戴，署理出使德国钦差大臣；刘锡鸿著回京供职。钦此。先此两月许，已接有电报，故预备交代公事，刻无暇晷。至是，则大致楚楚，专候移交矣。

德国银行存钱无息

德国银行国家所设者最殷实。惟存放银钱概不给息。其次，则使馆现在所来往者，名狄司康他股分，资本四千万马克。存款无定期者，每年三厘起息。然每存银一千枚，须存费六十几分利息。既薄，费用又大。故德人之持利营生者，非百万马克不能自立也。

十月

星使接篆随员变动

初九日，李星使接篆。余仍蒙奏留办理文案，并兼支应事宜。留洋差遣者，刘鹤伯、庆靄堂、赓韶甫、荫五楼、博郎及余。其馀均随刘京卿旋华。李星使带来之员为罗稷臣主政丰禄、陈敬如都戎季同，一英一法，洋文已造其极。

十二月

西方圣诞邀客聚饮

初二日，即西十二月廿五日为耶稣诞辰。自昨晚起，

4,12,2

各家以松树置庭中，遍悬彩件，灯烛、金丝、红线之类，桌上陈设亲友所贻礼物，邀客聚饮。有诸客各出一物，以纸包固，编号拈阄，对号取物者；有主人独备物件，分送号票拈取者；有备物分送，不用拈阄者。其物无所不备，大约文墨、针黹具为多。松树则设至除夕日为止。

西国过年，亲友均须馈赠，父子、兄弟、夫妇之亲亦如之。其物或平日自制，或临时购来。未送之前，不使之知。往往一物一件，即可为礼。送时在西十二月廿五日。 西国过年互赠礼物

柏林所驻各邦随使之员，有不住使馆者。因各人房租，均由国家给发，不得不在外租赁。凡租连器具之屋，一明一暗，月租约七八十马克至百马克。仆人洒扫房屋，月贴五六马克。油灯月约六马克。冬令煤炭，月给十五马克。包饭，月六七十马克者，不能下咽；故往往赴饭馆包食，二三百或三五百马克不能限定也。 在柏林的生活费用

使馆须给洋仆等年赏，王宫仆人、外部丁役、信电夫、巡捕及垃圾夫等，亦须给赏，均于耶稣诞之前一日给发。盖西人重耶稣诞而不重年，惟贺年仍于元旦日。

初四日，崇地山宫保厚到柏林，赴俄办理伊犁事件也。初六日即起节。同行者为邵小村观察友濂、蒋丹如太守斯彤暨翻译随员等，并将英馆之德在初兵曹、德馆之庆 崇厚赴俄

霭堂工曹一并调往。

柏林街道，严冬积雪甚厚，以无轮之滑车驾马而行，名曰“湿里汀”，译言冰车，亦分头、二等，价与马车同。

使英大臣郭嵩焘回曾纪泽代

使英大臣郭筠仙侍郎奉命召回，代者为曾劼刚袭侯，随带参赞陈松生部郎远济、刘开生太守翰清，翻译左子兴都事秉隆、陈莘耕司马志尹、联子振中翰兴，随员杨仁山中翰文会，曹逸斋二尹金咏，李敦甫参军朝贵，萧介生二尹仁杰，曾省斋二尹念祖，李芬圃大令炳琳，王小峰仙尉国治，杨如斋二尹淦，谢智卿二尹先任，王钦轩二尹世绶，武弁四员，洋翻译法兰亭一员，分住英法二国。

柏林汇银至沪，每次有印税费、送力等款，银数太少，费不过减也。每规银一两，约须合五马克五十分尼之谱。他国章程亦然，惟时价有不同耳。

5,1,1

光绪五年岁次己卯（1879）

元旦，随班朝贺。礼毕，团拜于红厅。

初九日，德君年例召见。凡年内新到随使各员，或因公来此，而并不干使务者，均由法使馆开单送外部，带领到宫，届时立于使臣之后，报名候见。见毕，至白厅入座听乐，凡八阕。及半，德君亲至各员前，问答一二语。至余前，问乐好否？余答以甚好。晚六点半钟到宫，十一点钟散。乐会无宴，仅茶点甜酒而已。

新年舞会酿资善举

柏林官戏园，属乐部者有二，曰阿勃而好司，曰稍司比而好司。每新年于阿勃而好司设跳舞大会一次，男票十二马克，女票九马克，醵资作善举，年例也。每届由外部大臣致函使馆，开单代购票纸，持票进内。设座处分头二等使馆，不容紊乱。今届于初十日设会。晚九点钟，官民到齐。少顷，德君率眷属等至舞厅，排行围绕，然后官绅等作盘旋之舞。舞式：一曰走阵，男女相携，鱼贯而行；一曰长阵，数十人两面排立旋舞；一曰方阵，每四对为一队，参差相舞；一曰兰因舞，一曰坡儿茄，一曰伐儿崔，皆男女相抱，四围飞旋，惟步法有不同耳。至一点钟散。是日售出之票，有二千八百馀张。

各种舞式

德君请宴

十六日，德君请宴。晚八点钟，公服至宫。公使均分等第为一班，每等中又以先递国书者为序，站立于白厅之一隅。参、随等员，站立公使之后。本国之将相部臣，序次于公使之下。妇人另立一班于对面。凡未婚之女均可随往，站立于其母之后。礼官击杵三声则班齐，又三声而君后至。国君自头等公使起，国后自头等公使夫人起，逐一问答一二语，至本国大臣止。然后君至命妇处、后至使臣处周旋既遍，则乐作而舞起矣。本国官员三品以下者，在白厅外之画廊。廊大数楹，可容人二千。跳舞时，则更替至白厅。德君及其眷属设座以观。至十一点钟，赴用膳房。膳房亦分数处，每处设长桌十数张，罩以白毯，陈设龙虾、牛羊、鱼鳖、鸡凫、鹿兔、蜜饯、水果数十种，红白香冰等酒亦齐备。值席者衣银绣之衣若干人，递送刀叉杯盘，任人饮啖。惟座位不多，直立而啖，果腹而已。膳毕，复再至白厅跳舞，然散归者已大半矣。

三十日，赴德君新宫跳舞会，并设筵宴。宫小于旧

5,1,30

宫，故赴召者止七百馀人。

柏林学骑马，每一点钟价三马克。初学时，在马馆内，大屋之下，地铺泥沙，教习以鞭指挥，不善骑者，倘将掀跌，教习能唤马立停，马尽解人意。屋内学成，然后可往马路驰骤。 柏林马馆学骑马

二月

初五日，德君复招宴于大王宫。

英国驻德之公使，每年俸七千磅。头等参赞每年俸九百馀磅，二等三百三十三磅。公使他出，以参赞护理者，年加俸九十馀磅。日本驻德参赞年俸五百磅，随员三百磅，房租均在内。他国随员往往无俸。日本则亦非富家子弟随使学习者，故仍给俸薪，随办公事。英使之驻法国者，年俸一万磅。除公使以外，参赞等员所得之俸，均不敷用，故西国出使各员，无不家资殷实者。 各国公使参随年俸

西国请客，于一礼拜或十数日前送帖。过数日，书一回函或赴、或不赴；或先允赴，而临时感病，又须函告。其礼与中华无异。惟公使等往往不作复，然非所以尽礼也。 西国请客规矩

西医治鼻衄，用一种酸水或白醋，令吸入鼻管，使血遇酸而敛。但血涌不止者，其力仍不敌耳。

自备资斧在德学工

粤人曾子穆，鄞人陈瑞滨，系自备资斧，在德境习机器、开矿等学。本年三月，已学习年满，来馆辞行回华。曾之父号兰生，在北洋大臣处充翻译官，其母系美国人。

德国典商其业为鄙

柏林官典章程，每物估定价值，当给三分之二。每马克月利三分尼，六个月为满。其馀私押，则当值更少，利亦加重。故凡典商，不得与上等人为伍，鄙其业也。

出洋丁忧各项规矩

出洋差，次丁忧人员，倘有未完事件，应随时奏留，差竣回华补制。如无经手事件者，即立回华，准给归装银两。奏调而尚未起程者，即饬回籍。

闰三月

赛珍会日用所需无不齐备

十一日，即西五月初一日，柏林开设赛珍会于城北。集二十五列邦之百工物艺，以相比赛。凡人生日用所需之物，出之于人力者，无不齐备。如耕作勤，则田土肥而五谷实；机器巧，则人力省而事功倍。会竣，由商工等部委员评定等第，给予金银等牌，以奖励工之巧者。有电气轮车，不假汽力，自行于铁路之上，乘驶一周，觉更稳于火轮车。

5,闰3,11

德国翰林院教习芍兑，曾由华英字汇转习华文，著有《华德字通》一本，翻译甚确，惟字句太少，且多系文理语，以之学话，太觉深奥。购价计八马克。 德国教习著有《字通》

使馆中本有浴池，因其房中太凉，就浴者辄易感冒，故不得不赴浴堂从事。堂中有俄式浴堂、奥式浴堂、寻常浴堂，并有头二等之分。头等价一马克，二等七十五分尼。浴池以塞门德土做成，极似石琢者。池旁三管以螺旋作启闭，左管为热水，右管为冷水，中管则冷水从上面喷下者，任人所需。倘池水太多，则池底有螺旋管，可以启而放之。 德国浴堂

西人治伤食或便秘，饮苦泉一二碗，胃中积滞即可消尽。半日后，血脉下行，大便通泻，可谓应手奏效。惟身弱者，恐难任此耳。

廿二日，即西六月十一日，为德君五十年重迎花烛之期，名曰金婚。午刻，随同星使赴宫致贺。德君夫妇并立白厅宝座前，公使分等第率属趋至德君前，行一俯首礼；又至德后前，礼同。各员鱼贯而行，礼亦同，遂散。晚间，市肆均悬灯结彩，街道车辙相连，踵背相接，极形热闹。西例，初婚曰绿婚，以黄杨叶置花冠上。偕老廿五年曰银婚，冠以银为之。再廿五年，曰金婚，冠以金为之。再廿五年，曰金刚钻婚，冠以金刚石为之。然西人三十而 德君金婚随使致贺

婚，金刚钻婚则已逾百岁，颇不多闻也。

廿三日，德君邀宴，所以谢贺也。歌乐十阕，至夜半用膳，膳毕即散。

头等公使之待遇

头等公使有代君之权。遣派到国，须以王辇至火车行迎接。往谒国君，行使臣礼，君则敌体待之。到任后，不先遍谒坐客。择日，由公馆函致各使馆，今于某日见客，极愿承教云云。他国使者均当率属前往，然后谢步。名片亦只书某国头等使，而不书名姓。头等使妇续到者亦然。头等公使每设宴会，必邀君后及世子王孙等，以其敌体也。二等使则不然。

德国婚礼

十九日，为德绅蓝得漫之侄女绿衣姒嫁期，请赴礼拜堂观合卺之礼。夫妇并跪神龛前，教士口中喃喃，楼上作乐。乐与他乐不同，亦洋琴之类。教士念毕，复口说劝词，至新妇垂泪者，然后将夫妇左手所戴金戒指，互换戴于右手无名指上。神龛两旁各立十数人，男左女右，均吉服。女各手执大花把，犹中国伴新人者，然均系至戚好友。礼毕，至堂后，诸客握手称贺。新人乘车回家，贺客同往，遂设宴入席。至晚，夫妇即絜行装，出外游历约一月始返。亦有先一日设宴请客者，名曰陂而脱阿盆脱。

夏令德俗

德俗，夏令各乡有树木处，盛设加非馆，以备游人避

5,9,4

暑。并有嬉耍之局，或打风枪，以试目力；或骑木马，以舒筋络；或打标、掷骰、抛球、飞圈，或泛小艇于湖中，随处皆有。每午后往自城中者络绎不绝，夜半方散归。

廿三日，赴波子达姆城看砂砖厂。砖以砂若干合石灰泥若干，用水调匀放模内，以压水机器压之，待干。不必火烧，其坚固愈于火烧之砖。盖砂与石灰泥土，本有化合之性，故能自相凝结而不散也。 砂砖厂

柏林每岁西八九月间，开油画会一次。以一年内诸名家所画，送至某处品评入选者，送入画会院。屋数十间，画千百幅，观者肩摩踵接。画之上等者，估值待售，价有至万千马克者。次者，编号设标票分售，每票三马克。得标者，对号取画，然仅百中之一二耳。 油画会

九月

初四日，崇宫保自俄回京，道出柏林。星使赴客店跪寄圣安，各员亦随同往送。 崇厚回京道出柏林

初，柏林使馆支应归博郎经理，刘星使派余翻译入册，俾便造报。李星使接篆后，亦照旧办理。至是博郎请退，因于十三日，将一切支应事宜，全行交代余手。事烦任重，兢惕时深，且余不擅德文德语，一切帐单，虽略识 接手使馆支应事宜

数字，终不能一目了然。故知出洋者，非略晓洋文不可。

十九日，为西除夕。奥国男爵来台而司退格儿邀往守岁。至，则诸客齐集，举酒相饮。至夜半十二点钟，各握手贺新年。至三点钟，合家均出外步游，意其犹中国之迎喜神方欤。

日本署使山宫云：凡在使署之随员，得与朝会者，皆应赴宫投片贺年。片纸交朝官并女朝官处。上年一切均系博军门代为料理，代赴朝官处挂号，今则又须自往矣。

红帽差人

柏林街道各处有戴红帽、帽上有铜号数目字者，谓之丁字，蛮译言差人也。凡人令其送物、送信，视路之远近，力金自五十分尼至一马克。倘系贵重物件，令其携送，向取名号片纸，万无遗失之虞。盖此等人年老，不能力作。或系老兵赴巡捕房注册报名，充当此役。万一贻误，可持号片向巡捕查追，立可交到。然遗失物信，则决无之事也。

6,1,1

光绪六年岁次庚辰（1880）

正月

元旦随班朝贺。

德俗赴宴，凡至王宫各部大臣家，每宴客以千计，少亦数百，局面广阔。必须随带跟丁，所着外罩皮衣，可交家丁。其馀寻常茶叙，则外衣均挂客厅之外。散出时，司衣司阍者，均须给赏一二马克，或三四马克。 赴宴习俗

德国大学馆内，生徒均数百人，分作十等。头等者，月修十二马克，末等只五马克。每日九点钟到馆，二点钟散。教习或男或女，人数不定。教授之事凡六，曰文字，曰外国语言，曰天文，曰地舆，曰算学，曰教务。故日月五星之所系，江淮河汉之所在，虽年未及岁，悉能应对也。 德国大学生徒分等

西国妇女多能作歌弹琴，有以此为生者。凡人家宴会，延请有名歌弹者，每人每夜酬资数百马克至数千马克不等。惟寻常乐工，则每人不过十马克。因跳舞而用者，自四人至十数人皆可。亦有一人弹洋琴，以和舞者，每夜工价十五马克，乐馆中乐工有多至七十人者。

复活节锦绣彩蛋

西俗三四月间有佳节，曰“阿司退而非司脱”，谓耶稣复生之日。大开筵宴，各送蛋式糖，或以锦绣做成蛋式，中实以各种糖食，分送亲友之未及岁者。城乡游人络绎道途。其次日则工作、手艺人游玩之期。先三日，为耶稣被害之辰，禁止宴会作乐。

德国请宴或茶叙会

德语谓请宴曰“的奈”。曰“密达哈爱生”者，即午饭。然请在四五点钟者，须应时刻到，至迟逾十分钟，则诸客已专候一人矣。曰“叔胚”，曰“阿盆脱爱生”者，或仅称茶叙，即晚饭。在七八九点钟不等，可逾一二三刻。而往交深者，可早到，否则太觉不雅。看戏听乐，亦须应时到。或因事延迟，不妨申说道歉。王宫茶会，更须应时必到，在位高者之先，所以尽敬也。

使署请客花销详单

十九日，本署请大乐会。十日前，发帖约四百副，到者三百人。计定筵席二百二十分，每分八马克，剩者尚多，实可敷四百客之用。糕饼、冰糕、冰水等一百六十五马克；又用去香冰酒七十五瓶，每瓶五马克五十分尼；红

6,1,19

酒四十九瓶，每瓶二马克；白酒十七瓶，每瓶亦二马克。琴歌女士来蛮五百马克，派提拉五百马克，阿而梯迁脱五百马克，迷迁来儿三百马克，马女推脱三百马克。众乐工一百五十马克。租大琴二十马克，刷请帖三十一马克，乐单十八马克五十分尼，烟卷四十馀马克。堆花一百十四马克。另雇洋仆值席十五人，共一百五十马克。又头目三十马克。其馀值酒、值衣、司阍、司幔，均系自派，各有赏。又租瓷器、杯、瓶、壶、盘、桌、椅、巾、刀叉、羹匙等四百分，共赁价四百五马克。约共用德银六千一百馀马克，合库平银一千一百两。西国之宴会，大抵如此。

宴会女客各种礼仪

西俗宴会，就席须订女客同坐，亦有主人书花片代为派定，则无须自行面请。就席俯首为礼，以右臂举起，请其以左手相携至饭厅入座。凡女客多于男客，则陪客者帮同主人带领女客。就坐后，不妨再请一客，俾逾数之女不致闲立以待。故讲究请客者，必配定男女数适相符。此系指筵宴而言，所谓“的奈”者是也。若大茶会、大跳舞会，人在数百以上者，则往往无坐位。所有椅杌只可尽女客坐。男客取酒、菜、糖果等送至所携之女客处，再行自取。大半站立就食者。饭毕，仍携臂送至客厅，点头为礼。

游客趸购可减票价

万牲园，虽系考究禽、鱼、鸟、兽之所，然夏令间日作乐，故游人有购长年票者，计每年十五马克。以照像一纸，印一硬戳，凭此进门。如全卷购票，则第一人十五马克，以次每人只九马克。此外，他处游票及浴堂价，凡趸购者，均可减十分之二五。

三月

初九日，与鹤伯、稷臣同赴阿盆而好司戏园观剧。园隶乐部，数日前，新到名优卢卡，每日演价四千马克。戏票转辗出售，每座有贵至三百马克者，惟出使人员，可作函遣丁向乐部大臣购票，则仍照原价，西人所谓应享之权利也。

使员听戏可照原价

柏林城北新设鱼会，德世子为保护之主。征集通商各国业鱼器具，考究渔泽之利，中国亦由赫总税司派员由宁波一口备送各物，簖、笊、网罩，无不齐备，并有木雕之宁波渔人、眷属、孩童，神形尚肖。会毕之后，品评给奖，亦与赛珍会同，惟会期只三个月耳。

柏林鱼会宁波木雕

西俗男女及岁，成冠笄之礼，谓之安痕惹而共克。择日，男则衣缺襟，衣系白领，女则衣白段、长裙、袒臂之服，至礼拜堂，坐神龛前，男左女右，教士诵经，楼头作乐，有感而涕泣者。半晌，礼毕，亲友举手相贺。散归，设宴，致送礼物，则于前一日交去。

成人之礼

6,3,12

十二日，偕徐仲虎、刘鹤伯二君，赴波子达姆看石厂。石以沙泥等物，或石膏和各种颜色，以水汽柜压坚，待干，用细石水磨七次，至极光如镜。与大理太湖等石无少别。其沙料即塞门德土，性能化合，坚结如真石，惟分两略轻耳。厂为世爵勿里得阿来所设，渠愿以制法授余，因往返不便，遂中止。

柏林犬会

犬会设柏林城南土阜上，会中以木作厂列号，分格储犬，种类数百。亦有标价出售者，亦有送往比赛者，并有设标票出售以得彩者。厅事中陈设各种养犬之器以及犬衣、犬铃等物，精粗悉备。西人之于犬，亦可谓尽心矣。

德人善绘事者甚多。有以画瓷授余者。画法以白瓷器，先用松节油西名“退而喷汀”抹过，再用金质之颜料任意绘画。待干，付瓷窑，加金再烧一次，则金质之色可以熔化黏于瓷上，惟红色不宜加于黄色之上，以其性不相合也。

北冰洋游历图

北极冰洋游历图，以大幅洋布画成。自瑞典国鼓轮起碇，历涉风波，至北冰洋。舟为之胶画帧如横幅而极大，置戏台之前面。左卷右舒，冰洋景致历历在目。后面以煤气灯映之，疑是疑非，令人莫测。至返棹回国，则其国之宫中张灯以待。流星、花炮万道金光。最奇者，海中风暴、电光划裂纹于布上，以电灯闪烁照之，俨若真闪。往游者，为瑞士人亲历其境，手绘此图，以供同好云。

德国本境信资，每函十分尼，轻重不较。寄物件，则重十磅寄资五十分尼。十磅以外，递加二十分尼。故其国人逾十磅以外至廿磅之物，分作两包交寄，俾省寄资。然出境之物，寄费则甚贵，且本信局不能预估他国入境。寄资，须俟物件寄到他国，接其国之信局回信，然后再付寄资。往往值数马克之物，寄资逾信者。

十月

十八日，布国开议院，与五楼同往听议。凡开议院，外部亦送凭单，以便往听。数年来，余曾未一往。今差满将行，因往观焉。院屋为极大，厅事四面。如看楼，厅南设主议者之位，厅北为各部大臣听议之所。堂之右楼，为出使者听议之所。左楼，则绅商之眷属议者，更番辩论至数时之久，事属犹太教，无关使务，因先去。

柏林官钱之制法

柏林之官钱局，在王宫之南河沿。制法，以金或银入炉熔化合就一定之成色，铸成条，入机器夹二十馀次，成薄片，复用机器剪成圆片，大小厚薄如各种钱。过秤，重者刨之，使分两相等。装入铁罐内，用泥封固，入炉煅，令性软，再以药水洗帚，入烫气锅内，炒干。然后，以机器刨边使光，入花边机压出边花，入面花机压出两面文

6,10,18

字，再行过秤。此秤，亦以机器为之。中间分三层，钱从上面总孔内落下，分两准者，在中层落出；稍重者，在下层落出；分两不及者，上层即先行落出。又有英国秤法，更精致可观。其意亦大同而小异。或谓制成花纹始行秤准，则何不于未压花以前先行秤准？殊不知压花者，尚有边线微金擦去之事，故不能先秤后压也。其印花纹之模，系以钢煅软，用母模夹机器中压成，再烧红淬水，则坚与母模同。其母模之做法，则以极好之钢用火煅软，以刀雕刻，工夫极细。雕成后，烧红淬水，即成母模。故母模一成，则千百字模不难克期而就。该局造模处，存有各种赏牌钢模，大小无数，均系国家所用。概出于该厂之工。其金银等品评成色，则由化学师代试高低，故无毫厘之失。廿八日，五楼同往观看司事者，复以化分银色法示之。

十一月

初五日晚亥刻，刘鹤伯观察谢世。鹤伯于光绪二年冬，随郭、刘二星使赴英，旋经刘星使调带来德。李星使又奏留当差，期满保奖，以知府升道员。为人聪明豪爽，学问纯粹，兼通英、法、德三国语言文字，为出使各员中所仅见。余与之同事三年，规过劝善，尤能直言不隐，应对周旋，极为西人所称赏。不意，九月下旬，患肺痈之症，时轻时重，竟至不起。怀才如此，而天不永年，良可慨也。当蒙星使谕令，料理后事，检点遗物运华，交其家 刘鹤伯病逝于德属承领。一面办理奏稿请恤，并咨总署，请给六个月薪水为抚恤之款。远涉重洋，殁于王事，谅邀俯准也。

西例贺年多用名片

西例贺年，除极知己者须亲到外，其馀概用名片加信封，由信局递寄。妇人有以折花片纸致贺者，每张贵者三马克，糜费亦复不少。

国丧服制

德国定例，凡国戚及他国君后之丧，均有服制。或七日、十四日、二十八日，惟礼官之报单是从。素服期内，不公宴。惟见客之会，仍登报招客赴者，男常服，女黑衣、黑手套。十二月初八日，为女朝官见客之日，适值素服期内，有妇人著白衣往见者，尽非笑之，其人渐亦觉，即退去。英、法等国，为其与国持服亦然。

欧洲各国偶值灾荒，或事在邻国，或事在本境，不分畛域设会，公助各种物件，招客往购，经理出售者，均大家子女。大厅陈设各物，若市肆然，劝买甚殷勤，所得之值，即以助善。举主事者，作函分致各使馆、各部院，必须有人前往，以尽交谊。得物而助善举，一举而两得存焉。

柏林冬令溜冰嬉戏

柏林于冬令尚溜冰之戏，极其热闹。河冰结至三四寸厚，即可溜行。最上等之冰戏厂，在梯霭家塾。无论国戚、王公、官绅、士庶，每午后，持单梁铁冰鞋前往。有

6,11,5

因溜冰而相识，遂成姻眷者。故千把等官未成婚者，兴致尤甚，且云与身体有益。盖气冷，则洁。平常身体不动，不能耐受寒冷，故于肢体用力之时，既得受此清气，又不致感冒风寒。虽云嬉戏，亦非无益也。

阿盆而好司大跳舞会出售之票，系乐部大臣具名。票之右，刊列章程。内有文职白领缺襟衣、武职公服之语。故第一年，刘星使率属员赴会，均军机褂、大帽。有康发达者，德人而任中国税司，与博郎言此，非中国公服，不应服。其时余才到，故未赴会。然彼国之白领缺襟，仅能与中国之一裹圆大帽、穿靴者比。若彼国文官服金饰朝衣，则吾辈自应补服，惜未以此言反驳之。然章程之载公服者，以其与国君相见也。公使之外，本可不必与国君见面，然则并大帽、皂靴，而无所用之也。 舞会服饰

光绪七年岁次辛巳（1881）

元旦，花衣齐集大厅，随班恭拜圣牌。

初六日，德世子请大跳舞会。自此，每年一次定为例。

水土不服咳嗽不已

余来德数年，初因水土不服，继则延至肺经咳嗽不已。因于最剧之时，延请德国太医院官拕婆而脱诊视，云系肺流，必须更易和暖水土方能就痊。因二次具禀请销差回华，均未准。不得已，静心调理。适天气转和，渐有转机。医者又劝每日乘车至园林闲步，以舒体气，并可纳受清气，此为调理病躯之第一要法。

德王长孙娶亲

德王长孙，于正月二十七日娶亲。先一日行亲迎礼，与敬如同至德后文案幕友鸽君处。因该处附近新宫房内，

7,1,27

可以坐看也。前行，为王孙所统之步队，王孙亦步行督领，后随六马车若干辆，最后八马车金饰玻璃窗，则为新妇之车。以后扮出之技艺，百工鼓乐、旂帜，若中国迎神赛会之三百六十行，约共数万人，观者塞途。晚张灯火，明如白昼。

德国银器，以十六成论。凡真银十二成，则铜四成。因纯银制器太软，不适于用故也。

朱梧冈司马凤梯，曾任上海三年，风骨峻整，尤能不畏洋人。每遇交涉者，侃侃而谈，彼族尽为所折。有美国人枪毙华人一案，力争办抵，通商以来，所罕有也。兹闻仙逝之耗，有西人之曾商于沪者，闻之亦嗟叹良久，公道固自在人心也。

美人枪毙华人一案

二月

十四日，即西三月十三日，俄君为其叛党炸弹击死。德国持素服二十八日。前之十四日，妇人衣、帽、扇、手套均用黑色，后之十四日帽扇、手套均用白，衣服用灰色衬边。官戏园停演三日。民间仍有请会作乐者。

俄君被害 德国素服

帕拿拉麻者，译言圆画。以圆庭一所，径十数丈，围三四十丈，上以玻璃作顶，复承以布篷，周围墙上油画，

德国圆画

绘德法交战图。上得天光相映，下以真树草地。石墙与画上地址接连，远望数十里，人马沸腾，烟云缭绕。受伤之兵马，烧毁之房屋，树木为炮轰折者，纤悉毕肖，直不能以画目之也。此种画图，英法等国皆有，各绘其惊心触目之事。德国初次造成，观者如堵。画者为内庭供奉之画院教习伐而奈儿，计值德银十五万马克。

塞门德土西国常用

西国建造，均用塞门德土。凡用土一成，沙二成，小沙子四成，合用者历一月之久，受压二百三十气罗。历半年之久，受压三百气罗。受压云者，即以此土所胶之砖，历时之久，须若干分两，方能脱开也。此种土以之砌石桥，浸水中愈久愈坚，竟能与石自相化合。浙江之海塘工程，倘以此法筑造，则一劳永逸，可省岁修大修费无量数。当轴知之，谅当筹及焉。

德国瓷器制作流程

柏林有德国国家所开之瓷厂。三十日，偕韶甫往观。制法先以机器将瓷土磨至极细，入水池搅之，令细者浮于上面。水池长方式，高四尺，宽二尺，长六尺，接连十数池，以管通连。其瓷沙之轻细而上浮者，相递而流至最远之池，然后取起入滤机，以布夹而滤之，如榨豆腐。其滤干干沙，以模子制成各器，令其自干，然后加油，即玻璃粉之类。未烧以前，如白砂研至极细，与水相和，以已干之瓷胚入沙水内一过，其油料已黏于瓷胚上。再令干放白泥盆中，层叠相架，入窑烧之。窑接连十数座，以管通煤

7,2,30

气，煤气即在窑房之外间，自以煤火煅取者。窑中装满，即以砖泥封固其门，使勿泄火。旁开一玻璃小窗，以看火候。火候到，则闭其煤气之管。待冷取出，底有不平者，以砂平轮磨之使平。再拣选无疵者，送入画楼，绘以花卉山水，金绿各色，又入窑再烧三四点钟，则色与瓷相融和而不致脱落矣。自磨粉至成碗，须费数十次工夫。每次工夫必有专人查验过目，有玷者，剔去之。其中尚有做瓷人物者，则工夫更细。先以模做成一人，镂刮极光，再以小尖刀如绣针者，刻其衣边花纹，有细若镂丝者，精致不可言喻。故德国瓷器为欧洲冠。

三月

初四日晚，同徐仲虎观察，赴南德国验看枪厂。八点钟开火轮车，次晨到勿兰克甫而脱，停刻馀，易车前进。午刻到司都脱加而脱，至客店盥手。承同行之马而科梯邀中饭。饭毕，车行尚早，同赴王宫一游。宫名惟纳海而马盖，其国君避暑处也。宫中有跳舞厅，均仿土耳其国中之式，四壁雕镂，饰以金彩。上面玻璃窗以五色绘成花卉，乍见疑真。其宫女并开示刀叉瓷器房、古军器房、浴房、书房、油画房、花房。花房亦以玻璃作盖，用铁管通暖气者。故天气虽寒，而花卉已绚烂如锦。因天雨遂回寓。该处国名维迁而退姆陪而希，为日耳曼列邦之一。申刻，复登火车，亥刻到阿勃尔陶而夫枪厂，主人毛瑟尔已到站迎

赴南德国验看枪厂

斯图加特老王宫

毛瑟枪厂

候，遂同至客店晚膳。

制枪之法

初六日午前，看枪厂制枪之法。先以已成之枪筒粗胚，自他厂购来者，用机器绞令两面皆光。再做来复线纹。凡照星、照门、机头、机簧、带钩、扳手、挺簧、挺针、弹钩、木托以及无从命名之各件，无不以机器为之。直、方、圆、斜，固用机器，而弯曲、凹凸亦以机器成之。盖机旁另有一机模，导之以行也。厂分上、下二处。上厂为其弟经管，多作细件。下厂自主之。总机以自流溪水代火轮机，另备汽机，为水势不济时之用。午后，验枪之准头，设靶远八十密达，以铅为之，宽一尺馀。因枪系倚定，故无不中。惟分左、右、中耳，旋又打一千二百密达远之大靶，则较难取中矣。

德印刷术

初七日，看打铁厂并上厂。毛瑟尔云：全厂开工须工匠六百人，每日可成枪一百五十杆。惟粗筒系从他处购来，因价止三马克，自铸不合算。午后，看印书厂。先以铅字排成版，用酥纸水湿铺上，将刷子用力打坚结，入暖房焙干，将纸揭下即成。阴文书版熔铅以铸之，得阳文铅版。其形如半竹式，夹机器上。机器之前系纸卷，次铅版，铅版之下，即刷墨之棍。纸随抽随印，印过即自叠为二，再后又叠为四、为八。一分时可印六十张，已自叠成新闻纸式。其汽机系用煤气代煤，故尘土亦少。申初，乘车同毛瑟尔、马而科梯、芬锐飞芬西铎至山顶游览。山路

7,3,8

如之字形，盘绕而上，故车亦可行。惟下山时，其势难留，故车辙间有一铁机压住一轮。此山顶上，平冈远阔，果树麦田，一望无际。至乡间酒店小憩，乘车回至半山，相约步行而下。

参观德国火药厂

初八日，诸君同乘火车至河脱为而，赴火药厂主杜屯好夫之约。午前，观火药厂。亦用水机研磺、研硝、研炭，复和合同研，以水柜压成坚饼，再以机器割碎、擂光，即可应用。炮药宜大块，使其发火迟，而送弹之力足。枪药则细。另有试火药速率之机器，又有试火药分两之机器，以火药实玻璃管中秤过，再用机器吸入水银，使满再秤，以比较各种火药何者坚实，何者松浮，拟一定率。盖火药颗粒有大小，水银无隙不入，故得较验其分两也。药中所用之炭，另有厂以木盛铁柜内煅之，炭色带红黄者，悉拣去，仅用其黑者。午后，同游古礼拜堂。有二百年前之地图，粗陋不堪，神像有如送子观音者，有如十殿阎摩者，酷类中国庙宇。庙祝请各书名以留念，遂应焉。戌刻，复回阿勃尔陶而夫。

黑森林

初九日，辰刻起车经过司滑尔此伐而脱，译言黑林，为德南名胜地。山岭丛杂，火车路穿山洞者十馀处，上下盘旋，忽明忽暗。入其中者，如武陵桃源，几忘尘世。历数时，始到平地。午后二点半，抵卡而思卢，至客邸停行李。饭毕，与马而科梯、徐仲翁，步行至罗冷士弹管厂。

罗冷士弹管厂

罗君因病不克陪。其司事者，导观各机器。弹管则以黄铜片入机器压成盂式，旋压旋深，至如铜笔管而止。每压一次，必须火中煅一次，硝镪水洗去其煤污。既成长管后，刨去根边，又割之，使长一律，根底刺二小孔，均以机器为之。每日全厂动工共二百五十人，可成弹管二十五万。弹管所用之蜡底、纸底（所以衬在火药之上面者），亦以机器切之。初十早，至厂看铸铅子。以铅熔化入铁筒中，盖密、旋紧筒底，通压水柜，以水气压之筒盖。有孔，大如铅子，水柜压力紧，则铅从上孔出，若中国之榨线香者，旁用轮轴绕之，即成铅条。再以整轴之铅条，合于做弹之机上，自能夹住切成五分长之段。每段落下，即挤成一头尖之铅子，然后用人工以刀削光，即可装入铜弹管。该厂因不备火药，故装弹之事不与焉。

看铸铅子

机器制物必有量模

凡各厂机器制物，必有一量模，使所成之物，大小、宽紧、长短，一如其模。然后，无不合之虞。每厂中做量模者，最为精细之工。其模以钢为之，五金见热即涨，必使阴模与阳模见热则嫌其大，则冷时无毫厘之失。制物如此，何患不精乎。

海德堡古王宫

初十日，午后，乘火车行三点半钟，到海岱而陪而希游古王宫。宫在半山，墙垣均以石为之，雕琢甚精。百数十年前，为法人所毁，故有残缺处。后面高石圆台，为火药轰开三分之一，其轰开之一角，虽攲侧在旁而石块不解

7,3,10

散，盖塞门土黏力甚坚之故。宫房之下，有大皮酒桶二。一尚不奇，其一横置地上，高一丈六七尺，长二丈馀，以二十馀级之梯登其背上，有一方台，云系跳舞所设。此桶以五寸馀厚木版，一纵一横，相间而成，故不致渗漏。观此桶，其国之酖酾于酒，可概见矣。山之巅，小寓一所，可以远眺，山水均佳，故夏令游人极众。因小坐一刻，即步行至前山，由羊肠小道下坡，则已万家灯火矣。七点三刻开车，十点半抵勿兰克甫而脱。 大皮酒桶

十一日，看砂轮厂。凡机器所用之刀凿等利器，均须以砂轮磨之。故砂轮之用甚繁，而开厂制造之所由来也。其砂以希腊所出之坚石为之，其形如铁，用大机器夹碎之，至成小粒，再研极细，分别合用以油胶等类相和，入模压成轮，入炉烧之，再以金刚石为凿，装机器上，刨之使光，即成砂轮，其坚如石。 砂轮制法

勿兰克甫而脱亦有圆画，较柏林更大。所绘亦德法交战图。德君及其世子，并首相毕司马、大将军墨特格，均在观阵。画法之佳妙，与柏林同。而画中地面之广阔，人物之众多，战斗之勇敢，则又胜于柏林之圆画多矣。 毕司马（俾斯麦）

万牲院小于柏林，而精致过之。饭厅极大，可容千馀座。虎、豹、犀、象，多寡亦相等。惟多一老猴，大若中人，能吹筒演术，司猴者因以得赏。彼则故作懒态，每一

命令，必延挨许久。有一技之能，即思自傲。兽尚如此，而况于人乎。

名胜蕉园（棕榈园）

派尔门家而腾者，译言蕉园，勿兰克甫而脱之名胜也。园中有亭、有台、有池、有沼，山色青暝，波光荡漾。以铁索系长桥，亘卧水面。渔舟鼓枻如梭，颇得清趣。前面有大乐厅，接连玻璃花房，杜鹃、茶花，红光竞艳，若天半明霞。花房之中，有阿非利加各种树木以及蕉、竹、棕、榈之类。是日，适陈大乐，惜厅中热气逼人，不能息足。园之后，新盖木房亭榭数十座，为西五月朔开设赛珍会之所。晚七点馀钟，登火车，开行。次晨，十二日八点钟，回抵柏林。此役也，共计八日之久。余与仲翁两人，火车、寓价，除毛瑟尔代付外，共计四百七十九马克。遍看制厂，考究一切，非无益也。

返抵柏林

十五日，总署来电，三月初七日奉上谕，二品顶戴、三品卿衔、记名海关道李凤苞，著兼使意大里、奥司得里、和兰三国钦差大臣，钦此。先电知，国书办好即发等语。同人拟衣冠为星使贺，余曰缓之，倘此时接电即贺，则彼时明奉谕旨时又贺，抑反不贺乎？且吾辈之贺，视星使之谢恩为率，或星使不即谢恩，属员亦不必即贺。佥以为然，遂定候奉到明文再贺。

李凤苞兼三国大使

十九日，午刻，接总署来电：三月初十日戌刻，大行

7,3,19

慈安去世

慈安端裕康庆昭和庄敬皇太后晏驾，应自奉文之日始，缟素二十七日。自大事日始，百日不剃发。惊悉之下，哀恸无已。星使以奉电、奉文，必须驻扎各国大臣一律办理，因电商曾侯，覆以奉电作为奉文。遂成服，随班哭临三日，早晚二次。印信标判，概用蓝色。

德人赴华学习翻译

廿八日，德国性理举人伦次，得外部凭照，准其赴北京德国使馆学习翻译，月薪五百马克，整装一千二百马克，川资之外，在途每日零用十五马克，限十年学成。倘半途自退，应将领过各款缴还。伦次自前年经博郎说项与赓、荫二君易教华德文字，仅一年有半，已认识华字不少，惟文理语言则相去尚远。然以十年之限，倘能专心学习，又何患不成哉。

曾纪泽为太后去世酌定仪制

曾侯复李星使书内有酌定国恤仪制：一、三月二十一日著摘缨顶、绒冠，白袍、白褂布忠孝，带青皮荷包，率僚属行礼。二十二、二十三两日，早餐各行礼一次，此三日，不见客不出门。一、三天外，二十七天内，出门或见客，著无缨之冠，衣色用白。若便服，则小帽用黑结，衣色元青或灰白。一、二十七天外，冠摘缨顶，衣色青，便服，小帽用蓝结，便衣，禁用红绛等色。一、二十七天内，朝会、茶会，跳舞音乐诸会，均辞不赴。二十七天外，赴朝会，用常服，仍带青纱，以作表记。赴茶会著青衣，亦带青纱。一、百日外，赴朝会，照中国元旦万寿之例，用蟒袍，补褂朝珠，仍带青纱。其跳舞音乐各会，仍辞不赴。一、遇中国吉服之期，按照典礼易服。又三月廿四日书云：《会典》《通礼》《礼部则例》诸书，皆详于君而略于臣，详于满而略于汉，国恤仪制，此外，别无专书可查，来函所摘《会典》各条，已得要领，似无须多事搜讨，转滋迷惑也。军中丧仪，减杀虽有明文，然咸丰十一年、同治十三年两次大事，湘淮各军服制亦复参差不一。毅皇后晏驾，在穆宗热服未除之际，尤无画一之章。安宫临御多年，薄海臣民服制或应加重，当候礼部明文颁行遵守。吾辈数万里奉使，事属创见，日与洋员交接，不能不依附礼意，斟酌变通。此间距华过远，制衣极难，弟于英、法、俄三处文武员弁，但禁服红绛等色，其馀不甚苛责。至弟自定仪式，尽吾心之所安而已，未能征诸典礼。既承垂询，用以奉闻云。

德国寄中国、日本信，从前旧例，比寄英、法等国信资加倍。自去年各国会议后，改定一律二十分尼，以昭画一。

畜犬纳捐蓄养规定

柏林人家所畜之犬，向章每年赴巡捕房纳捐一次，计三马克，给发铜牌一面，系于犬颈，并须戴笼头，方准放出门外。否则，罚。现因有疯犬啮人之事，新章在家放出之犬，主人均须携以绳索，不准任其自走，俟冬令天寒，犬不病疯之时，再行弛禁。一时畜犬者甚苦之。然疯犬啮

7,3,28

人之事，从此可绝。

城河内行驶之船，长大而笨，每日行程快于中国之粮艘无几。每过一桥，司桥人启梁放行，例给二十五分尼。

出洋之期，宜连闰计算也，固与历俸试俸相仿佛。设如到洋，在闰月某日，决不能以次月之某日为到洋日期，此又不能不连闰之的证也。柏馆各员期满之限，余初以连闰叙稿，星使嘱查此例，因在此议陈之并检。陵工、司员年满成案，各抄折呈览，事遂定。然驻扎各国使署，均不计闰，奉使海外，事属创举，故办理尚不能一律也。 出洋之期连闰计算

余患泄泻多月，并时觉里急后重。西医治法，已计穷力尽。陈敬如告以饮米汤，亦西人治泻之一法。仆人顺福闻诸西人云：以大面包切片烘焦食之，亦能止泄。余两法并用之，米汤可扶脾，焦面包能消食，其理固在也。 治泻之法

四月

初，距夏至尚有四十日，而日长已甚晚，九点钟始黄昏，至夜半二点半钟，东方已白，三点则可看书、写字。柏林距瑞典国尚远，而已昼长夜短如此，无怪近北极处，有不夜之天矣。 近北极处不夜之天

轩辕氏见飞篷而作车，见落叶而作舟，即中国创造机器之始。风车水碓，相传亦久。至于双锭纺车、提花织机，则后世愈变而愈巧者也。绸缎、锦织花纹，固非人手所能独为，故不得不用机器以成之。泰西人民稀少，又竞以贸易为利，故必增设汽机，以助机器，俾得多成货物出外行销。于是乎，无不以机器从事者。然人力之所能及，亦未尝尽用机器。即如德国乡间耕种，未尝见以机器代人力也。其馀工作在山水间者，则以水机助力，磨麦则尽用风车。惟人力所不能施者，如铸铁甲起重物之数万斤者，自非汽机之力不为功。余故曰机器之用，始于吾华，泰西人特以汽力助人力之不足耳，不得谓之泰西人独尚机器也。

机器之用始于吾华

泰西之学始自中国

不独泰西机器之学始自中国，即化学、光学、重学、力学、医学、算学，何莫不自中国开其风。种植、稼穑、造酿酒酱、染色、漂白、烧瓷器、玻璃、瓦缶，炼丹药、铅粉、硍硃，打铁、点钢、制火药和石灰，皆化学也。光学则以水晶作眼镜，重学则造桥梁、作环洞，力学则建亭台、起楼阁，医学则药物之外，亦尚针砭。算学则九章无不悉备。人所谓泰西之学者，盖无非中国数千年前所创，彼袭取而精究之。分门别类，凡人得精一艺者，即可致身富贵，故不惜工本以相试验，事理愈推则愈广。中国人性灵巧，苟专心而揣摩之，焉知不能以数千年前之所自创者，将来仍得自造其极哉！

7,5,2

泰西医道有不及中国者，切脉只论迟速，其馀不知也；施方只治一病，其馀不顾也。治寒热，则亦不问其为表、为里、为虚、为实，真所谓头痛医头，脚痛医脚。既无釜底抽薪之法，亦无急则治标之为。故病只一症者，可治病。有数端者，难医。惟于外症，则有把握。以其考究筋络血管，腠理地位，分寸确有不易之据。且云：外症之致命者，系由毒传血络。近来得新法，使毒不外行。故外症无一能死人者。惟毒血已经散开，则亦无可如何矣。 西医治病只顾一端

五月

初二日，早起，寒暑表仅上十度，而热甚然。二三月间，亦有十度之候，则毫无热意，盖春季日缠尚南，热气斜照而易散，夏令日缠渐正，热气直逼而难泄，且冷热有燥湿之分，燥则热，湿则冷，故以表定寒暑者，仍不可不知也。

柏林凡遇大节期，火轮车特减值，以便游人。其往回车票有减至半值者，惟头等车照常收价。因坐头等车者，皆富贵中人，不必靳此区区耳。 遇大节期车票减价头等照收

总署议覆，出使日本大臣何片奏丁忧未满三年人员应否给奖一折，议得：凡出使人员事故离任者，除在差未及一年毋得置议外，其在差已满一年者，拟交部议叙；在差 出使人员从优议叙

已满二年拟交部从优议叙，庶于鼓励之中，仍寓区别之意等因。七年二月十八日奏奉旨准此事。余常论及以出洋数万里之远，不满三年者，未能邀奖，较之津局海运半年之久，三千里之遥，其势苦为孰甚？而况有沪局、省局各海运差，每届必得一保，倘得援引此章，则虽出洋，而随到即回者，亦应奖叙，况历时在一年、二年之久者乎？然东洋与西洋比，则远近有殊，似更宜稍示区别，以昭至公。

西国保险分门别类各设数行

西国保险，系凑集资本数百万，汇存局中，赴保者，照本给千分之一二。设遇保险而仍不免于险者，则照本赔偿。所以集狐腋而成裘，所费无几，而万一遇险，得以照本取回，故乐为之者甚众。保险局有保水险者、保火险者、保人命险者，分门别类，各设数行。所谓水险者，保船只之出洋以及货物之载运。船只须查验无损伤者，方能计值保险。货物则听凭物主计值，倘遇风险遗失者，照数赔偿。火险则保房屋者，保衣物器具者，均凭物主开明所值，不必查验。保人命之险者，乘轮船、火车，论日期赴局保命，每日给德银二十分尼，保一月者，给六马克有馀。保单内填明日期，倘在期内遇险，须于二日内报明局中。凡身故者，偿法国钱二万佛郎；受伤者，偿养伤费每日五佛郎；因伤残废者，偿一万佛郎。因此局系法国分来，故以法银计也。又有保病险者，则先令医生验得无病，其身价之多寡，凭人自愿，局中不过照值抽厘。限内得病身故者，照赔。又有保险为养老计者，则价值较昂。

7,5,26

年壮时，按月给该行若干银，至年老不能生活，可以按月得养赡，并身后之用，均由行中照付。以上各项保险行，惟保水、火险者最繁，故开设者亦最多。

廿六日，新闻纸载有浮水衣一物，可以入水不沉，因往观之。其衣即洋小衫，胸之左右及背心三处，各缝树胶布之口袋三个，袋各宽三寸馀，长五寸馀。袋口向下，内各有套袋，则口向上，大小亦略同。套袋底则以寻常洋布接缝，内装化学所成之药粉，约重四五钱，其色粉红，如赤石脂。此衣平时可代小衫，凡遇险入水，则套袋之底水能渗入药粉，自能化气。外袋口向下，则药气鼓足不泄，人可直立水中。然其气小，有泄漏，初入水时，肩背尚露二三寸，渐即浸没。据云可四五点钟之久不致沉没，盖新得之法，尚待精究，以尽善也。 浮水衣入水不沉

六月

初七日，请假赴萨格逊褒姆两邦游历。同行者，为陈敬如兄。十点开火车，午后到萨都得来司登。天气甚热，仅赴万牲院一看，大略与柏林仿佛。 萨克森首府得来司登(Dresden)(德累斯顿)

初八日，赴古礼拜堂看礼拜。教士数人，衣道袍，如中国道士之金绣法衣，并有道童数人随声诵经，手执香炉，在神龛前熨爇，一如建醮者然。午刻，又赴古画院。

院中悬油画共四千馀幅，山水、人物、蔬果、花卉，各种皆备，惟年分愈近，则画法与神愈形佳妙。盖心思愈用愈得，并非古人之不如今人也。

午后二点钟，乘轮舟赴山道，七点钟到住乡店。一路山岚叠翠，古木参天，颇有可观。

布法交战藏牛种处

初九日，雇车由瀑布泉至小冬山母牛房。母牛房在万山之中，十年前布法交战时，德人曾以牛种藏避于此，其中怪石崚嶒，有一大洞，洞外有石台，台旁有石缝，可侧身拾级而登。约百十步至其巅，松风徐至，清气可人。旋至大冬山午餐，复乘骑至迫来皮司门，系一极高之山，洞形如城门。过此，车马皆不能行，步履而下。山陡甚。至申，始到平坦。遂雇车至江干，乘轮舟回寓。

初十日，乘马车至巴兰德岭。岭在峭壁之上，从后面绕道至其巅，远望青山排闼，历历目前。复乘车至高石岭午餐，旋赴狼山洞。洞甚深，以烛导入，须行一刻时，然入者甚少，未敢轻试。洞外尖岭，从旁夹缝中侧身而登，松亭一座，栏干数道而已。复步行至路口，登车过佩而伦园。园在万山之中，流溪一道，夹岸峭壁，欲下望之，若前后无路者。武陵桃源于此复见。行一时许，始出谷，则夕阳西下，间有山村数处，鸡犬相闻于道。又十馀分时，始见江岸，因即长驱回店。

7,6,11

十一日，午刻，乘车携带行李至王石岭。前面峭壁直立，从后面绕行，盘折至半腰，复步行至巅。巅上为炮台，须购票注册方准进内。每票可进八人，价四马克。然一人独入，亦须购一票。铁门启钥入其内，有一浮桥。桥之彼岸，深洞斜坡，由右旋上至台。先看泉井，井深五百四十馀尺，径一丈馀，以机器汲水，每日得三十七吨，约合六百馀石，所以供守台兵士之饮。以水自井边倾入，须候二十秒时，方听得水声到底。以回光镜返照，见井底仅尺馀耳。旋来一哨长，带领看阅炮台。台之四面，均就天然石块加筑雉堞。距堞数步，筑土墩，以御炮。距墩丈余，则大树阴森，树以内，则建屋，以驻兵。台之后，有深二三丈之坑，亦用以藏兵。台下又有护台一层，亦就天然石基建成者，坚固已极。十年前布法交战，法王拿破仑曾带兵至对江高岭名陵陵石者，设炮相击，究未攻破。阅毕，步行至路口，乘车赴瑞士水机处午餐。因为时太促，不及往观山岭。随即至火车行购票，时三点二十分车适至，即登车回得来斯登。六点二十分，复易车，直返柏林。晚九点三刻安抵。是游也，共五日。一切舟、车、马车、房膳，计派一百数十马克，因所住乡店，非比客寓之数倍昂贵也。

炮台坚固拿破仑曾炮击未破

西国兵乐之大者，有六七十人，有以机器作乐者，声音之大小相若。只设一大橱之内，置大鼓三四面，上架喇叭一二十枝，以及他种乐器。开其机括，则击鼓吹笳，均

西国军乐

合音节。又有以电气作乐者。均不须人力而无异数十人从事，价值每件三千马克至一万马克。

高空走索泰西第一

廿一日，城西新围场有新到走索者，名白兰亭，为泰西第一名技。以铁绳长数十丈，两端系竿头，高数丈，持棍行于索上，或掩其目，或以筐套足而行。又以流星火炮置索之中间行。过时，火燃炮发，不致惊跌。走索本不足奇，在中国，跑马走线，妇女皆能。惟白兰亭曾以长绳系两峰头，步行而过，故得各国君主宝星之赠，是以名传一时耳。

往游伦敦

英国伦敦，为泰西极大之城。余出洋四载，行将归去，不可不一往观。因于廿五日请假前去。十二点十五分，开行头等车票，往回计一百八十九马克十分尼，过江舟资已在内。三点十分，过日耳曼列邦汉挪威，亥正到阔伦易车。次晨，八点一刻抵比利时国都城，盥沐讫，又易车，十二点十四分到喀来江。步行至船埠，登舟。舟系两只合成者。此河界大西洋、北洋之间，风浪极猛，故以两船合成，俾免簸侧。行二点钟之久，抵英岸，地名特蜗物孩儿，登岸，仍乘轮车。五点半到伦敦奢林拿罗司火车

遇黎庶昌

行，即持票取行李。乘马车到栏干客寓，适黎莼斋星使亦寓此店，先已他出，因即扑洗征尘，赴使馆晤李湘浦、陈莘耕两司马。晚饭后，并同吴礼堂参军看水族院。适有演技者，极形热闹。院以玻璃为屋，阔大无比，游人满座。

7,6,27

四面围廊之下，遍设水族，并售一切物件之圆亭。围廊之楼上，油画雕塑之类，横陈直挂，不计其数。初到其地，惟觉其气魄浩大，数倍于柏林，实有目不暇给之势。

二十七日早，在寓谒黎星使。略谈片刻，即赴使馆见曾侯并参赞以次。午饭后，黎星使邀往观蜡人馆，大致与柏林相同。楼下之铺户，货物累累，不可胜计，中国瓷器亦不少。晚，曹逸斋参军邀饮。

二十八日，万寿圣节，曾侯开单传谕，随班拜牌。洋员马清臣方伯，亦金花衣随班行屈一膝礼。柏林使馆向来博军门郎元旦亦来朝贺，万寿圣节则不到。自博军门去后，则无洋员朝贺之礼。十二点钟，马方伯格理邀午饭。席散后，黎星使邀看大博物院。各国物件分厅陈设，厅房数十间，中国物惟玉器最夥，并有先朝御赐之珍。因房屋太大，又值曾侯招宴，不及遍阅。五点钟，回馆入席，共十七座，肴馔中外兼备。 大博物院

二十九日系西国礼拜日，伦敦无论大小铺户以及饭馆、酒肆，尽行停歇。惟万牲院有熟识者，可作函告知往游。凤夔九比部向其司事者乞得凭票，邀黎星使、陈松生参赞暨余往观。其中百兽咸集，大小与柏林相若。惟大象有五只，柏林不若是之多也。下午，即在彼用膳。回馆后，又同李湘翁步游里琴司树林，游人万计，以遨以嬉， 西国礼拜各行歇业

无不自得其乐。

伦敦地铁纵横数十

三十日，与陈荸翁游地道火车。伦敦城中房屋太密，不能造火车路，因开地道。上砌桥，环承压力；下铺铁路，纵横数十道。每五分时开车一次，若干路设一腰站，可登梯至地上。故伦敦房屋之在平地者，已不啻在楼上矣。晚，黎星使借使馆设宴，曾侯以次均赴焉。

七月

初一日，黎星使邀吴礼堂暨余，看油画数处，又圆画二处，即洋语所谓怕拿拉吗者。一绘英、法等国与俄交战之图，一绘英、法等国与法王拿破仑第一交战之图，均逼肖入神，惟年分稍久，觉微逊于柏林之制耳。午刻，同乘火车至南乡水晶宫，宫为三十年前英主设赛珍会之所。高数十丈，阔如之长几百丈，尽以玻璃嵌铁框中为之。其中分设厅，事陈百物，无所不备。两边厢楼上陈设，则羊毛、绒绵为最多，绒毯有值百余金一条者。中国股厅中设有书画、玉器、雕刻、冠服，并有衔牌告条等件。洋人好奇，而贵远方之物，雅俗无从辨也。宫内有乐台，有花圃，有埃及国塑像，有纺织全机，有池、有亭，无不覆载于玻璃之中。下一层入地，则有水族院，虾长尺馀，鱼圆如盖，奇奇怪怪，不一而足。宫之外面，则有马戏园，有抛球场。有高塔二，直矗云霄；有大池数处，可泛舟；喷

水晶宫赛珍会所

7,7,2

水之池，则长数十丈。西向小山滴翠，大树成阴。百忙中遇此清景，似出意外。欧洲各国如万牲院、博物院、水族院、画院以及百工技艺各设专院，无不大同而小异。惟英国之水晶宫，足称大观。但年分已久，未免稍欠修理耳。

初二日，与陈莘翁闲步街头。至一大肆，凡人生日用之物，如菜蔬鱼肉、酒果米麦、呢布绸绫、金银铜铁器皿、钟表首饰、铁柜木器、戏具耍货，无一不备，价亦较贱于他肆，惟不入会者，不能购物。入会，纳英银五息令，给一执照，则可任意购买。莘翁云：尚有一肆，比此更大，惜无暇，不能往观耳。 纳银入肆方可购物

初三日，巳刻，黎星使赴纽喀司，看中国兵船升旗，不再回伦，即由彼长行入都，因至车站送行。

初四日，早七点钟二十五分，有轮车开行，余即趁此回柏。九点四十分过渡，风浪甚恶，吐不能已。十一点三刻抵岸，火车已停歇埠头，非若来时之尚须步行十分时。登车后，至车站口。又易车，长行至阔伦。因此车不再前行，即赴客店歇宿，计费四马克。次晨八点三十五分，又登火车，开行至汉那威午饭。晚八点十分抵柏林，持票取行李，则尚未到。度其故，盖阔伦停车，即应往取，以车换车者，则行李不必顾问。停车而另觅一车者，须自行取回。且此次在英购票，忘询此车是否径达柏林，至有半途 返回柏林

停歇不行，物件迟到之误。

伦敦观感：地大人众物价昂贵

伦敦地大人众，登高一望，烟突如林。人生日用所需，无不较他处为昂。盛极必衰，此盈虚之道。英人虽长于钩距之术，恐亦不能善其终也。

英伦房屋内虽精洁，外面则毫不修饰，窗户均用和合式。其房屋底下之一层，则入地甚深，非若柏林之仅一半入地也。园林则地旷树稀，非若柏林之丛林密箐也。惟其地为商贾云集之所，故他国人至其地者，不为奇观，非若德人之少见多怪，互相指说，使客其地者，有局促不安之势。

英伦马车

英伦马车，无头、二等之分，仅有双轮、四轮之别。双轮者可坐二人，行较速，车夫高坐车篷之后。四轮者，可坐四人，车夫执鞭前御，价较柏林贵，而车夫无号衣、号帽。平日停辔街心，凡遇礼拜日，则一律停工。间有游行待雇者，亦甚稀少。

英德风俗大有异同

英人婚嫁，父母不必预闻。倘他国人男女相爱，父母不允者，可至英国报官成婚。然回至本国，父母仍不以夫妇目之也。倘父母于本国告发，例应离异，然无人为也。德俗则男女相爱，父母已经允许者，虽未成婚，亦可任其相携出门，不甚防闲。既成婚之后，或因事故亦易于离

7,7,4

退，倘欲复合，只须两愿，仍可请官断合也。西洋国小，而行路又速，一日之程，风俗即大有异同。欲齐而一之，非我中国统辖地球不可。

火轮车以德国为最精洁。英、法之头等轮车，仅能及德国之二等。德国头等车近年新造者，尤为佳妙，窗以双层玻璃为之，使寒气不透。火炉以烫气通之，灯以煤气为之，车后并有大小便处。睡车则有盥沐之自来水，挂镜、唾盂，无一不备。值车者，并备酒水加非，可随时购饮。至于铺垫，则以红绒，糊壁则以花段。二等车亦用灰色绒作垫，以漆布糊壁，各车均有黏贴之章程，亦甚详备。该车所行之铁道，绘图悬挂，来往时刻，停车分数，悉载清单。此皆各国有所不能及也。 德国火车最为精洁

天生万物，虽有用之不竭、取之不尽之妙，然过于发泄，亦恐无以为继。盖化育之理，非可以年月待。西人竞尚机器，取之太速。造物者，不能催促其气候相随而成。所以欧西各处，矿产日绌，尝垂涎于东方。德国开风气较迟，故林木尚茂密，民风亦朴俭。我中国当此强邻四逼，必不能闭关独守。电报、铁路、开矿、制造，自不容缓。苟能次第举行，不让人先，仍使天生之物，不速竭其源，则人所无者，我独有，人所不足者，我有馀，富强之势，莫可与京，行见统一地球，尽归藩服，亦事之所必有者也。 中国不能闭关独守

柏林陪都

波子达姆为柏林陪都，离城约六、七十里，轮车行半点钟。其地树木茂密，小山排闼，有宫殿数处。曰无忧宫，曰新宫，曰花石宫，曰橘林宫，曰山宫，曰克林克宫。新宫内有一厅，系用各种螺壳黏成龙纹花样，其石柱上均以大小水晶、茶晶、五色玛瑙石、青石、绿珠蚌、绿松翠石等珍，参差嵌成。内室中，有青金石桌，绿松桌然，皆大小镶成者，惟玛瑙桌一张，上有大盆一具，均系整件琢出。此外，花纹石者，不一而足。壁以缎饰，桌椅用银镶，悬灯有真水晶者一大架，馀俱玻璃瓷器所成。花石宫，则尽以大理石、五色花石砌成，各宫地板均以红木、黄木嵌成花样，打磨极洁，纤尘不染，光可鉴人。进观者，须在门外着毡履，恐皮靴伤板光也。油画极多，然皆不出百年物。从前，布国为列邦之一，名山胜景，悉归国主所独有。虽与民同乐，而性尚奢华。自战胜法国，推尊盟主以来，知首务在民，故凡地方公事，无不日益精进，其于自奉一切，未闻有一事增设者矣。十一日，与陈敬如复游其地，所见者，较初游为加详焉。

各宫地板光可鉴人

乘火轮车，冬春间宜向前坐，因机器前行其势为顺。夏秋之际，则宜背坐，因天气炎热，牖户洞开，迎面风烟尘土甚多。且倦憩时，又易感凉。又云，晕车者，亦宜背坐，此皆当留意者也。

德国为欧洲中土，惟北边滨海，辽阔不及二百德里，

7,7,28

约合中国二千三百里。俄、法海岸皆倍于此。英则宛在水中央。故德国水师不必如英、法之盛，然防海岸，护商船，备攻敌，连年整理，亦有可观。自同治十三年至光绪八年，计十年之间，由议院核筹海军经费，共二万八千零四十三万七千五百马克，约合中国库银五千万两。总计：头等铁甲船八号，二等六号，铁甲炮船八号，铁甲浮炮台二号，行海快船二十号，探信船四号，小快船二号，炮船十八号，教练炮法船二号，教练水手工夫二桅，帆船三号，水雷船大小二十八号，其馀炮台、兵房、俸工经费，一概在内。观于此，则我中国讲求水师船炮，一切非倍于此不可。苟不求其精，而惟多之是务，则又孰若并此而无之之为愈也。

德国水师亦有可观

中国水师不惟求多更须求精

二十八日早，偕徐仲虎参赞赴司旦丁。八点半开车，十一点到。厂主哈克备车迎候，即同至泊舟处，登轮船，至瑞纳门海口。又乘马车至海玲司叨府，住客店。约定次日十点，看验雷艇。

二十九日，清晨，早起无聊，因觅得马匹，骤驰一点钟。回寓，知雷艇已到埠，因即登渡轮舟，阅看雷艇。每一点钟可行十八海里，约合中国六十里，可谓迅速之极。验毕，乘轮回士旦丁。因天时已晚，在半途泊宿。次晨到埠，赴客店盥洗毕，即至伏耳铿船厂，阅看我国所造定远铁甲船，开工至今仅八月，而船面铁板已成一半，船身亦

验看雷艇

定远铁舰

将全竣。

闰七月

初一日，午前，看德国之巡海快船，则装修齐全。不久即可驶行。午饭后，看各厂工作，复因商船名义大利者，告成下水，厂主邀往观看，并设宴招客贺船成也。

初二日回柏林。

定远铁舰定造情形

定远铁舰系参考各国成式，损益利害，定议造办。计价德银六百二十万马克，军械在外，定限十八个月告成。故厂中添雇夜工，日夜趱造。该厂夜作工价仅十分之一，故所费亦不甚多。其甲系用半钢半熟铁，分赴英、瑞各国矿产处代造。船上之前后桅柱等，系由克鹿卜炮厂代造。盖因就矿制造，免致糜料。该船厂工匠共三千人，分船厂、机厂为两所。每所之中，再分打铁、铸铁、锯、凿、刨、切、磨、刷等厂，不一其类。监工、司事各有其责。故人匠虽杂，而工作无从偷减也。

"日夜"原作"日月"

船只出坞

船只出坞，绝不费力。初造船壳时，仅以直木排撑船身。至工程将毕，即用照船身长短之大木两根，两木之中夹以胰油等物，垫入船脊之下，再于船脊两边离数尺之外，照样垫大木各一副，又衬以大小木块，中夹木针；每

7,闰7,2

离二三尺设木针一块，打入后，则以前所衬之直木渐渐见松，而船身之重全著两木之间，先用大练将船头练在极有力量之处，恐其自行滑下也。届时，则悬旗结彩，倩人祝以吉词，用香冰酒一瓶向船头掷去。礼毕，举贺。然后两边工匠将木针极力打进。不过十分时，船身之重已觉全著胰油之木上，两边直撑之木自然相离。再将前练解脱，一面用极小之压水柜在船头一顶，船即顺流而下，极缓极平至水中央。而定其贴近船身之长木一根，因用绳索钩缚在船，是以须入水后，方能解开取起也。船身既出坞，然后以小轮船拖带靠岸，方能安机设舱，建造一切。

船只出坞仪式

修理船只，系用浮水空心铁柜，如凹字形，以水实其中，则柜自沉下。然后，以船行诸其上。柜不过数丈长阔，则凹处如船身。船身长大数倍于柜，故以数柜并用，总以核算柜之浮力，足以架起其船而止。然后，将柜中之水尽行抽空，则柜浮而船身尽在上面矣，再以拖轮曳至泊处。修好后，以水实柜中，使重而沉，则船又入水，自能驶出。铁甲船则须入坞修理，以浮水柜不足任其重也。

浮水铁柜修理船只

日本国有铁舰，名扶桑者，造成才两年，船身已烂，或谓工料不精。徐仲翁云：实系收拾不得其法，盖铁浸海水易于碱锈，故铁甲船必须一年上坞一次，使之干燥，加油，即无霉烂之病。日本效西法操之太急，而一切仍不甚考究，又何取乎？

扶桑铁舰船身已烂

中国海防建设设想

徐仲翁常与余议论中国海防，谓铁甲为第一利器。然价值太昂，筹办非易，不若以每一铁甲之费，造巡海快船一艘，雷艇四五十艘，募敢死士驶雷艇。凡遇敌船，以雷艇四面疾趋，必有一中，中则敌船无不破。盖因一铁甲攻一铁甲，速率未必能胜，旋转未必较易。彼此相若，未必能操必胜之权。雷艇则行速过四分之一，艇身既小，不易受敌炮，只须一碰则雷发，而敌船即毁。况数十只之多，又岂仅一艇之命中乎。余谓：此说用之于近日守口，诚为绝法。然将来日臻强盛，以之图远举，复侵地，拓新土，仍非铁甲不可。英国共有铁甲七十二，法三十二，奥十三，义二十，俄二十三，美十九，德二十四，统而计之，不过二百艘。然其中所有新式堪用者，惟英、法、德、俄每国有数艘。中国以一敌众，欲求船力相等，只须如现在所造之铁舰共二十艘，每艘约银一百五十万，共不过三千万金；再加以快船二十只，每只约二十万，共四百万；雷艇八百只，每只一万，计共八百万；统共不过四千数百万两。倘能实力筹办，涓滴归公，速则五年，迟则十年之间，强盛莫与之京。统地球而一之，其惟我中国乎！或谓如此筹捐，恐民力难胜。殊不知数十年来，剿办发捻各逆所需经费报销者若干，外用者若干，洋务所用者若干，民财之被贼掳劫蹂躏者又若干，何莫非民力乎？取民之财以使民相安，虽多不妨，不能保民免水火，即地漕永豁，民又岂能得其实惠哉？是在当轴者之善于立法任人耳。

7,闰7,2

中国沿海口岸辽阔，除紧要海口之外，炮台实不胜其设。敌兵来攻，无处不可登岸。故最得用者为铁甲。铁甲可随时移驶，视敌船之所之，辅以雷艇、快船，可攻可守；以电报为侦探，瞬息千里。主客之势，利害悬殊。如此布置，而有守而不固，攻而不胜者，未之有也。 海岸辽阔宜用铁甲

雷艇以鱼雷为主杆，雷系备带之物。然鱼雷虽为各国所尚，实不能操必中之权。盖鱼雷于微风软浪之中，已上、下、左、右不能如向，必须度角准，风浪息，远近宜，然后可以命中。否则，百不得其一。徐仲翁拟改用鱼式碰雷，不必自能游行者，只须加足天气，压射而出。但能远至十丈，则可伤敌船，而己艇不至有害。此亦尽善尽美之法也。 鱼雷艇

柏林蜡人馆内，有新到之孪生女，两人臀肉相连，年已四岁，嬉笑饮食一如常人，惟行路殊多不便。又有机人一架，能猜数目，并乘除之算，又能以铅笔写字。开示其腹，尽系轮机，大小数百，工作之巧，可谓极矣。 蜡人馆内孪生连体 机器人

西国像生花朵，向以绸布为之，今则有以玻璃为之者。做法以玻璃管置煤气火上，用吹风气筒吹之使熔。随手剪作五开，即成花蒂。再另将玻璃管吹薄，随意剪裁，乘热入颜色中染之，即成各种花瓣，黏凑成朵，加以花心，附以绿叶，生动活泼，无稍减于真者。各种果品亦形 玻璃花

神逼肖，厂在柏林西乡。

电气炼成之指南针

中国本有指南针偏向之说。盖因地球上所绕之电气，横绕至两极处，稍有偏侧，且年有移改，而指南针譬如一小地球，其一端系电气炼成之钢，而针上之电，亦如地球之电，旋绕不息。电与电必丝缕相顺，故相引而得同向。其不能无偏者，因其极处不能直抵地球之轴。徐仲翁云：近年湖北之汉口，英国之伦敦，经度适与指南针对合无偏。然岁月相更，时有改变，非详查天文算学诸书，不能得其随时偏向之度数也。小指南针，中国向以磁石磨染而成，盖亦借磁石之电气也。大者则非磁石之电力所能及，故西洋指南针必用电气炼成。

地球自西向东而旋，昼夜一周，日月之力，吸起海水，故在江浙两省海岸，潮汐猛于他处。日远而吸力小，月近而吸力大，故朔望上下弦，潮汐有大小之异。秋令月色如明，月力更大，是以秋潮必盛于他时也。

自柏林运物至沪，货车至汉波口，每物一百磅运费一马克五十分尼，约一礼拜可到。又自汉波口，轮船水脚四十四息令，保险照值百分之二密腊。所述如此。船载吨数，寻常物件以四十立方英尺为一吨，至轻之物以五十立方英尺为一吨，重物则以二千磅为一吨。

7,闰7,2

德人之有财产者，放债取息、房屋押抵最为可靠。然房值百两，只可抵三分之一，亦有抵三分之二者，殊不多觏。照抵付之款，以四厘半起息，按季清付。倘有延欠，即告官收产。其抵押之年限，则凭两造之愿，不论久暂也。有以出租房屋为业者，先将已有之银建造平屋，一屋抵押与人。再盖楼房，分作数次抵押，而全房可成。统计所收租息，可得五厘半，除去押息，尚有一厘可馀。利息虽薄，而业此者尚无虚日。营生之难，于此可概见矣。 放债取息房屋抵押

德国货税之外，凡人每年所赢馀之钱，除净开销之外，须照数以三厘纳脱，再加城税一厘半。倘系俸薪所入，则减半计算。然则彼国之征敛，不可谓不厚矣。 德国税收

出洋万不可不带仆人。然带仆人亦有许多难处，必须择其老成可靠者，或休戚之相关，或至情之自出，方不至视主人如陌路。天涯孤客，举目无亲，一有疾病，料理汤药者惟仆人；陪伴孤寂者，亦惟仆人。朋友固有可共患难者，然可责之于吾，而不可责之于人也。余于八月起，一病数十日。屡濒于危，言念及此，能无感慨。 出洋在外仆人重要

或谓中国无铁路，终不能自强。殊不知此时建造铁路，尚非当务之急。设使中国与欧洲相易而居，则纵横之铁路尽属于我，而欧人之居中国者，自无铁路矣。然后，彼此整军相战，恐亦未操胜算。盖欧洲之强，非强于铁路

强盛之道首正风俗

也。此时急务，首在正风俗，次则讲武备。正风俗，则重在州县亲民之官，其先必使境无闲民，野无旷土，然后，教以孝弟忠信，则民心固结，而外侮莫侵。讲武备，则重在带兵各员必与士卒心气相通，手足相应，然后教之枪炮阵法，则万人一心，临敌不散。夫然后考究精械，建造铁路，庶几我之物，得尽我之用。否则，虽有精器、火车，不以资敌，亦终归费弃。且恐仓卒有事，我所藉以利行程者，反为敌人所得，则不独无益，而且有害，吾故曰：铁路须建造，特尚非其时耳。至于中国兵力，近一二十年间，竭力整顿，已觉日臻强盛。从此，可望有进无退。惟兵强尚属末务，终须于教养入手，方为正办。否则，敷衍文章，消磨岁月而已。

德国刊刻钢版，独擅欧美二洲之胜。其刻画之工致，非目力所能及。阴阳反侧，神气全备。水光山色，无不显露于纸面。近来则多用石版者，以其价廉而工省也。然工细不及钢版远甚。

中西医学各有所长兼修最佳

西国儒门医学内载：常人无病者，脉息每分时以七十至为率，少或六十至以内，多或八十至以外，均属病。余于近二月内，因病自诊，其脉日必数次。现在日间坐起，脉七十至。倘一经动作，或用力，则必八十馀。至夜间睡息，则仅五十馀至，至六十至。盖脉息之多寡，仍须分别起息动静也。西书中未曾论及，岂偶尔或忘欤？抑另载他

7,闰7,2

书欤？余谓西医之内科，仅能知其五脏之地位，血管之多少，膜翳之层次，筋络之交关，虽细如毫末，亦可纤悉毕晓。欲求其切脉而知病，则绝无其人矣。中医则不然，问其心在何处，则必对曰：在中间。殊不知心之地位在左，因肝在右，故相挤而左焉。虽然，当今之世，庸医太多。若一二名医，虽不能知腹内脏腑部位络管，苟一经切脉，固能实指其所患之症而开方服药，使之霍然也。余故曰：西医虽考究，仍须兼学中国脉理，以全其道。中医理法太奥，不妨兼学西医之法，以切实佐课虚之功，不必各执一是，务存畛域之见，庶几仁寿同登，岂不美哉。

中外礼仪习俗同者

中外礼仪风俗之相同者，不一而足。步兵遇长官，仆役见主人，均站立道旁，垂手以俟其过。婢媪亦然。冠婚丧礼，均以帖版分致亲友。讣文则亦合家具名。长老之于卑幼，则以名称，馀皆以姓称。衣冠不整不见客，谒访必由阍人通报。因丧不宴会作乐，丧服者辞宴。长官亲友自他处来往者，赴站迎送，酬酢有仪，庆吊有文，服饰有制，尊卑有别。凡此大概皆礼之相同者也。至于年节，则家家以松柏置庭中，陈设果饼，点燃烛炬。其应时之年糕，曰非非而枯亨，译言椒糕。无论贫富，必买食之。每年四五月间之佳节，曰阿司退而非司脱，则各家遍插菖蒲，并树枝之类。又以蛋式之糖食之，亦犹中国之午节也。夏令邀亲友醵金聚饮，或乘舟车出郭游嬉，即中国之消夏会也。又有画友或各项技艺之人，扮作戏出之古人故

四五月间遍插菖蒲

事，赴乡迎演，日以继夜，灯火烛天，即中国之迎神赛会。至于点灯结彩，施放焰火，于其君后诞日，或于园囿中无故特设，藉以获利者，更仆难数。凡此一切，则皆风俗之相同者也。至于妇人衣服尚艳丽，首饰尚珍宝，貌尚美，足尚小，大抵人性之好恶，则又两间之内，所不能不同者耳。

星使在义大利国，于十月二十日，谒见义王，递送国书。迎以宫车，陈羽卫设兵乐。礼貌独优，竟以头等例待之。于此，益见圣教之讫乎四海矣。

近届西国岁除，采办年糕礼物者，络绎于途。市肆则百货加增，装潢金碧。卖松柏枝者，每一圩市无不堆积如山。生聚之众，似又胜于旧年矣。

十一月

新建之大博物院

初一日，锐飞约看新建之大博物院。院在城东南隅，旧有者，系民房，甚陋。近来新建落成，特赴英国借来多物，以壮观瞻。开院之日，国君世子及其部院大臣暨各国公使，均被请往观。现在西岁，英国借来之物即须归赵，故一往瞻仰。然千篇一律，无甚新奇。英物中，且有标题印度、希腊物者，实皆中国物。西人之识古，于此可见一斑。

7,11,8

定远下水

初八日，随同星使赴士旦丁，送定远铁舰下水。午初到，厂主等已迎候在站。午刻，衣冠至舰首前面台上，星使诵告文、奠酒、升炮，厂主以凿断其绳，各工施力，船即顺流而下，十分稳便。未初用饭，同席一百馀人。海部、内部各大臣、司员暨士旦丁之官绅，均在焉。晚回柏林。

西人格物浅尝辄止

西人于格物致知之学，固不得谓之不究心，然往往浅于此者，反不能得其来历。鉴别分类如博古者，以中国物指为印度所产；中国土产与日本悬殊，彼亦不能分别，往往并列一类。识草木者牡丹与芍药同名，而只别其种，棕榈、蕉葵统名曰派而门。考医道者，无起死回生之品，如人参之类。余尝见西人之曾经游历中国者，著书立说，以炫其学。敢以僻处之偶见，视为直省风俗，尽皆如此。书中绘有陕甘、四川两总督衙门，其头门匾额，则左侯相、丁制军之名，大书特书于上，此则荒谬之极。然其著书之名，则已大振于欧洲各国矣。

西友之语

西友希耳司参戎，颇服中国教化之善，创物之早，立国之古。并云：两国之能事，无非肇自中华，惜华人敷衍了事，因循贻误者多，故一切实学反为虚文所累。苟能免忌讳，除成见，从善革非，则富强当在万国上。向慕之诚，溢于言表。惜年届七秩，不克远来投效，而仪型上国之心，则未尝与诸怀抱也。

西国钱票，惟英、法、德、比、和等国币值不减，其馀奥国、义国、土耳其国，票价与现金钱有减。俄国则票价几及现银之半。然流通无阻，则各国皆同。

划割之医（解剖之学）无微不晓

脏腑院为医学所必究。柏林城中一所房屋不甚大，第一进陈设各种胎胞，自三日至数月者。又有奇胎，如两胎并成一体者，一身两头者，臀背相连者，各种共计四五十数，均以玻璃瓶烧酒浸储。第二进大小骷髅，全身骨殖。第三进五官、肢体、脏肺之类，血管气络纤悉毕肖，系用蜡做成，状貌其有病、无病，治法形像，有破胸、割胃者，剖额治脑者，开腹取胎者，割皮补鼻者，挖眼换睛者，均得就痊。另有刊书一本，备载甚详。再进一房，则男女各种病症奇奇怪怪，不能言状。西人于划割之医，可谓殚精竭虑，无微不晓，直可媲美青囊。惜其内症治法，间有不能尽善尽美者。

毛瑟枪

毛瑟精枪者，毛瑟兄弟匠心独运，竭数十年之力而成，德国家颁给准据，他厂不准仿造。旋因国家需枪太巨，赎回准据，使各厂皆得制造，以取其多。是以英国现亦仿造此枪。其枪分两不重，机括灵便，既可及远，又易命中，询为近时最利之器。然十数年前，布之胜法，所用尚属针枪。针枪一切不及毛瑟枪，且不及法军之枪，而卒成大功者，何哉？盖利器固为军中之要，苟非天时、地利、人和三者尽得，则徒有其器，亦为敌人所因耳。法人

徒有利器若不得人终归灭亡

7,11,8

器精于布，兵亦强于布，而终归灭亡者，不得人而已矣。

凡朝会，随星使往者，均如仪。十二月廿一日，德君及后在小王宫见客。星使公出未回，西例必参赞代赴，否则谓之慢。因偕陈敬如同往。厅事不宏敞，各使臣皆摩肩叠背而立。德君仅能与头等使数人略谈一二语，遂赴外厅见本国大员出使诸公。即至圆厅。迨晚饭后，德君又随意接谈，询余以李星使是否未回，并提及承送绣件甚佳等语。答如仪。廿七日，又同赴德世子及妃大王宫之召。世子喜方言，仅以法语与敬如问答。其妃虽英主之女，而德语甚精，因与余略谈焉。 参见德君

光绪八年岁次壬午（1882）

元旦，会同各员公服朝贺。

十三日，英主维克他里亚被击未中。西例被害不成者，应贺。是以星使赴英公使处投刺焉。

二月

德君寿诞 公使致贺

初四日，即西三月二十二日，为德君寿诞。向例，仅各使亲往书名于册，以致贺，并不延见，亦无他仪文。今届忽有传单令武随员于十一点钟到宫面贺。届时升炮无数。公使仍不与另邀。晚会，则仅公使与武随员，参赞及随员亦不与。首相毕司马每届邀各公使晚饭，例仍如旧。

毕司马（俾斯麦）

柏林之火轮车站虽有九处，可周行而不能穿越。前数

8,2,4

年议建城路，自西至东，以黄砖砌成大路，横亘于通衢闹市之上。今落成，西二月初七日开驶，无端闲游者甚夥，所以试新也。自城西至东，有车站五六处，每站车价不过二三十分，其造路之意，实与伦敦之地底车路相同。一则穴地而穿驰，一则横桥而飞渡，遥遥相对。然地底行车昏闷既甚，且恐误事，自不及在上面之旷阔舒畅。故余曰：凡事后之效法者，其利弊已为前人所经历，取长舍短，每胜创作。西人笑中国事事从缓，其实正得缓中之益不少，惟务本之道，则不可以顷刻待。 缓中之益务本之道

英国现开舟楫学问之会。星使于廿五日约同伏耳铿船主同行前往，以便互相考证。盖现在创制铁舰之际，于水师事宜，不厌精详，终须究其何以为利，何以为弊，斯实益可得，而诸害悉除矣。 舟楫学会

德国仕途升转甚难，武员缺多于文。二十而千把，三十而都守，四十而参游，五六十岁始得提镇。然而终身不迁者，比比皆是。惟王子王孙虽例由千把总入仕途，而升迁之速，倍易于寻常。然当其供职之时，仍归上司节制。 升转甚难武员缺多

德国税务甚重，民间时有烦言。然计饷赋税，实有不能稍减者。首相毕司马因欲将烟货改为官卖，以便酌减他项税金。盖烟之一物，不过供人嗜好，非关民生日用之要，故重纳其税，不足为贫民患。先经下议院会议，上于 非关民生重纳烟税

上议院。十七日，复开上院集议，毕相之帮办某到院布告大众，然后开议。各部大臣咸集，惟使馆中往听者，甚寥寥耳。

西方宴会坐席肴馔

西洋宴会坐席，凡长桌坐数十人者。德国以桌之横面最中一坐为主位，主人以右手领一首坐之。女客即为首坐。对面则中一坐为女主，亦以右手领一男客。然后每耦为序，等而下之。英国则桌之直头为主位。首坐者，大抵女客，则主人领坐于右首桌横面第一位，左右亦各以次序焉。讲究请客者，必扣准男女耦数，然夫妇、父母、兄妹必与外客互易而领席。筵馔每上必两种，使客自择。所谓汤者、灼者、煮者、烧者、炖者，中间又杂以酒冰。馔将毕，杂以生菜之类，然后进果冰、乳饼、面包、干果、水果而止。汤以前或加以蛎黄，饮以香冰酒，亦盛筵也。所备肴馔，必刷单帖，陈设座前。大概筵宴不过正肴六种、八种，惟王宫最大筵宴，或有多至二十种者，然已不可多见。酒则以多而陈为贵，倘用蛎黄者，则须香冰一杯，否则先以舍利，用小杯饮之，然后白酒、红酒。考究者，须于馔单上列明酒名、年分，红白二酒，约各三四种。进冰果以前，则用香冰酒。香冰亦有用几种者，然大概筵宴共计不过八种、十种酒耳。席散后，则进烧酒约四种，薄荷、玫瑰、橘花等类，取其消食也。然后或加非茶，或皮酒。男客则吸大小烟，吸烟须另设一房。凡此即所谓的奈者是也。

的奈(Dinner)宴会，正餐

8,2,4

西国冠礼、笄礼，不必一定年纪，大约十五六岁均可成礼。未经成礼者，男无白领，女不长衣，不得与会。凡成礼之各家男女，约日至堂，分坐龛之两旁。教士说法一时之久，然后，女及男每人亦说话一套，视其人之口才为多少。说毕，乐作，一齐唱和，无不悲酸痛哭。不知其所唱何曲，而感人以悲也。礼毕，被请之亲友执手以贺焉。逾日，教士填写执照，给发承执。西人弥月、礼冠、笄礼、婚礼、丧礼，无一不由教士注册给照。故查烟户人口者，一无遗漏也。教士之足以感人如此是诚，不知其故矣。

西人诸礼 教士注册

德国冬令，天气虽寒，而裘服者甚少，且每人皮衣至多不过二件。一交夏令，即送至存皮衣处，代为晒晾收藏，保险。倘遇虫蛀，持据照索原值。每衣保费一、二、三马克不等。较之每人大小毛数十裘者，置本固已大省。藏费虽贵，衣少亦不觉矣。

西人衣饰

西人不讳名，君臣、父子、母女同名者，不一而足。且以君父之名，名其街道，名其店肆，甚至名其犬马，故其街道每以他国国名名之，省名名之。如上海洋泾滨某某路，均以十八省名名之，不知者以为一洋泾浜而包括十八省，殊不知欧洲各城街道，无处不以人之国名、省名而名之也。

西人名讳

西洋之法中早有之

西乐音律凡八，曰崔台哀夫戳阿哈崔，与中国今乐之五六工尺上乙四合数适相符，且乐之不古，可知西国开风气较迟，其一切礼乐文章，无非自东而西，故大同小异者甚多。特其攻苦揣摩之功，较中国今日为胜，故人每以事之小有奇者目之曰西法。其实所谓西法者，皆中国所早有之法也。看得透，解得通，不必以现在西人之所能，别命其名曰西法，遂至名公卿大理学屏弃之不暇，使自富自强之道无自而日求其精进。吁，遣使之不可忽也，甚矣。

化学之道五行生克

凡物之自能增减者，即化学之化合化分。譬如水遇热或以火煮之，即干，或减少，盖水本养气、轻气所化合，热则渐渐化分而成气质，则水之流质，自见其少。然锅中煮水，上覆以盖，则化成之气质仍黏盖内，盖之外面空气较冷，故盖内之气仍凝为流质，露水是也。造酿之法，往往以少化多，如豆腐等物，皆化学之道，五行生克之理寓焉。举一反三，推而求之，盖无往而非化学焉耳。

头等公使之妇初到任所，函请各使往见。有盛设酒果者，然取食者惟女客。余初觉头等使新到，召客往见之礼，未免妄自尊大，其实彼族礼之所沿，视为应然。且各国之头等使亦均往赴，藉以作出使类中聚晤雅集，似亦不必责其自大也。

罪者赴瑞不能通缉

瑞士国向为欧洲逋逃之薮，凡人之获罪者，赴而之

8,2,4

他，则虽知其下落，不能往缉。其国之定例如此，美国亦然。

王子聪茂才，自去冬十月到洋，素无疾病。今夏忽患足肿，自腰而腹渐至头面。洋医诊治无甚效验，卒至胃绝便闭，于五月初五日病殁。馆中询及西医，据称水积于肺，致心为之挤住，不能收放心血。垂危之前，又延德国御医来屯诊视数次，方药略同。竟至不起。王君蔼然仁者，为养亲计，作异域游，不一年而赴召修文。病可不死，而死于医之不善治理，良可悲也。出洋之苦，而人每视为畏途者，于此益信。 王子聪之死

中外风俗相同者，已略记于前，而不同者，亦多。相隔数万里，固宜然也。至同在一洲，而风俗有大相反者，如英国礼拜日，不驰车、不行乐，街道绝少行人，凡停车待雇者，授受均罚。德国则反是，设遇天晴气爽，游人踵相接，车相贯，茶坊酒肆欲得一座而不能，演戏、作乐、弹唱一切，无不更甚于常日，且进门之票有减其常值而招徕者。德距英仅一日程耳，风俗之不同，已如此。 同在一洲风俗相反

曾袭侯以三年期满之员，请假回华，在六个月限内不扣资俸，并给川资，具疏入告。批经总署议准，既不虚糜正款，又可藉资熟手。又“出使章程”不得保京职，亦经奏准，每三员中准保一员，十员中准保三员，可见凡有

裨益于公者，虽已著为成例，亦无不随时更改也。

泰西路引一目了然

泰西游历，但能认字，则一切甚便。盖每到一处，必有路引书可查。购得一本，无不详载，其中绘图附说，所有游玩处所、客店、招牌、马车价值、土产物件，使人一目了然。

埃及国君民不睦，而宰臣与各国意见大乖。约民坚筑炮台，为防御计。英国驻彼之兵船甚多，允其代为保护，不必多筑炮垒，使各国之兵船在彼者，反生疑惧。埃民筑如故。英人遂致书限期，若不停工，当以炮击。至期而筑益甚。英人遂毁其台。于是，苏彝河为之封禁，旋又议明复开。战和之速，无过于此者。

北洋海防定制之件

北洋海防所需子盒皮件，向由王都戎得胜督匠验收。现在王君早已回华，无人督验。星使遂派敬如与余，轮流前往。因署中公事亦多，不能一人专管也。六月中旬，连日往验。厂主罗并领看各工，约匠一百八十人。自早七点钟开工，至十二点放饭，一点复聚，晚七点放工。每日共工作十一点钟。各种皮件均用铁模以机器压出，故无大小不符之弊。所谓验收者，不过剔去其皮版之软糜以及刀尖所削伤者。每日可收三箱，每箱装一百五十件，每件内计弹子匣二，腰带一，枪带一，刀插一，枪上之护照门皮兜一。验收装箱钉固，并须书据书押，给付该厂收执。该

8,7,7

厂并承造皮盔、佩刀、水瓶，凡弁兵随带之件，均制办焉。

七月

初七日，晚十点钟，偕敬如赴爱生，验试山海关所购之炮。

初八日早，抵厂。自柏林至爱生计一千馀里。

克鹿卜厂专制钢铁，为合地球第一大厂。其地曰爱生，居民六万，大半为厂中工匠暨眷属人等。其居民房屋，该厂得三之二，城郭仅得三之一。厂中工匠现有一万二千人，分其类曰：铸铁厂，重锤厂，压铁厂，拉铁厂，挖心厂，刨铁厂，吹风厂，熔铁厂，螺纹厂，煤气厂，水龙厂。其馀鎈锯琢磨，则数十百处，不能缕述。铸铁厂或钢或铁，盛一尺馀高之缶，器中黄泥封口，置地炉内，以煤火或煤气火烧之使熔。然后开炉，以每二人共夹一铁桶，共千百桶，倾入模中。其模以火砖砌成，置地中，铸满待冷，再以起重架起出，运赴锤厂。重锤厂专锤数万斤之重物，以铸成之大块钢铁，用起重钩挂住，向右入炉，煅红再起向左，置砧上，以练络住，使之随旋随锤。其砧与锤均约重数万斤，收放重锤，只以一人司其机。锤声震地，屋瓦皆飞。其三尺径之钢块，仅一二刻时即锤缩至二

克鹿卜厂钢铁第一（克虏伯）

尺许径，以之制炮，始能保其坚固。压铁厂以铸成之钢块，用重力压成片。拉铁厂以铸成之钢块拉成条，如铁路所用钢条之类。挖心厂以锤缩之钢块安机器上，将心挖空，以成炮膛。刨铁厂以机器将炮胚刨之，使大小合度。吹风厂以熔化之钢倾入火炉内，以机器压出之，风吹之使净，然后倾成钢块，或压，或拉，以成各器。其所吹之风，另有机器房收入天气压之使出。吹风之炉，大五围，高下自如。熔铁厂以钢铁入大炉中熔化，然后吹去其垢，以成净钢。螺纹厂以刨成之炮，置机器上，再用机力挖成来复纹。煤气厂以煤成气，供煅炼之用，并合厂煤灯之需。水龙厂为本厂防火之用。各厂有总司、有分司，章程画一，规矩整肃。无论大小粗细之件，均先定以尺寸，按图工作，出门合辙。通厂鞲鞴机轮，计三百馀座。房屋不能以数计。爱生之外，尚有铁矿、煤矿之属，工匠亦八千人。厂主于爱生地方，并设公塾，以教其工人之子侄，设店肆以便食用，开医院以治疾病，造房屋以资安居，建浴池以去污秽，筑大路以便行走，可谓教养兼至矣。厂主自居山中，距厂十馀里，房屋崇高，园林幽雅。自来水火亦特设专厂，以供其用。又特置电报，以通要事。有演枪亭，有跑马场，有鹿林，有玻璃花果园，能自产波罗密果。乘车数十辆，狗马盈厩，仆从如云。德君曾以伯爵赐之，辞而不受。好客广交，喜吟咏，好诙谐，年已七十而步履甚健。亲属仅夫妇子媳四人而已。二十三年前，尚自工作，至今而富逾三千万。其矿产之利，概可想见矣。

规矩整肃

教养兼至

8,7,10

初十日回柏林。

和兰国欲开赛珍大会，总署函致星使总理其事。事属创始，颇费周章。因向来税司办理会务一切情形，华员不得其底蕴。凡官采商办，验货装箱，记识租地，陈设品评，当此仓卒之际，其办理之难，更有甚于税司者。 和兰(荷兰)赛珍大会

西例，凡他处有瘟疫者，来人来船均不得进口登岸，防传染也。然船只已抵海口，又不能使之久泊，遂派医士登舟察验，倘无疫气带来，则停一二三日，即准登岸。其所带之信，一一用刀凿通，使之泄气，再以避瘟药气熏之。故近来所到包封被割通者甚多。 人船进口严防疾疫

西人爱洁，谓秽气致疾。故街道无时不扫刷，房屋地板无日不洗涤。即小户民人数家合住者，亦轮替洗涤。合居者，各洗涤其自居之一层及下梯边为止。分界之不容推诿也。盖无此楼，则不必设此梯，理固有一定者也。 西人爱洁

出使之人，西语谓之敌迫罗麻，即善于机变之意。泰西各国互相遣使，所以探彼国之虚实，而己之得失，则闪烁而不使知。故交游之际，虽饮食酬酢，时相过从，而绝无交情之可叙，盖所以防泄漏也。 出使之人绝无交情

地气能吸，空气能压，故凡物之自上而下者，为顺吸

之压之故也。水龙以皮管吸水，虽高寻丈，可使源源而来者，以后管之中，已吸去其空气，而河中之水为空气所压，自然流入后管。于是后管所得之水，自然推入前管，压之使出，皆气为之也。人常以玻璃杯倒置平放水中，水不能过杯口以上，以其气实于杯中也，必使杯略侧，气得以出，则水自浸灌矣。故讲化学者，必先明其气。

讲化学者先明其气

西国石灰制造之法

西国所用之石灰，曰崔门得土，或译音曰塞门得土。制法：先于土阜取泥之灰色者，即系将成未成之石，以铁绳挂车运至厂中。铁绳挂车每隔十馀丈置柱，柱上架横木，木之两端即以径寸之铁绳齐边钉住，节节相联。至起土卸土之处，则另接以铁栏，其车如中国之筵席箱。以二小轮贴置担上，轮以阴槽架于铁绳之上，另以径五分之铁绳与车之担用活机扣住，可顺行，不可逆退。去其扣机，则车自能悬定不动。此铁绳在厂中卸货处，用平轮以机器旋之。旋之之力，即藉磨机之力，只添一皮带，不必另费煤炭也。旋轮动，则左边之土车自山阜而来，右边之空车，自铁栏转出，从厂中而去。所以省火轮运车法至美也。其土到厂后，即以一半置水磨中磨细（磨径丈，以机旋之），流入池中（池径十方丈，可大可小），澄清一二月之久，亦用铁绳车运至榨厂，倾入大铁管榨之，使下面两端挤出，如中国之榨线香者略同。榨出之块大小如横砖形，即以铁丝机划开，运至烘房烘干，夏日用日晒干。即入炉烧二十小时，待冷取出，看成色之却好者（火力不足者须重烧，太过者则弃而不用）。其另一半干土不入水磨者，亦入炉烧至极坚，色黑如石，相和并入大磨，以汽力磨极细（磨以石为之，大径六七尺，厚尺馀，设楼上）。磨出之土，即漏入筛中，分别粗细，各从一管而卸至楼下。粗者复磨，细者即合用。然每日所出，成色微有参差。故厂中另延化学师，逐日考其质地之精粗，以一成色查验之法，以崔门土一成，粗沙（须粒大如半粒芝麻，水中出者不合用）三成，以水相和，打成锭式，腰径七分见方，俟其略干，即浸入水中，二十七日取出，置于铜钳机上，其上钳系于杆，下钳系于桌面，杆长五寸。右端复系于上杆，杆约长一尺。上杆之左端悬一铁斗，上面承铁弹如桐子者，自壶中流入斗内，至锭式之样，自断而止。再评其铁弹之分两，铁弹承受至重三启罗者，即谓之三十分拉力。盖上下两横杆相乘，以一得十也。然据称，德国国家验收此土，章程只须十分拉力，即为如式。因现在业此者不下六十馀厂，招徕生理，不得不格外加工，故常得二三十分拉力。十八日奉派赴吕乃布尔希验收塞门得土，为北洋旅顺炮台之用，得其梗概如此。

崔门得土非木桶不能装运，故桶厂须相辅而行。二十日，午食之暇，顺道往观。初以松木置桶式之圆锯上，以汽力锯之成片，再上一机，则板片中宽而两端略窄，复锯齐其两头，则桶板已成。送至烘房烘干，然后以铁模束成桶，用柳树枝劈作一半，纽结而套箍之。复架于烘炉，炉 机制木桶以铁圈，内实煤火，桶套于上，适得烘火之力。待其已干，则束紧其箍。桶盖与底亦置一圆机上，机上左旁斜设齿锯，圆机漫旋，而齿锯甚疾，一二分时即成圆板一片。其一切板片无不合辙者，皆因机器合就尺寸，不致有毫厘之失。该厂每日可成四千桶。其地距汉波海口较近，故发售于英国者，亦复不少。

吕乃布尔希之地方公署

吕乃布尔希有地方公署一所，系五百年前旧屋。厂中人导往一观。其中油画之绘于壁上者，皆其国之侯及妃嫔之像，画法固无神气，而虫蠹剥食亦复不堪。房屋均五色绘画，粗鄙已极。挂灯以铁制者，笨不可言。又有数百年前刑具铁楔脑箍之类，不下数十件。监牢则壁厚数尺，天气不通。又有议事厂内设雕木橱柜，虽尚精细，而殊逊于后人。另一室藏案卷者，尘封已久，呈状一切均以羊皮代纸。火炉如葫芦形，以铜为之，仅能爇煤屑少许。爵杯等器，亦甚粗陋，然彼族视之，不啻秦盘周鼎矣。

吕乃布尔希之各况

吕乃布尔希地方甚小，仅一万九千户。然距海口近，故工作之厂，贸易甚大。铁厂、磨厂、花纸厂、桶厂、胶厂、盐舍、酒栈、石灰等厂，资本均甚丰厚。以其地僻静，则开销轻。距海近，则转运易。故工作于此，而出售于彼，较之繁富之区，获利自更易易耳。

花纸厂

花纸厂以棉木、旧布或草料碓成稀粥，用机器随撩随

8,7,20

卷。近机处炉火甚热，随之即干。每卷数百千丈不定也。再以整卷架于染色机上，染色机与印字机相仿，随染亦即随干。再上印花机。印花之板，系一圆轴机上，可置六七轴同时刷印，分别五色。金银机之后，即以带系木干，逐幅悬晾如染坊晾布者。惟数百丈纸逐杆环连，以机拉至五间屋之远，折回复拉至机之左，则全纸干燥可叠。复以女工去其横杆，层铺于板上，然后以机刃切之，再以机轴卷成小筒，即可发售。其印花之轴板，初以木质画花纹，以铜片钉于花纹上，花叶之中实以厚毡片，与铜片平。毡软，可以受色，铜片围之，使色不外渗也。又有旧法之手印模板，则与中国刷印花纸固无少异，该厂亦仍用之。其机器仅十四匹马力，然每日新旧两器已能成裱壁纸一万丈，可为速矣。

铁厂冶铸瓷里之铁器，熔化倾铸大抵皆然。其做瓷里法，以铁件入滚水中，烫热刷净，然后将瓷粉之极细如浆者，连刷三次。第一次粉色稍青而粗，第二次渐细而白，至第三次，则如画家铅粉洁白无瑕。入炉烘干，置大炉中烧之。铁已全红，则瓷里亦已熟化。然后取出以模式范之，使平整不攲。其外面则上以油漆。做瓷粉法，亦以机器磨筛，再入水磨乳至极细。其中材质稍与瓷细微有不同，然亦无甚秘异耳。 瓷里铁器

胶厂收食肆中煮汤所弃之牛羊猪骨以及各种兽骨，用 胶厂

水浸透，入机捣碎，大锅煮之。浮于面者为胰脂之类，售于胰厂。其清汤则熬煎成胶。所馀之骨滓，尚含百分之五肥力，复售于农人，以之粪田。以弃而无用之物，一举而三得，备其考究之功，不可谓不精矣。厂主云：取胰脂之法，新得才六个月耳。

弃用之物一举三得

盐井系泉水之味咸者，挖深百尺，建起水机于上，将盐泉起入灶内，锅以铁为之，长三四丈，宽半之。煤火煮二十四点钟，则水化为气，而盐成定质。每水百磅得盐二十五磅。起锅后，置于锅上之板栈内，沥去其卤，然后另置烘房，以四十度热烘极干，而后装运。每百磅价仅一马克三十分，税六马克。此井每日所起之水，可成盐一千石。其制法初无异于中国，惟所用者机器，所成者较速耳。

日本动态

《申报》内载：日本兵船共二十一只，值三百数万远，水兵五千，陆兵十万九千，备调五万八千，各镇四万三千。兵数之寡，战舰之劣，而竟敢妄肆鸱张。倘我朝赫然震怒，恐蕞尔小邦，不值大兵一剿耳。然琉球之案，至今未结，其或有以相待乎？

十月

镇远铁舰

十八日，镇远铁舰出坞，随同星使往视。此次系请德

8,10,18

国海部大臣代为祝送，仪节较省，自星使以次，不过公服立视而已。

西方重女轻男辨析

乾坤定位，而夫妇序，圣人之道，皆体天地自然之理而成者也。或谓西人重妇轻男，于序次之间，亦相反。余固窃有疑于不合天地自然之理者，因深究之，固知其未尝若是之甚也。其治国之君臣则以男，议政之官绅则以男，妇人皆不与焉。英国虽以女主临朝，盖当时前王无子，无可承统。然唐之武氏，亦属女后，偶尔之事，不足为据也。等而下之，佣工于人下者，男仆则呼以姓而不名，工资亦昂；女仆则呼以名，工资亦廉。其尊卑次序固自不紊矣。虽然于筵宴行乐之事，往往女先于男，是则爱护之心胜，而乾坤之义杀矣。彼懦夫之惧内，何地无之？固不可以重妇轻男例之也。

德国葬礼

德国驻京公使巴兰德之兄，原任德国参将，曾为办理中国武弁来德学习兵法之事，颇为出力。前数日病殁，二十八日为其安葬之期，随星使往送焉。其礼节，各人公服至坟堂之礼拜厅内，其柩已横陈于神龛之前，致送之花叶圈，悉陈于柩之上下前后，各客立定，作乐，各朗诵其所刊之词。诵毕，教士出立龛前，乐止，客坐。教士诵说半时许，乐又作，各客和诵其词之末段，即举柩行送者。随行至坟院，坎已掘成约深五六尺，大小如棺，以二白布系棺入坎。教士复诵经，以手掬土三撒于棺上，然后亲丁，然后各客均三掬土撒之，礼毕各散。

崔门土用法 崔门土即水泥

崔门土用法：平常墙工，在地下者，用土一分，砂三分至五分；墙之不可泄水者，用土一分至二分；造假石板及管子，用土一，砂四至五；水中凝结之灰，用土一，砂及砖石四五；嵌于墙外、缝者，土一，砂二三；敷于墙外、不泄水气者，土砂各半，和小石子；作驳塘在水外者，土一分，砂及小石子八至十。凡用石灰、泥加以崔门土，则格外坚固，但须将石灰先化透之。其分剂在地面以下之工，土一，灰一，砂六至八；在地上之工，土一，灰二，砂十二。桥环、炮台、窟等工，土一，石灰三，砂十八分。以上和法，先以清水与土调和，另以化透之石灰及砂拌匀，然后相和，不可以干土和入已湿之灰砂中。砂须有棱角者，不可杂有泥土等物。

德国官俸议院议定

德国官俸均须预期由议院会议。本年议定西一千八百八十三、四两年俸数。出使项下，驻英使臣每年十五万马克，房屋系公建；参赞二，每一万七千四百马克；又一员七千五百马克；供事一万一千四百马克，又六千六百马克；教士一千零五十马克；文案仆人每二千四百马克。此为最丰。驻华之使俸六万马克；参赞一万二千马克；翻译一万五千马克，此为适中。其馀公使四万八千马克。三万六千马克为至少。参赞有少至九千马克、六千马克者。教士俸薪大约视其地之寄居人民多寡为定。故驻英者每年仅

8,10,18

一千五十马克。以之作膳金尚不敷，想有别款以津贴耳。首相毕司马克因已封建土地，故俸薪每年仅五万四千马克。其馀各部院尚书各三万六千马克。惟衙署房屋动用器具虽极微细，均由公款置备，逐任移交。短少者，先赔后交。司员俸不过六七千马克，并无公屋。另给房租一千二百马克或九百马克。

德国文武各官当差满十年者，告退后均给恩俸。照全俸五分之一或四分之一，仍视其在官年分以定。当差四十年者方得俸之半。本馆洋供事千总锐飞因打仗受伤告退，故每年可得恩俸一千二百八十三马克，视寻常为多。然千把恩俸至少者亦有四百数十马克，合库平银七十馀两。惟其地日用太贵，故尚不能自赡耳。 官员退休均给恩俸

告退之千把等官充巡捕官，或办文案，年俸三千三百马克，外扣房租九百马克。

柏林锡克洛卜水雷厂，邀星使阅看厂械。因已公出，命余与郑景溪游戎往阅。其雷为数年前所见，而未及详记者。雷壳式如海上之浮标，以铁为之，镀以锡。上宽下削，底内设铜筒一，实以干棉药斤许。铜筒之外面，即系雷壳之内，实以湿棉药数十斤，以电线相维系，以防堵海口。用五十枚为一副，分置水中。其雷浮而不沉，须以铁盘拴住，使雷离水面三密达，以五十枚参差布置，用电线 德国水雷布置之法

通于岸。岸上设表房左右两所，中设电线房一所，敌船进口，则两边表房测量其船，适在某雷之上，即用德律风告知电报房。司电者，即将某雷用电气燃发，而炸其船，立即轰坏。另有一种曰碰雷，不用电房，然雷之本身亦用电线系于岸，线接则阴阳二电相合而气发，遇碰亦即自炸。电线不接，则虽碰不炸。所以避己船之偶碰，而误遭其险。壳与盘，均与伏雷同。惟雷壳之上面有碰机五，以铅为之，极其脆弱。内有料管，管内实以药水，敌船遇之于阴阳电相合之时，则自能炸轰。其价每枚四百二十五马克，连电房等器者，以全副购之，价亦相同。此为守口最利之器。孙子曰：全城为上，攻城次之。然则伏雷之为用，似不在鱼雷下矣。

守口利器

头等公使
俨然王制

头等公使之挈眷者，俨然王制。凡值冬令，必择期召见二日，刊登新报。第一日，则各国公使及其妻女并参赞、随员亦及其妻女；第二日，则本国之官员居多，亦有出使之员。每日约于晚九点钟至十一点钟为止。客到时，凡出使之员，则有参赞代为报名引见，本国官员则有朝官并侍卫带见。凡见公使夫人者，则以参赞带见，各官以朝官之妇带见。各命妇至十点钟许，启馔厅之门，延客饮食，无座位。大桌陈设菜肴、果饵数十种，红酒、香冰酒数种，任人所欲，不过略尝而已。国君请茶会，亦不过朝官通名，鹄立而谈。然则俨然王制之谓，不得为头等公使讳矣。

8,10,18

德国面称皇帝及自主之王，均曰“马由斯推脱”，亲王曰“坤宜希利希呵海脱”，帝国之世子曰“开色而利希呵海脱”，王国之世子与亲王同自治国事之王公，均曰“度而希劳嚇脱”，寻常公爵曰“爱而劳嚇脱”。头等公使将相暨各部院大臣提镇，则称之曰“爱格斯伦司”，译言大人也。但二等公使照例尚不能称此。近来除外部之外，均已通称，系格外恭敬之意。等而下之，则统称之曰“海而”，译言“老爷”也。兼袭侯伯之爵者，则曰侯老爷、伯老爷。凡此称谓酬酢者，固不可不知也。 王公称谓之译音

德君每遇新年行召见之礼，向于各厅殿挨班立定，君与后就而立谈。今岁因其后多病，不得已改为坐见。后坐于宝座之右椅，君立于左椅边。先由礼官将外厅之公使参随各官并命妇及其女，一一排齐班次，鱼贯而进。至德君、后前，相离五六尺，各行一鞠躬礼。君后亦俯首以答。各官自右边前门进，左边后门出，以次而行。先使臣参随等员，然后本国大员之命妇，然后大员，然后提镇等，然后各项官员。见毕，则入厅事作乐。见时虽不能谈一语，而乐半阕之际，德君仍至头等使及其国之执政大臣处，一一敷衍焉。惟其国后弱甚，见毕，即还内宫。 德国君后召见之礼

天下以中国为最古，圣人出而教民以衣食宫室，俾遂其生。泰西各国未尝有圣人之教，而后世亦知衣食居处，盖仍从中国声教之所讫。或云从前中外不通，何由而达？ 泰西学中国

必系不约而同。余谓非也，譬如东邻偶建一阁，我虽不与之交，而远而拟之，亦不难仿造一亭。由近而远，则数万里不啻一邑也。否则，何以建造同系土木，饮食亦皆菽水，他如立君、设官，以教以养，并以文字为书记，以舟车而致远，人生所需无不大同而小异。吾故曰：西人不终于穴居野处，饮毛茹血者，亦赖有中国，更赖中国之有圣人也。

五行原质之说辨析

或谓：西人以金木水火气为五行，而无土，此无稽之谈也。其实，西人并无所谓五行之说，然而化学家所谓原质也，仍不离乎此。原质者，物化之极，而不能再为分化之，谓原质。有六十馀种，然不外乎定质之金类、石类，轻软等物类，气质类，流质类。凡金、银、铜、铁等类，即五行之金；硫磺之类，即土；凡原质之轻软者，即水；轻气、养气、炭气等类，即火；原质之可以流行者，即水。五行者，包括物类之言；化学者，分别物类之言。其理固无二也。

9,1,1

光绪九年岁次癸未（1883）

元旦，星使因公赴奥，尚未回德，应由参赞会同各员公服朝贺。

德国世子于上年十二月十七日，即西正月二十五日，为二十五年重迎花烛之期。适值王弟之丧，守制二十七日，因改迟于正月二十日，即西二月二十八日，行庆贺之礼。先由外部通知，至期于晚七点钟齐集大王宫，男女分班立。世子及妃轮替就谈各一二语。八点半即散，从简也。其交睦之国，有特派亲王来贺者，则礼节自是不同，想当随时延见也。

德国君主世子王孙喜庆之事，必特设跳舞大会。数月前即购料制衣，扮成戏剧。若亲迎之礼，彩舆花冠，光彩耀目。凡嫔妃、公侯、世爵、命妇以及出使之参随各员暨 跳舞大会喜庆必设其妇或女，均可与会。先往报名，俾得配定脚色。届期先数日，即著所制衣冠，试演熟娴，临时赴宫戏舞，共计约数百人。刊成一书，载明戏出，并注某王孙、王孙女、某大臣之子或女名氏于每出之下。与宴者，各得一本。凡被请观剧，除君主世子暨其眷属设座一行外，各大臣之命妇排班立对面，各部大臣及其女以栏干围于右边，出使各官，站立于左边。略能散行，是其权利。固与众不同也。演毕，君主出位，向头等使寒暄一二语。用膳，仍照寻常茶会例，分房就食。或愿再舞，或愿回署，则君王已去，各从其便矣。统计所制戏衣不下数万金。其糜费虽大，然出诸自备，富贵子弟固亦不觉其难也。

二月

荷兰赛会

初七日，晚九点钟，起身赴和国陪都阿蒙士得塘，办理赛会事务。同行者为顾友笙、沈笛云。其地在柏林之西北，火车行十二点钟，快车不必更换，可以径抵。天微明，入和境，关口验照放行。

初八日午前抵塘。至客店，停行李，每小房一间，每日计值二沽。每沽值制钱五百文，尚属常价。惟有关会务之装修、裱糊，一切较之寻常，不啻倍蓰矣。

赛会地段，我国前经租定一千四百方密达，只有地

9,2,8

板、天窗、四面棂空，均须自雇工匠装作门、窗、布幔等。因连日绘图募匠、估工议值，已属头绪纷繁，而承办驳运货物者，早未立定，合同不能于定章之外再行减值。往返会议数十次，未能定局，而头批物件已到，轮船即须驶赴英国，势难等候，只得先将货物移储驳船。 赛会场地自行布置

阿蒙士得塘系滨海水乡，河道如经纬，桥梁如棋布。虽为通商大埠，然人民吝啬，居宅狭小，街道亦不甚洁净。一切日用之物，尤形昂贵。凡德国所用一马克，此间则须一沽而屯，惟马车每点钟只一沽，较德国为贱。 滨海水乡

和国钱法通用者，曰沽而屯，一名勿罗而。每枚重漕平二钱七分。有二沽半一枚者，重六钱八分；有十分沽之五者，重一钱三分；十分之二五者，重九分；十分之一者，重三分半；百分之五者，重二分。皆以银为之。百分之二五者，百分之一者，名曰生脱，又二百分之一者，则皆以紫铜为之。其大者则以金为之。每枚值十沽，计重一钱八分一厘。再大则纸币有值十沽者，二十五沽者，四十沽者，六十沽者，一百沽者，二百沽者，三百沽者，一千沽者，通行民间，不少减于金银。 荷兰币制

土产有乳饼、鱼虾、蛎、黄橘酒。人云：和兰产加非，可可子。其实从南洋属地来者，本地并无所出。

荷兰街道

和兰街道之夹河者，曰搿（gé）拉哈脱；两面房屋者，曰司脱拉脱基场，曰泼伦。其街道之窄者，只容一二人行走，宽者可容二马车。房屋极小，楼梯窄者，只容一人，且极陡，稍不留意，即有下坠之虞。地窖均临街，出入亦易跌陷。房屋内，火炉均用铁炉，离墙安置，非时时加煤不能热。故赴人家不必去外衣。

阿蒙士得塘多风，尘飞眯目，行走者几为之吹倒。倘长年如此，则非可以久居也。人情尚好远客之异言异服者，虽聚观如堵，而却无拉辫之事。至于购物加价，则又不仅和国为然。然苟能勤于探闻，虽初到生疏，亦不致于受欺。惟会中所用物件，则非常挟制，非常把持。法国办会之商人，已欲将原货运回，不复赴赛。虽激愤之语，然其邻国之人受侮已如此，其他更可想见矣。

会中用物非常挟制

阿蒙士得塘马车价，每半点钟以内七十生脱，满一点钟者一沽，一点钟以外，每刻加二十五生脱。夜间十一点钟以后，每半点钟以内一沽二十生脱，半点以外，每刻四十生脱。无头、二等之分，惟双驾者，倍其值，然须定套。其行甚疾。长车则仅行一段。随时购车票者，每张十二生脱半。趸购者，每张只十生脱。无一定停车处，随地可止。此则差便于柏林也。

马车价格

和兰以小国居英德大邦之间，事事不敢张大。据其国

9,3,21

人云：本年之会，系总办计赚和君保护，因译语谓万国会曰爱格司颇齐枪阴退而捺枪捺而，谓本国会曰爱格司颇齐枪捺枪捺而，其字微有不同。故三月二十一日，即西四月二十七日，和君到塘临会，各会总办往见时，其本国之总办被斥甚严，谓和国土地窄小，只足自守，予所允保护者，本国商会，非万国商会，岂知惊动各邦。倘余早知如此，决不保护等语。余在旁，虽不谙和语，见其声色甚厉。见毕，退出后，他人译告如此。

总办计办万国会

和君临会总办被斥

举办炫奇会务，实系国家抽丰之举，美其名而已。凡国中贸易不能兴旺，则设会遍请各国饬商运货赴赛。于是，万商云集，百货齐至。其地则一切昂其值，俾人民得以沾利，而因之增建房屋，设市肆，闲居无业者，亦得有所事事。则困穷于以稍苏，而国用亦因之以渐裕矣。故德人败法奥之后，法奥均以此法行之。和国则因商务不起而为之，乃民之强君，君固初无此意也。各国与会者虽属商人，而国家必发帑，以助其资斧。此次会务，闻德国股内初拨二万马克，嗣又续给他国有差。我中国虽无拨帑协商之例，而建屋派员，官采官售，耗折尤多。无拨帑之名，而其实则甚于泰西各国矣。

举办赛会实系抽丰

各国办会，向系商人之事。虽亦有派告退之官，或就地之领事为督办者，然不过与总办会议事务通商人之情而已。我国前于美、法之会，均由赫税司德总办，赫则分派

办理赛会寝食不遑

各关税司以及关差人役，分值其事，人多而事易举。本届和国大会，译署派李星使为总办，柏馆使署、参随翻译，共只七人，势不能全到会所，故星使派余暨笛云、友笙、韶甫诸人轮替往来，驻塘办理。凡建造房屋，置购橱桌，绘图、估工，计值论价，会议驳运，验收箱物，开箱编号，定价黏签，陈设安排，收放银钱，缮写帐目，事无巨细，必须一一躬亲。故早起夜息，几有寝食不遑之势。

中国参赛利弊之情

本届和国会务，初由星使开单，请购各货，嗣又行文上海道台，续添各货，既多且美，为前此所不及。官商各货共二千馀箱，屯积如山，会中路为之塞。自二月初旬到此，至四月中旬为止，凡已入会之箱，共约一千三百件，始得开竣。其馀商货数百箱，无地可容，暂存外栈。货物如衣服冠饰，珠翠、珍玩，竹木牙檀，绸绫绣织，字画书籍，酒酱糖茶，菽麦花卉，药材矿产，瓷器铜锡，古今乐器，弓箭戎服，皮张漆器，纸张笔墨，并属国方物，凡人生日用所需，已无遗漏，而古玩尤为夺目。特和国地小而僻，游人亦未能多到。倘陈赛以后销路不旺，则贱值拍售，恐多亏折。且以上国之多珍远示，彼族置之不甚宝贵之地，殊为可惜。吾故曰：将来倘有他国邀会者，不妨直辞不赴。此事本不能强人而为，且官办、官售尤为他国所嗤。盖西人虽重工商，而仕宦者不得兼商，亦与我国不与民争利之意略同。苟或情不可却，则只须装潢厅事一二，所陈设中国所独有之物，绝精者若干件。不必出售，既省

应对之策

9,3,21

縻费，而又与比赛之原意相符。赛毕之后，或持赠一二，或运存使馆作移交之案，留待日后他国赛会之用。至于商人之欲来贩运者，不妨令其自租会屋，自加装潢。盖照章会所大屋内所设之物，本属赛而不售，即欲售去，亦只能先收定银，候会竣后交付。故此次华商之持货来销者，仍另租工作厅内之地，以便随时出售也。

荷兰气候

和兰地气极北，而夏令天气酷热，四月下旬已热不可耐。然变幻甚速，一雨便秋，颇有粤东、新加坡等处光景。而在南之德奥等国，反不及如此之热。盖海水流行，有一定地步。和兰北海之水，系从亚非利加洲由西而北，赤道之热，被水引带而来也。

本届和国炫奇会，原系邀请将各国属国所出之土产赴赛，故英国仅允饬属国送物赴赛，其所租之地，仅一千方密达，装潢亦为俭约，商货亦甚寥寥，办理更形趦趄。而其属国之在南洋、印度等岛者，来货亦不甚多，敷衍而已。惟和国自属之南洋八太惟耶，货物如山积，且土产之五谷、竹木尤多，竭尽其力。虽各种模样恶陋不堪，而却最合赛会之通。故无一物可以出售，而亦无一人欲得其物为赏玩之需者。英之于和有强弱大小之殊，固不必与他国同论。

八太惟耶（巴特维亚）

赛会仪节

开会仪节，先期由总办备帖邀请贵官富商暨各股之总办，各员以及司事人等。商人之可以出场者亦与。届期于午正有职者公服，至头门内两边木台上。公使及部院大臣男妇均得坐亭内。亭之中设王座。商贾之充会首者，亦得立台上。其馀商人则皆立台下。王至乐作，凡数出并歌。歌毕，和国之会总办诵颂词。诵毕，引王及妃先至和国属国会中，观览一过。其时，各国之总办均至和国股会门前等候，其各国之公使则随王而行，然王不知也。属国观毕，入会二门，遍观各国之会。其时三月廿五，即西五月朔，各国会所均未完工，仅将大甬道上漏夜赶备陈设布置，然已大致可观。王及妃不过每到一处略一停步而已，其陈设者为何物，则固未尝寓诸目也。亦有与各国会总办略道寒暄者，视其国之大小强弱，并总办之爵位尊卑耳。巡视毕，即邀至一厅事小憩，供以茶点而散。然此次会务于三月廿五日开设至今，已将一月，而完工者仅英属之印度部暨维克托里耶，可称告竣。盖地小物少，办理不甚费力。此外，固无一国完工者。法国于四月十九，即西五月廿五日，办公所告成，亦具柬邀各总办，饮以香冰糕果之品。法国总办系驻塘之总领事兼充，固富而有爵者也，故亦特设开会仪节，以争胜于他国。赛中之赛，不得谓之不善设想者矣。

各国会所均未完工

开会已及一月，各国股内虽未全完，而陈设之物，实已不少，然购者颇乏其人。各商自怨自艾，极为悔闷，因初不知阿蒙士得塘地偏人稀，遂以为赛会之举，必与六年

商人艾怨极为悔闷

9,4,19

前法都巴黎相同，不待开会，而争相购买已踵接而肩摩。岂知今日之会如此寂寥，游人落落如晨星。问价而却步者有之，见物而乞赠于博物院，以留去思者，有之。欲其自购以为陈设之具，则尚未之前闻也。吁！会务如此，商人焉得而不怨艾哉？

赛会游人落落晨星

办会公所应用器具在塘购买价倍于平时。因由柏林购寄折叠铁床到关后，前往提取，该关欲令完税。告以使署之物，则地非都邑，关员不谙使务，未允验收。此固新购之物，无论矣。一咋天气渐热，柏林寄来单夹旧衣，信局来告，衣服已到，应开验完税。盖和国定例，旧衣亦有税。因约计原值代为报税送来，此又国例之不同者也。

办公器具价倍平时

使臣不可以兼办会务，此一定之论，即使偶一奉派，亦必另委总办出面。盖西国之视使臣，何等尊重，而一办会务，则以会务总办待之。欲谒国君，则无由即见；欲享出使权利，则无由而得，且须受该国总办之节制。他国虽有派领事等官为督办者，其一切事务则仍由商人之总办经理督办，偶一稽察而已。盖领事等官在彼，本不甚重，故其权利亦无甚得失也。

使臣不可兼办会务

该会章程游人进会之票，礼拜二、五、六、日，每票价一沽，馀日减半。嗣因售出之票甚少，凡一沽者减为半沽，旋又将礼拜日之半沽减为四分沽之一。夜间会所关闭，花园内作乐饮酒向章，每客五十生脱，后亦减为二十五生脱。然每夜不过数十人，极盛亦不过二百人。地方僻小，虽不取值，恐亦不能及他处之盛也。

会馆全景

到塘三月有馀，公事纷繁，无片刻之暇，是以会中各国分股迄未一观。现在诸事部署已定，因按序遍观大会之大屋。入头门，两面计四所，为和国股；次为比利时股。两面计六所。次为和兰在南洋属岛，居左右两所之前半；右中为义大利，右后为瑞士，最后为巴西。左所三分之一为英属之维克抡利亚，中系天井，后为胚而寻。次右为英属之印度部，后半及次左右两所为英国，次印度。对面全所为中国。英国之次右为俄，左为西班牙，次为美，左为奥。次左右三所为法。次左全所为日本。右又为美。次左右六所为德。各国陈设一切物件大同小异。和则以橘酒、乳饼为胜。比则以洋琴、铜铁为胜。义大利以珊瑚、石画为胜。瑞士以钟表为胜。巴西与维克抡利亚以五谷、羊毛为胜。胚而寻以毡毯为胜。印度以五谷、茶叶为胜。中国以古玩、古钱、丝、茶、绸缎、瓷质、雕牙为胜。英国以舟车机器为胜。俄以皮革、绿松、青金石之制为胜。西班牙以藤、蔗、甜酒为胜。法以丝绸、衣裳、酒食为胜，而他项亦无不十分出色，可称全会之冠。美以缝纫机器为胜。日本以景泰瓷、漆器为胜。德以铜铁矿务为胜。大会之外，则有金刚钻会。自琢磨以至成器，无乎不备。大者如桂圆，如荔枝。金刚钻不产于和，而琢磨之工尽在和，

各国展品法国为冠

9,4,19

故为聚处。又有和属之南洋各岛，另建一屋，以烟叶、矿产、米谷、蔗糖一切为胜。其民人半属华产，故亦设武帝神像，以崇正教。此外，则机器厂一大区，为英、法、德、比和美六国陈设之所。园之左后为酒食之肆，作乐之台，饮宴之亭。又有石板、石柱、煤矿、酒作水机，均各国所设。又有电气车，系法国送赛者。园之右有南洋各岛居处种作之所。园之左极后为画院，亦法国所设。河中有中国之灯船、脚划船，和国南洋之板艇数只，德国汉波口之小轮船三艘。统计其馀各项货物，凡一国所有，各国无不皆有。惟天生土产，则必因其地而得焉。

武帝神像

办理会务，归总办全会之人承办者，曰觅地，曰建屋，曰铺板，曰装修外面一切，曰栽植花木，曰铺设园林，曰开通水火气管，曰建造桥梁，曰印发各项票纸，曰评物，曰给奖。归各国股会所办者，曰租屋，曰添造本国式房屋，曰内装修，曰做天幔，曰装板壁，曰做橱柜桌架，曰起驳货物，曰开箱点验，曰编号定价标贴签纸，曰分类陈设，曰开造物本清册送关计税，曰填注赴赛品评之单纸，曰选举商人充评物董事。至是，而应办之事方毕，然后待会竣拍卖货物，或将一二大件留赠其国君及本城地方，其馀拍卖。不合算者，或装箱运回。物之去留已定，则统计售去之物，计税完纳。办会之大概如此，序次亦如此。其未尽者，皆可随时随处变通办理，不必拘以成法也。

办理会务大概程序

埃及瘟疫严防死守

六月内，埃及国内瘟疫盛行，日死者四五百人。其病，西人名之曰可来拉，极易传染。故东来轮舟经过其地者，到埠后，必须停泊口外荒岛七日，或十四日，或一月不等，视其疫症之多寡为定。停泊之处，童山濯濯，人民稀少，仅有客店备传染者养病之所。每日在舟之客，可以登岸两次。其山路之左右路径，有兵守住，越过此界，兵即开枪击之，防疫气之传开也。倘有亲友知远客已到，因避疫守泊，欲先一见，即可至岛相晤。会面之处，两边铁栏中隔一街，阔几丈，以避秽之药粉满铺于地。两面立谈数语，欲握手而不能也。守泊之期，均由医生验视酌定，毋敢稍违者。其停泊之日，舟客伙食须自行另给，头等舱每人每日法国钱十五佛郎。故行路不得不多携川资。陈敬如参戎假满回洋，亦停泊七日，详述其事，如此亦游客所不可不知也。

柏林于上年公举卫生大会，已告成矣，开张之前一日，陡遭回禄，毁其大半，故又改于今年夏季。其大会房屋，以铁代木，以玻璃作顶。会中陈设之物，举凡有益人生日用之需，无不备。其他则救灾捍患之具，悉备无遗。

行海之舟坐人之杌两杌相连无虞倾覆

行海之舟舱面上，坐人之杌造成半只舢板式，中实以空气使不泄，并储以干粮。杌背如栏干，另系横木樯帆于旁。设遇沉溺之险，可将所有之杌以两杌合成一舟，相合之处，以木栅为板，顷刻间，钩搭而成。所以两杌相合，中以木栅相连，则船身阔而无倾覆之虞。粮食既备之虑，漂

9,6,4

泊帆索既全，亦可行驶。此为航海最要之具。倘能从此通行，则慈航普渡，利济无穷。其馀非新得之秘，则亦无须记载矣。

德国每岁大操于秋初，派出二军分为主客，互相攻战。先期函请各国特派大员会阅，所以示敦睦也。二军操毕，约须十四日。其往看之员，客店房膳、伙食、马车、坐骑、仆役，一切均由彼国供应。看操之员，惟醵资犒赏而已。阅毕后，并由国君赠给宝星于他国之员。出使之武随员亦可由使臣函请随阅，供应亦同。赏犒之款，每人约须出银一百数十马克。国家专派都守三员知客，凡乘车、骑马、驻店、入席，一切均经代为一一排定，无少紊乱。闻各国亦然。虽縻费数万银钱，而既已相沿成例，则礼尚往来，是不可以或已也。 德国军演各国往阅

德国税章，瓷器每百启罗税三十马克，木器每百启罗税三十马克，绣货每百启罗税六百马克，绸缎每百启罗税二百马克，锡器亦二百马克，茶叶每百启罗税一百马克。每启罗合中国漕平二十六两零。和国则概照值百抽五，惟茶叶亦以分两计税，每百启罗抽二十五沽，较之德国既轻，而计值纳税者，商人尚得以多报少。德国则眼同过秤，无可隐漏。出于其途者，其何以为利乎？ 德国税章

余自六月初四日回柏，至十月初四日复至阿蒙士得 赛会收会

收会之难

塘，办理收会事宜。从前开会之难，限于时之太促；收会之难，则患于货之太多。装箱分运，仅余与顾友笙二人。幸司事者田合通年富力强，不辞劳瘁，兼通四国方言，呼应便捷，始得一一就绪。至十一月初四日完竣回柏。然以上海采运时，如许多人所办之事，今远在外洋客地，以区区数人而理料之，其不偾事者，亦几希矣。向来各国设会，凡办理之官员以及上等司事，该国君均赠宝星以酬劳勩。此次和国大会非出于国君所愿，是以会竣之后，赠宝星者寥寥。然李星使以大臣而办会，为向来所未有，故特赠头等大带宝星以荣之。其馀各国会总办大半向隅，故怨声载道。而和国官绅，则以此等宝星仅能贻赠王公贵戚，而何以二等公使亦得？非分之荣，羡而生妒，人情固若是也。

非分之荣羡而生妒

铁路货运迟速不一价格不定

火轮车携带零物，运送行李，迟速不一，费亦大有区别。至速者，乘人之行李随载后车，约一时行二百里；其次则紧急货车，凡人车行一日之程，此则须三五日；又次为寻常货车，则人车一日之程，须行十日。盖沿途按站节节耽搁，起卸货物，而其行本缓。然较之马车，已加倍迅速矣。至于运费，则寻常货车每百启罗重运至人车一日之程者，约须库银二两余。紧急车倍之。随人后车者，更倍之。此系约略之数。盖各国章程固稍有不同，而因时更改者，更不能一定计算。其馀小件包物重至数斤者，寄运速于紧急货车，盖随信车、人车同行耳。

9,11,14

德君亦有俸，每岁一千二百万马克。其朝中礼官俸禄、车驾、丁役一切须自给。每岁朝宴之费亦在其内，故往往不敷，则以私产利息贴之。世子则每岁俸不过数十万马克。倘有不足，仍仰给于其父。锐飞所述如此。 君俸不敷私产贴补

西人好著述，好作游记，然颇多失实。屡见德奥等国人游亚细亚洲刊刻记载者，道听途说，动多传讹。然其国人皆敬为博学。余常与西客闲谈，往往有人以中国之陋俗相问者，曰此某某之记载也，曰此某某之传述也。余驳之曰：余中国人不敢谓通晓中国风俗，寓柏林者亦六七年，亦不敢谓熟悉柏林人情，彼何人而游历一过，竟将道听途说作为真知灼见？因屡举其书中之误，以证其谬妄。且见一人一事而遂谓人人事事皆如此，彼所适遇之事，即谓大概如此，彼所未见之物，即谓其处所无。坐井观天而曰天小也，追此人之谓耳。客曰善。 西人游记颇多讹传

柏林巡捕马步队以及便服私访者，共三千七百人，分驻七十一所。每所以千把总一人，管理其事。每十所或八九所辖于守备，守备隶参游，参游隶两翼长，两翼长隶统领。凡户口、盗贼、丁税悉查察焉。民人之迁居者，必报捕房。更迁者，该管之所，即将其原报单移送新迁之所。凡人曾经犯罪者，报单上注有记识，终其身不能洗涤。缉捕事宜，均以电报通信，故每所必设电机，以两人轮流司其事。巡捕俸饷每人每年自一千马克至一千五百马克，外 德国巡捕

加眷属房租约二三百马克。年老因病告退者，给以常俸之半或四之三。倘能另得他事，则视其所得之数，于养老俸内扣除。或多于养老俸，则停给官俸，以省公项。其统领之职视提镇等。

西人食物查验严格

西人食物，必先由巡捕查验有无毒害。故宰杀牛、羊、豕类，必聚集于公所，一一由巡捕派人查验，验无毒害，始准出售。柏林验肉公所在东北之郊。周围数亩，广厦数百间，每日宰杀通计约四五千数。查验厅三大厦，各以显微镜窥视。凡有虫者，其肉则以之熬胶，供木作之用；其五脏则用磺镪水化去之。来往牲畜之火轮车，必用药水刷洗，使无秽气，免致传染疾病。查验之所有监督，有特派监验之内部司员，有医生验员，有巡捕，一切开支公项，使食肉者不受其害焉。

物件专递公司

柏林本城信局内寄送物件，重五启罗以内者，须给资二十五分尼。今年五月新设一公司，专递物件，自五十磅以内，只费十五分尼。每街于食物烟卷等店代收包件，给发凭单，随时由该公司派车收取，分送至远之处，两点钟可到。倘有遗失，照章赔偿。凡采购物件而急需应用者，交令转寄，所费既不多，而迅速得达，亦便民之一道也。

光绪十年岁次甲申（1884）

闰五月

二十五日，为和兰世子告窆之期。星使为法事所羁，不果行，派余与沈笛云前赴和都哈克往送。届日，凡大国公使，均以宫车邀至世子宫，随同和王相送。小国使以及暂护公使者，并本国部臣提镇等，均先一时至园寝等候。至十一点钟，马步队伍先到。灵榇至厅事，柩以椐木为之，下安银兽足六两，旁银环六，上面银顶八，以黑绒为罩，沿以银锦，罩上陈设王冕一，盔剑数事。前后皆花圈。和王随进，次为日耳曼各王公，再次则被邀之公使数人。和王及各王公立于柩左，各公使等均排立于柩右，部院大臣立王之左旁，提镇立公使之后，医生二人，教士一人在柩左，向外立。教士口中诵读半时许，即将柩罩等除去，以柩推入升降盘车上，降入地穴，是为礼毕。和王先行，以次而退。厅后轩房设有茶果，惟本国官员略尝之。 荷兰世子葬礼仪节其厅事及王陵已历数十代，均庋藏于地窖之内。正中为开国之祖，上面建一石像于亭内。其馀则于青石地平上凿其名氏，生死年月而已。厅壁一切亦甚朴素。洋礼送葬，均着公服，惟王及王公外加元色兜篷一领，医生亦然。此外，则以黑纱带或黑布球系于臂，亦有数人并此而无者。分来礼节单，止载公服，未及带球，故不知者，亦不及备。然吊丧以吉服，究非我国制度，似亦宜以一元色兜篷为区别，亦未始非经权互用之一道也。

哈克(海牙)

哈克居民不及阿蒙士得塘之半，而地方洁净，林木深远，则胜之。北面滨海，为西人休沐之所。车马纷驰，颇形繁闹。而食用之贵，逾于寻常。故就浴者大半富户。其处产鱼，秋风一起，则人影全无矣。城内亦有万牲院，局面甚小，仅一象、数熊以及禽、鱼之属，虎、豹、犀、狮则未之见。其国中中人以上者，无不兼擅英、法、德三国语言文字。以其国小而言语不能通行，故往游者，不必尽能和语也。

德铁炮台独得之秘

德国之铁炮台为守口第一坚利之器。制造之厂在马克得布尔希之博考镇，厂主名葛鲁孙。六月初旬，余因前往验收山海关所购开花硬铁长炮子，因得游观其厂。厂中各国所定铁台甚多，大者中可容兵一营，小者炮台可以旋转自如。其铁厚处约六尺，薄处亦一尺馀，视炮子受攻之力而定也。厂中工匠共二千人，亦兼造一切炮械机器。惟铁

10,闰5,25

炮台为独得之秘，故虽克鹿卜，亦不能与之争胜也。

马克得布而希马车精粗不一，而价值不分等第。每一点钟给值一马克五十分尼，食物一切亦较贱于柏林。其地为建设炮台之所，重墙复壁，坚固异常。每日炮兵操演无稍或懈，视平时如战时，德国之所以自强而不息者，宜矣。

德国律师学业职业

德国习申韩之业者，先赴内部考试，取中之后，名曰道格脱尔，即举人之谓。然后再读深奥之书数年，仍由部考试中式，即授以职分，派各衙门差遣，专司律例之事，或派赴各城充当律官，断民间词讼。派赴各衙门者，如各部院及巡捕统领处，凡有事务须凭理公断者，必须出诸律员之口，他人虽明律学，不得与问，以杜越俎。

德国债票立法完善

国债继国用之不足，如军饷等类。城债继一城地方所用之不足，如街道桥工等类。计其所需，刊印债票。每票自一百至一千马克不等，票旁附有小票，载明利息，约三厘至多四五厘。其票发交银号，自有购买之人藏之，以为家产者。其价亦有增减。凡值军务之时，则价跌，治道日上者，价即增。然涨落无几，不至如股份票之大有高下，以其各国同列万国公会，永无灭亡之日，则债主自在也。凡西人不事钩巨术者，大抵购存债票，以得官利，按季凭小票向银号支取。无论大小银号，见票即付。倘有改图他业者，将债票托银号出售，如以银易钱，毫无周折。非立法之善，曷克臻此。

销差缘由

余屡请销差，于去冬始蒙星使奏明给假。复因和兰会务未竣迁延，又将一载。刻下法国骚扰各海口，既不能效力行间，一伸素志，又不知妻孥眷属迁住何方，不得已，力请宪恩，先行销差。当蒙批准，先将会务销册造竣，并一切经手事件交代黄君垣接管。因即昼夜趱办，于八月初旬一律清楚，定于初九日起身至奥国海口登舟。祖饯辞行，忙不可言。

八月

离开德国

初十日，五点十七分，在柏林安哈而得火车站起行。惠送者，自星使以下，华洋各友大半皆集。宪恩友谊，感深五内。车行一夜，十一日早，抵奥都维音。因为日已促，不及游览，亦无须再住客店。当先将行李由北站运至南站，交门丁收管。趁此馀暇，得以一览风景。

奥国都城

维音为奥国都城，地高于海面一百五十二密达。东北横江，西北环山，南至海口，计一宿火车程。都城房屋崇高，街道广阔。惟不及柏林之洁净，物用昂贵，则有过之。政治仿佛德国，兵力则不及。赳赳之夫，不多见也。

10,8,10
奥国钱币

奥国钱法曰沽而屯，有金钱、纸币之分。金沽而屯一枚约值中国制钱六百文，纸币沽而屯一枚约值五百文。每沽而屯分为一百克来崔。而金钱凡二种，值十沽者、值五沽者。银钱凡四种，值一沽者，值二分沽之一者，值五分沽之一者，值十分沽之一者。紫铜凡三种：四克来崔者，二克来崔者，一克来崔者。纸币自一沽、五沽、十沽、五十沽至一百沽不等。

维音马车不分等第，只论马匹。单马者每点钟一沽五十克，双马者倍之。车夫无号衣。街道巡捕不及柏林之多，呼应弹压亦不甚灵。

奥君系王而兼帝者也。帝国曰奥，王国曰翁搿阿，一名马加。教尚天主，富庶足以自守。

十一日晚七点钟，自南站开车。

十二日，早八点半，抵得利司得。先至客店，即赴火轮公司罗以特处，询问船位。其时，因法国、义国均有疫症，故车行者尽坐奥国船只，舱位已满，极费周折，始得通融让出，故长行船位必须预定也。

得利斯得语言文字大半尚义大利亚。因西南面一江之隔，即系义国地界，其处为通商大埠，帆樯林立，贸易繁盛。

回国之船

罗以特公司之船，每月开行一次，径达香港。此次所开者，名曰梯他尼阿，即五月前荫五楼所乘以回华者。自船主以至水手共六十五人，船身长一百十七密达，实马力四百五十匹，载重三千零七十三吨。头等床铺四十四张，二等二十张。大厅各处均用电灯。每日早起茶点一次，九点钟早饭，计四菜，并茶。午后一点钟，冷食，计菜二种，白酒一小瓶。晚六点钟，大餐计一汤三菜，一点二果，红酒一小瓶并加非。夜九点，又茶点一次。肴馔不及法公司之佳。行驶亦缓，每点钟行十海里，计用煤一千启罗，或九海里则用七百五十启罗。煤舱可储二百吨。自奥至港，共需用八百吨，且须备不测，是以装煤甚勤，而用省行缓。故自得利斯得至香港，须五十一、二日之久。然船行甚稳，一切尚称舒服。惟此次客已逾额，并三等舱之住船面者，共客一百十人之多，未免过于拥挤耳。

十三日，五点钟，解维离岸，复停至七点钟，始展轮。因有数客迟到，或行李未到者，是以略待一时。是日风平浪静，眠食如常，罗盘向南偏东约十度。

入地中海水光如镜

十五日，入地中海。水光如镜，大有海不扬波之象。

十六日早，晕不能饭，午后即平。晚出欧罗巴洲境，

10,8,16

其处有山名，曰哥栖窝，山巅有灯塔，灯光旋转不定。行至此处，罗盘改向南偏东五十四五度。夜十点钟，月食既。

十七日，仍行地中海。

十八日，申刻，抵埃及国，地名波赛。船到口时，土国兵船作乐，站队以迎。泊定后，行客起岸者约二十人。其地房屋、居民，较胜于前七年。惟遍地沙漠，颇难生聚。虽经欧洲人为之经理，而污秽如故，气味亦甚恶。有治法，有治人，而仍莫可如何者，良可慨也。渡船每客英钱三本士，夜倍之。一切昂贵。本国行用之钱，名曰批阿司推而，约值中国钱六十文。本国所制不敷行用，故常以英、法钱代之。

遍地沙漠颇难生聚

二十一日，早七点抵苏合士，泊六点钟。此河只八十六海里，约合中国三站，而行走一日半之久，因沿途停泊等待他船，且日入后，即泊而不行。午后二点半钟，驶入红海，罗盘向南偏东十四五度。

廿二日，风浪较大，罗盘偏东廿五至三十度。午后，过兄弟岛。其岛对峙，海中系沙土结成者，一大一小，形长方式。大岛有兵房一所，灯塔一座，小岛一无所有。

兄弟岛

廿三日，风浪稍息。罗盘向南偏东二十五度。

廿四日，波平如镜。

廿五日，罗盘向南偏东十八度。午风稍大，夜更甚，呕吐。

廿六日，风浪仍大，勉强支持。午后过披黎姆岛，即红海、印度海交界之处。其岛系荒山一座，英人设兵置炮以守之。岛之北十馀丈，有沉轮一只，只露船首及两桅。岛之南凹，亦有破轮一艘，船身均露。北岸童山横亘，只见洋楼一所。此处海道夹山，行驶极险。入印度海后，波浪始渐平。

抵亚丁

廿七日，早三点钟，抵亚丁。泊至午后四点半钟，开行。罗盘向东偏北十五至二十度。

欧亚两洲之要道城市

亚丁，为欧亚两洲之要道城市。在环山之中，赤地不毛，居民亦不甚多。英人踞以屯煤。山际设炮台，周围十馀座。惟所用之炮，尽系前膛旧式，大不过一英尺口径。余常谓徒有精器而无人能用，则虽有若无。此时中国采办稍旧之器，或谓不宜购置。然英人强冠欧洲，岂所见尚不到此？无他，炮虽旧式，而得人以用之，则较之以精器而资敌用者，其胜算固何如哉！

炮虽旧式得人则胜

10,8,27

亚丁、孟买、喀尔罟他等埠，通行钱法名曰鲁批，即上海所谓虚对开是也。等而下之曰半鲁批，即虚四开。曰四分之一鲁批，即虚八开。曰八分之一鲁批，又名二个阿那司，即虚十六开。以上皆银为之。每鲁批分作十六阿那司，每阿那司分为九本士，则以紫铜为之。银票只孟买能用。自五鲁批至五百为止，不能各埠通行。锡兰等埠虽亦用鲁批，而鲁批以下之名目，则又不同。故行路者，更番易兑，殊多折耗。 通行钱法名曰鲁批

廿八、廿九、三十等日，浪均平。

九月

初一日，浪稍大，初二尤甚，呕吐不能起。初三、四略平，初五日午十一点钟抵孟买，唤渡登岸。

孟买为印度大城，英人建立埠头，泊有铁甲二艘、兵船三四艘、马步兵数营，半系土人。街道之整洁，园林之芳茂，煤灯灿烂，电光闪烁，固无异于欧洲。惟土人所居处，则与粤东相仿。其地物产较富，故防守者，亦严于亚丁等埠。华民约有数百人，均系编藤为业者，富商只一二户而已。 孟买城 华人数百编藤为业

停泊多日，舟居颇形寂寞。客有以游览劝者，因至维

维克拖里亚花园

克拖里亚花园一行。此园以英主之名为名，为该处名胜之地，在城北约半时马车程。园中只大厅事一所，内储各种禽兽、丝棉、豆麦、木果之类，如博物院，具体而微。惟大鱼骨两具，各长数丈，为奇观。后面树木、花果亦平常，柚树极夥，结实累累。间有熊、羆、虎、豹、兔、猴、禽鸟数处，如万牲院，然颇不全备。以视中国，则无山石水泉之胜，曲折幽雅之观，以视欧洲，则无洁净整齐之容。然自英人经营，而就本土人，则视为不可多得之胜景矣。

余常谓天生一物，有奇必有耦。凡花朵有重瓣者，必有单瓣；有红色者，必有白。然未敢以臆度为必然。昨见有夹竹桃开白花者，香蕉果红色者，此亦有耦之一证。

客居孟买白头人多

孟买客居者，沛而寻人（即上海所谓白头人）最多，高冠白衣，岸然道貌，大都殷富。所奉之教与天主、耶稣不同，死者不葬，置一坟围于孟买之西山巅，地名马拉罢溪耳。其围周数十丈，围以墙壁，前开一穴，扃以铁门。内分三围，每围砌成槽若干，外围置男尸，中围女尸，内围孩尸。中心掘一井。凡死者，由教士送入围中，露置于槽内，任禽鸟之悍挚者食尽其肉，然后将尸骨弃置井中。初七日，往游其处，车行盘旋，而上一路林木阴翳，花草芬芳，景致甚佳，居民大半欧人，无不亭台、花圃。山之西巅又有水池五六所，每长数十丈，阔数丈，深数丈，以

10,9,7

雨水先入沙池滤过，引入水池，储以济饮。因孟买四面皆海，不能得甜水之故。左旋而下，则巨石嶙峋，海波澎湃。西人乘车纳凉于海湾之滨，渔歌唱晚，蕉果飘香。客居之乐，舍此固无所取也。

停泊数日以来，始知渡头登岸处亦有信局、钱铺，固不必远至城市也。每英金一磅，易印度银十二鲁批四阿那司，总银行价亦相同，固无欺弊。渡船每次至少须一鲁批，人多则二鲁批。马车每点钟一鲁批，半日则三鲁批，全日六鲁批。客游者虽必另给赏犒，然不得谓之贵。惟酒、酱、气水无不数倍于欧洲，盖客游者，暂生理人，固宜借此以贸利，亦事理之常也。

孟买系印度佛国，土人仍崇佛教，故无礼拜放假之俗。初九日，适值其佳节，如盂兰会，满街悬五色纸旗，并设亭台。佛会铙鼓喧天，庙宇中琉璃灿烂，惟装严不大，佛像亦丑陋不堪，盖由塑工之未精耳。 孟买土人崇佛教

初十日，六点钟开行，出口后，罗盘向南偏东三度。十一至十三日，均偏东二十度以外，风浪亦平。

十四日，浪较大，夜十二点钟抵锡兰之西口克罗姆婆。

十五日，登岸一游。渡船每次一鲁批，马车每点钟一息令。其土民客居均不及孟买之多。有炮台一座，英兵驻守，其时，无战舰停泊。距海岸里许有佛庙一所，殿中小睡佛一尊，左廊大睡佛长数丈。前后大小塑像、画像，均不及中国所塑。案前花香馥郁，僧则以黄布袈裟披身，而无内衣。向其购取贝叶经，只剩数页，因尽留之，而赠以值。其钱不归庙僧，而归民人收受，岂其庙属民人者欤？

佛庙睡佛

十六日三点开行。出口后，罗盘向东偏南二三度。

锡兰虽亦海岛，然山坡之内，有淡水池、荷池数处，可资吸饮。地产桂枝颇多，叶如枸朴，惜无大者，不能作玉桂用耳。其地钱币亦用鲁批，惟每鲁批分作一百生司，与孟买不同。信局票则亦以生司计，故他处信票均不能通用耳。

十七至廿一日，罗盘均向东偏南二度。

抵英属槟榔屿地

廿二日，抵槟榔屿地，亦属英。有炮台两座，炮亦旧式，泊有小兵船二艘。居民土人不及华人之多。建有庙宇。会馆分粤、闽两帮。长街数里，尽属华肆，大有粤东景象。山水较胜于锡兰，有瀑布流泉，英人设闸置管，以资吸饮。土人产业以椰蕉、渔捕为大宗。渡船每人十先司，马车每点钟大洋银三角，亦有东洋手车，价更贱。钱

10,9,22

法均用墨格西哥英洋，每元分作一百先司。有十先司者，以银为之。一先司，半先司，则以紫铜为之。纸币自五元至数百元不等。英官之长者，出有华文告示，自称巡抚，以地论之，则吾华之一州县耳。

廿四日开行，罗盘向南偏东五十二度。

廿五日向东偏北廿度，入新加坡，泊船于煤栈码头。 至新加坡

新加坡亦属英国，建有炮台，泊有兵艘，设官以治理之。其地山多而不高，华民约万馀，几十倍于土人。间有富商文士，然大半俚俗。称欧洲曰祖家，中国曰唐山。每称英国，则必加一大字，鄙陋可笑。其受制于彼族，则又可悯。自数年前，我国派领事驻扎，亦无权利可得。盛衰得失，固事理之常，然甘居人下而不知自振，亦无怪人之见侮也。

新加坡东洋手车甚多，御者尽华人。每点钟约洋银一角。马车则系土人驾驶，计里而不计时，约合每点钟洋银五色。土人籍隶没来由，言语不通，往往任其溢取，故西人之待土人亦颇严酷。

廿七日早开行，罗盘向北偏东五十度。午后三点钟，偏东廿度。

廿八日同。

廿九日偏东六十度。

三十日偏东七十度。

十月

初一至初三日，风浪大作，人不能起。

抵香港 初三日晚六点，抵香港。

自奥海口至港，共行五十日。虽时遇风浪而倾侧，尚不致如从前出洋时之甚。且行李物件均未翻倒。同舟各客，均能勉强支持，随时赴船面了望。余亦效其所为，故罗盘方向，均得详记。质之善驾驶者，恐嗤笑之不暇耳。

奥国公司罗以特，自四十年前集股开张，仅有小轮船二艘，现有大中轮船八十馀艘，此次所乘梯他尼阿，为该公司第三号轮船。价本英金八万五千磅，系由本厂自制，故工坚而价亦尚廉耳。

客轮情形 十月初四日，将行李运交英公司马绥里也。轮船因须初六开行，暂赴客店住宿，于初五日晚始登舟。该舟长英

10,10,4

尺四百三十五尺，一切阔大，较梯他尼阿加四分之二，为英公司第四号大轮。装货四千九百吨，实马力一千匹，每点钟行十二海里半。厅事房内均用电灯。茶饭时刻与梯他尼阿相同，惟早午晚三餐食品既多，烹调更美，但酒须另沽耳。大厅、乐厅均以白石为壁。大厅设席，计容一百四十座。一切浴房、厕房，均极宽洁。行船时，窗户启闭，亦甚留心。惟章程较严，不能一切通融耳。由港至沪，由西人购票，计价洋四十元，华人则须五十元。想经手者，有浮冒之故。行李之入货舱者，奥船则与他货同堆，英船则另储，扃锁更为谨慎。逾额之数，亦不取水脚，然皆格外尽情，固非章程所载也。香港四围皆山，港道狭窄，英人知为紧要咽喉，特设重兵，建炮台，泊兵舰，东西数万里遍设埠头，独据而固守之。兵舶常通，煤炭足备，水饮无乏，其能独擅富强也宜矣。

香港钱法

香港钱法亦用墨格西哥。英洋有五分之一者，曰香港二毫，十分之一者，曰香港一毫，皆以银为之。小钱曰香港一仙，每大洋银易一百枚。更小者曰香港一文，有圆孔可穿以索，每一仙易十枚。渡船无定章，任意需索。每渡一人约一二角洋银。东洋车每点钟洋银二角，二点钟则三角，三点钟则四角。因街市傍山，故无马车。富商自备者，只能于横街、河沿行走。本地人雇大驳船载行李十馀箱，只价一元。东洋车每点钟不过一角。欺生陋习，虽英人严治之，而不能改，此不可以世风论，当以地方论也。

余从前出洋时西语一字不解，而安抵柏林，大有宾至如归之象。以其易舟而车，一切搬运无盗窃之虞，无需索之弊，按章给值，无事争论。今则略谙洋语而反多不便。盖香港一带人情险诈，更易舟轮，价值则动多需索，物件则易于遗失，行道者可不慎诸。

香港一带人情险诈

兵轮、商轮均以铁板为壳，然海水侵蚀，易于蛀坏。从前日本国有铁甲一艘，不数年已成废弃，是则由于不善经理之故。今观西国轮船，每长行一次，必刮去旧油，再加新油一次，是以得以经久。有器无人，徒多糜耗。整理海防者，固不可以细微而忽之也。

有器无人徒多糜耗

初六日，巳正开行。出口后，罗盘向北偏东廿五度。

初七日，原向。午刻过厦门。

初八日午刻，改偏东七度。未刻过温州，夜半过宁波。

抵达上海

初九日，早五点钟，泊金山外海候潮，九点半始得开行。向北偏西十八度。午后偏西五十四度。五点一刻抵吴淞。寓中已遣人往接，因即登轮。驳时已天晚，行李不能全取，只得先驳一半。八点钟到上海，泊英公司码头，其馀行李十一日始得收到。箱键一切均已驳落，然未失物

10,10,9

件，可谓幸矣。

世界各国军政之情

统考地球各国，英吉利自据有香港、印度一带，海面数万里，利权独擅。日于驾驶之事，精益求精，故商舶遍天下，水师冠万国。惟盛极防衰，则持盈保泰之心，转盛于好事喜功之举，是以戈登之困，视为缓图，其馀更可概见矣。美合众国开基才一百馀年，生聚教养日见繁庶。自南北花旗大战以后，危极思安，富足自用，强足自守，故和平浑厚，独存局外之心。法则自被布国大创以来，日思报复，虽于越南妄思大逞，而非议院本意。惟执政者往往轻视东方各国，故藉端滋闹，动出非礼。然界强邻仇国之间，心腹之患，自知难免，故远图亦难久持。但水师列各国第二，是亦不可以忽之也。德国素称欧洲文物之邦，转弱为强，仅二十年来，现当励精图治，文教武功，蒸蒸日上。从前向无水师专部，嗣经创设，几欲与英、法并驾齐驱。而陆军之强，则又非各国所能及。故俄土之役，出自一言而兵戈遂息。然强邻腹背，时有龃龉，自不患其有海外之图也。奥国与德相仿佛，惟陆军兵力远不能及，而富则过之，故亦足以自守。俄罗斯地兼亚欧两洲，盛于西而略于东，然陆路可通，患在肘胁，且其海口兵舶，时思远驶，囊括之心，久形于外，是不可以不严防。和兰水师为天下第三，故南洋各岛得以占据，而因之富有。然君年已老，嗣储无人，外图之举，固无暇而及此也。土耳其各国地方虽大，而兵力弱甚，仅能自守。日本图强太骤，欲速不达，以致国计日绌，民不能安，更不知唇齿之依，亲附中国，徒以通商为可恃，而不知务本。虽公法无灭国之理，然贫弱日甚，其如不能立国何？此外如义大利、比利时、西班牙、葡萄牙、瑞士、丹马、瑙𤩽、瑞典、埃及，则均志在自守。至于阿美利加洲之各国，则或通商未遍，或自顾不遑，是又不必与之并论矣。

钱德培欧游笔记

人名索引

三画

马而科梯
7,3,4　7,3,9

马清臣（马格理）
7,6,28

四画

王钦轩（世绶）
4,12,4

王得胜
8,2,4

毛瑟尔（德国奥伯恩多夫枪厂厂主）
7,3,4　7,3,7　7,3,11

凤夔九（凤仪）
7,6,29

五画

左秉隆（字子兴）
4,12,4

白兰亭（走索艺人）
7,6,21

白理格德（法驻华副领事）
3,10,19

六画

吉罗福
3,10,19

芍兑（德国教习，著有《华德字通》）

5,闰3,11
毕司马/毕司马克(俾斯麦)
7,3,11
吕多而甫(德国绅士)
3,10,19
朱凤梯(字梧冈)
7,1,27
伦次(赴华学习翻译之德人)
7,3,28
庆霭堂(庆常,翻译官)
3,12,5　4,10,9　4,12,4
刘云荪(锡鸿,一字云生)
3,12,5　4,9,27　6,11,5
6,12,8
刘芳圃(李鸿章派往德国学习兵法之武员)
4,1,1
刘鹤伯(孚翌)
3,12,5　4,3,14　4,10,9
6,3,9　6,3,12　6,11,5
刘翰清(字开生、开孙,曾纪泽随员)
4,12,4
衣福伦(赴法大会洋员)
3,10,19　3,12,2　3,12,3
那威勇(汉口税司)
3,11,29　3,12,1
孙心耕
3,10,19

七画

杜屯好夫(德国罗特威尔火药厂厂主)
7,3,8
杨文会(字仁山)
4,12,4
杨国治(字小峰)
4,12,4
杨淦(字如斋)
4,12,4
杨德明(李鸿章派往德国学习兵法之武员)
4,1,1
志斌
3,12,5
李丹崖/李星使(凤苞)
4,1,1　4,4,10　4,9,27
4,10,9　6,11,5　7,3,15
7,3,28　9,3,21　9,11,4
李芬圃(炳琳)
4,12,4
李伯相(李鸿章)

4,1,1　4,4,10

李敦甫（朝贵）

4,12,4

李湘浦

7,6,25　7,6,29

吴礼堂

7,6,25　7,7,1

沈笛云

9,2,7　9,2,8　10,闰5,25

张玉堂（凤书）

3,12,5

张听帆（斯栒）

3,12,5　3,12,29

陈松生（远济，曾纪泽随员）

4,12,4　7,6,29

陈莘耕（志尹）

4,12,4　7,6,25　7,6,30
7,7,2

陈敬如（季同）

4,10,9　7,1,26　7,3,28
7,6,7　7,7,4　7,12,21
8,2,4　8,7,7　9,6,4

陈瑞滨（自费留学德国者）

5,2,5

邵友濂（字小村，崇厚使俄随员）

4,12,4

八画

罗冷士（德卡尔斯鲁厄罗冷士弹簧厂厂主）

7,3,9

罗稷臣（丰禄）

4,10,9　6,3,9

郑景溪

8,10,18

九画

荫五楼（荫昌，后改字午楼）

3,12,5　4,10,9　6,10,18
7,3,28　10,8,12

查连标（李鸿章派往德国学习兵法之武员）

4,1,1

贺蟠臣

3,12,5

十画

袁雨春（李鸿章派往德国学习兵法之武员）

4,1,1

顾友笙

9,2,7　9,2,8　9,10,4

徐仲虎（建寅）

6,3,12　7,3,4　7,3,9

7,3,11　7,7,28　7,闰7,2

郭筠仙（嵩焘）

4,12,4　6,11,5

十一画

黄垣

10,闰5,25

萧介生（仁杰）

4,12,4

曹逸斋（金咏）

4,12,4　7,6,27

崇地山（崇厚,姓完颜）

4,12,4　5,9,4

十二画

博郎（柏林使馆支应经理）

3,12,5　4,10,9　5,9,4

6,12,8　7,3,28　7,6,28

联子振（联兴）

4,12,4

敬如

见陈敬如条

蒋丹如（斯彤,崇厚使俄随员）

4,12,4

赓韶甫（音泰,翻译官）

3,12,5　4,10,9　7,2,30

7,3,28　9,2,8

曾子穆（自费留学德国者）

5,2,5

曾劼刚、曾侯（纪泽）

4,12,4　7,3,19　7,3,28

7,6,27　7,6,28　7,6,30

8,2,4

曾省斋（念祖）

4,12,4

谢先任（字智卿）

4,12,4

十三画

慈安太后

7,3,19

十四画

赫德（清海关总税司）

3,11,29　6,3,9　9,3,21

端洋

3,12,5

十五画

黎纯斋（庶昌）

3,12,5　4,1,24　4,3,14
4,4,10　7,6,25　7,6,27
7,6,28　7,6,29　7,6,30
7,7,1　7,7,3

德在初（张德彝）
4,12,4

德璀琳（天津税司）
3,10,19

十六画

薛叔耘（福成）
4,4,10

穆麟德（法驻华副领事）
3,10,19

钱德培欧游随笔

译名简释

二画

八大惟耶

Batavia，巴特维亚（即印尼首府雅加达的前身）

四画

勿兰克甫而脱

Frankfurt，法兰克福

五画

卡而思卢

Karlsruhe，卡尔斯鲁厄

汉挪威　汉那威

Hannover，汉诺威，德国下萨克森首府

司都脱加而脱

Stuttgart，斯图加特

司滑尔此伐而脱

Schwarzwald，黑森林

六画

毕司马/毕司马克

Bismarck，俾斯麦

七画

克鹿卜

克虏伯

阿勃尔陶而夫

Oberndorf，奥伯恩多夫（毛瑟枪厂所在地）

阿盆而好司

open house，家庭招待会

阿蒙士得塘

荷兰语：Amsterdam，阿姆斯特丹

八画

和兰

Nederland，荷兰

的奈

Dinner，宴会，晚餐，正餐

沽而屯

Gulden，荷兰货币单位盾，即荷兰盾（Dutch gulden）

河脱为而

Rottweil，罗特威尔

九画

哈克

Hague、荷语 Den Haag，海牙（荷兰行政中心）

派尔门家而腾

Palmengarten，（法兰克福）棕榈园

十画

特蜗物孩儿

Dvoer，多佛尔（?）

海岱而陪而希

Heidelberg，海德堡

十一画

萨格逊

Sachsen，萨克森，德国最东部的联邦州崔门得、塞门得

崔门土

cement，水泥

得来司登

Dresden，德累斯顿，德国萨克森州首府

密达

meter，米（计量单位）

维音

德语：Wien，维也纳

十二画

奥司得里

Austria，奥地利

李凤苞使德日记□

光绪二年（1876）	以候选道带员赴各国学习
光绪四年（1878）	奉旨署理出使德国大臣
光绪五年（1879）	实授出使德国大臣
光绪七年（1881）	兼任出使奥意荷等国大臣
光绪十年（1884）	署理出使法国大臣
光绪十一年（1885）	因故离任回国

□ 据中华书局影印“丛书集成”之“灵鹣阁丛书”本

□ 穆易校点

李凤苞使德日记

光绪四年十月初二日　晚，偕郭筠帅由英国苏格兰回伦敦。承准总理衙门咨开，七月二十七日奉上谕："候选道李凤苞，著赏加二品顶戴，充署理出使德国钦差大臣。钦此。"并接奉王大臣德字二十三号函。窃念资浅才疏，自前年奉李爵相奉派监督生徒来洋学习，虽与洋监督日意格和衷商榷，将在英在法生徒照章安插官船官学，而勉供奔走，两载于兹，未报涓埃，方深兢惕。今蒙恩晋头衔，试以重任。抚衷循省，深惧勿胜。惟有实力实心，宣布邦交之谊，矢勤矢慎，勉图应接之方，以期仰副国恩，勉酬知遇。 奉旨署理使德大臣

初三日　与郭筠帅谈。嘱云今可部署一切，赶速赴德，旧员酌量留用。调人应加夹片。并以黄绫夹板奏本纸等件相赠。

初四日　与郭筠帅商定咨调兼办英法翻绎之罗丰禄、 商定随员

陈季同随同赴德。筠帅谓罗则静默，可以讨论学问；陈则活泼，可以泛应世务。再能历练官常，中外贯通，可胜大任矣。是日接地亚士行密腊信云：委办天津枪子料件内油漆纸蜡等项，已由斯飞力尼船运往上海，其铜片等于二十日内俱可运竣。又定造水雷艇之雷赢厂铁胁已全，请往验看。午刻与罗丰禄、订同干南街柏教习之兄柏次，到弯斯瓦士车场上车。过窝得禄德，又换车。是处铁道纷歧，多如蛛丝，为往来冲道。柏次曾到两次，尚有迷途之虑。既下车，芳草平芜，大河前横，即伦敦达眉江之上游也。渡弯斯瓦士桥，沿岸左折百步，到留赢厂。主人迎。厂仅数亩，木栅围之，前临江干，板屋四间，为绘画书算之处。工匠不过三十人，汽机唯八匹马力者一具，下具四轮，可以曳走。计值英钱二百五十磅。沿江灌丛中，支搭铁棚高架，小艇五艘。旁置钻刨等机数事。其江干系有长五十尺之小铁艇，加风扇以助火力。枪面不全用铁，未装水雷机架，盖可悬诸大船，以备巡探，而非专为水雷设也。棚中五艇，一长九十尺，宽十尺半，值五千磅，亦英海部所定造也。一即天津所定造，胁骨已全，而仅布铁壳两片，胁骨相离为十九英尺半，龙骨胁及外壳全不镀锌。诘之，则检出柏教习原信，本未指定镀锌。主人云：如须加镀，加费百磅，展限两旬而已。原约内但须加漆，且厂中无镀锌炉灶，胁骨已合，亦难再卸矣。遂交付第二批价。其馀三艘，皆暹罗国家定造之游舫，配合既全，将复折卸，运寄暹国斗合。大者长六十三尺，宽八尺三寸；小者长三十七

留赢船厂察看船只

4,10,5

尺，宽六尺六寸。价不过五百磅，每点钟可行十二英国旱里。盖留赢习船艺，无馀赀，年才二十馀，交游亦未广，因僦片土集一近支棚，以冀招揽日广，局面日宏而已。

初五日　洋监督日意格及文案陈季同、高氏耶自法国来，商议肄业生徒及支发经费。又商定季同随同赴德，仍兼办肄业文案翻译事件。如洋监督有仓卒须译之件，可就近令马建忠代办。并将洋监督肄业文案杂费，每月以四百佛郎津贴建忠。是日，黎参赞庶昌暨使署各员设饯。又偕郭筠帅谒驻英德使闵士达。筠帅告以李某将接刘任。闵使曰："刘君尚在柏林耶?"筠帅曰："得毋贵国人不喜?"闵使曰："非也。但刘君意气似塾师耳。"筠帅曰："未知贵国喜李某否?"闵使曰："李某似武官，予亦武官。武官乃敝国所重。"且云："此去所过关卡，须带路照，方免查看。送行时当奉上也。"遂别。傍晚，造门投刺，且送路照。 商议赴德事宜

初六日　上午，邀黎参赞及各友用洋膳。适西士傅兰雅亦到，谓妻病稍愈，业与筠帅订定，新正伴送回华。愿先随往德国，将飞尔摩耳《公法论》译全。午后辞行。晚蒙筠帅设饯于使署，威公使来送行，并与筠帅晤谈。谓西国例，凡赍有国书者，为二等公使。猝有要事出行，派参赞代理。非国君所派，称"桑赛兑费阿"，虽译作四等，实不列公使也，非若中国官员实任署任一样办事也。遂索笔作书，嘱携至柏林面交驻德英使卢赛尔。且云："卢公在德最久，人亦和平，凡事可面商也。"是日收拾 威公使来送行晤谈

行李。

初七日　晴。六点三刻，偕傅兰雅、陈、罗两员并携二仆同行。日监督、高氏耶亦同路。至采令克老司车场，先是问各车携带箱笼加费甚巨，因商诸翻译马君，先由货车载去。马君据仆人称，各车货车运费相同。遂于是日带行。讵知衣箱等四十馀件，运费至六十馀磅。车场管事者曰："若先由货车运去，只须四分之一。"自恨历练之未深而已。七点四十分，揖别使署诸君，遂发轫。车有厅房，坐卧甚适。九点半，到都乏海口登舟。十二点，到喀来海口，为法国北海滨。日、高二君分道回巴黎。五点半，到比利时之白罗色耳换车，八点半，到勿费爱。管车者曰："此间停车二十分，可用晚膳。"及入店，方取茶点，而车已开。四五十人方进退无措间，有同行之萨孙人能操英法语，作一函，语同行者画押，送比京公司，以责管车者之误。予来欧洲几二年，常仆仆车尘，见英国火车道最繁而车亦最多，法次之，德、荷、比又次之。而碰车出辙歧误诸患，比、荷为最多，德次之，法、英则不数见矣。岂英、法之人勤慎与？亦因往来车多，则聚精会神，不遑他顾；往来车少，则优游偃息，未必专心。故业精于能勤，而患乘于所忽。十点二十分，上第二次之车。十一点，到阿欣。在车场坐候良久。阿欣为古城，本罗马人所建。其后削尔蛮王居之。西历八百十四年，王殂，为自主之城。西历八百年所建大礼拜堂，用罗马造法。其规制为德国营造所宗式。城北有高山，其脉迤西绕至城南，地多

误信人言运费倍增

下车用膳而车已开

阿欣古城

4,10,8

硫泉。有开式阿旭尔井最著名，为一千八百二十四年所筑。一千八百七十二年，有就浴者二万四千人。今城中居民七万五千。铁道自西北绕出东南，车场在其城南。灯火万家，居然都会。

初八日　早三点钟，又上车。五点半，到谷郎。晨光熹微，犹耿耿未寐也。谷郎沿来因河西岸，为德国第六通商大城。西历五十年，纡比阿民所筑，罗马迁民于此。后为下日耳曼都城。一千二百年时，贸易最盛。一千二百十二年，为自主之城。厥后以油画著。有画师蜚仑洛赫奈，驰名于各国。一千八百年时，有教堂二百区，建造甚工。续因民教不和，改建于邦纳。一千七百九十四年，地属于法。及拿破仑，地入布国。今有民十三万馀，有兵七百馀。河东为德次城，有民万馀。铁道自西北隅渡河而东，过大铁桥，长四百十二迈当。上层过汽车，下层过马车，两旁可步行，俱鹿眼铁楞隔之。桥之两端，各有国王铜像，为维令一、维令四。七点钟开车，绿野平畴，林木森秀，朝暾渐上，暖风熏人，如仲春气候。二点半，抵汉奴乏。本为日耳曼大邦之都，因一千八百六十六年背布亲奥，布人既胜，遂收其地为一省。旧城跨来纳河，开拓东北，峻宇通衢，整齐雄厚。大戏园、博物院、礼拜堂，无不壮观。有一千七百五十年之古王宫，今为布王离宫。河南有操场，瓦得尔劳曾败英人于此，有纪功石柱，旁有兵房、军械院、藏书楼，中有书十七万册，手抄者三千册。水族院，中有海水池二十二区。艺工赛奇院，亦著名。并

谷郎即科隆

大铁桥

汉奴乏即汉诺威

临顿乡计之，有民九万人。铁道过城之东北，车场宽广轩敞，酒馔精洁。三点钟，开车。此路已来往十次。昼夜寒暑，风景各殊。随手札记，亦互有详略。是日六点四十五分，抵柏林之汉奴乏车场。刘孚翊、钱德培、庆常、赓音泰、荫昌备车迎候。七点半，进使署，造刘京卿房坐谈。

抵柏林

初九日　十点钟，朝服拜阙，恭接关防。文曰“大清钦差出使大臣关防”，收到卷宗什物清册。当饬陈委员会同原办人员逐一点收，开折存查。

初十日　晨，朝贺慈禧皇太后万寿。午后偕刘京堂谒外部尚书毕鲁，带博郎、陈季同同去。京堂曰：“本大臣奉国家召回内用，不及面谒监国，又未有国书呈递。”毕曰：“昨将贵使回国之语，函告监国。因游猎未回，不及面送。奉召自宜速行。既未颁国书，当为代达监国。”京堂曰：“今派李某署理，日后有话，可与面谈。”毕起立握苞手曰：“李君去岁查课来此，曾已聆教。闻颇好学问，钦仰已久。今后朝夕共事，虽我辈臣子，凡事遵旨而行，而倘能有益贵使者，甚愿竭力相助。”苞称谢，且曰：“愿两国邦交日厚，即臣子友谊日深。”毕称是。又曰：“许久未见，英语当更纯熟。”苞答仆仆道途，毫无长进。毕临别又曰：“迟日当造候，并送刘大人行。”京堂请改日拜见其夫人，毕喜称谢，察其词气欣悦，似非伪饰，京堂谓与前次托病时迥别矣。西例既见外部，可函请头等公使订见。遂致函于英、法、奥、俄、意各使。

拜见德国外交部长

十一日　阅总署旧函二十二件，抄案二十一册。是日，始令庆常、傅兰雅二人译述《公法论》。

十二日　刘京堂请晚饭。

十三日　晚，饯刘京堂。饭罢，请京堂阅马戏。演英储君赴印度事。部藩以文马舞女迎之，男女麇集，百兽率舞，光怪陆离。英储君携藩妇坐观，神采飞扬，情景逼真。马匹精良，驾驭纯熟，尤其本技也。少息，二女演步虚飞索之戏。盘舞跳跃，各尽其妙。既而俄人二十八，歌唱跳踊，无不应弦合节。演罢，进观地窖中马厩。有良马二百匹，区别井然，喂养精洁，调护周至，诚所罕睹。岂牧马而通于牧民者与？ 看马戏

是日下午，谒意大利使侯爵罗讷，与博、陈同往。入其门，牙签万轴，插架连床，望而知为学问中人。词气殷勤，倾盖如故，苞谓西士游中国者，惟贵国人最早，而华人东来者，一入欧洲，先见昔昔昔里、那布里山川之胜。今幸奉使来德，得与贵国绩学之士同事，尤为至幸。罗曰："阁下谦恭笃实，殊深感佩，可望从此邦交日固，商务日兴。敝国赴华运贩者，以丝为大宗。"苞曰："闻贵国丝蚕已甲于欧洲，缫洗亦精。"罗曰："诚然。但数年来屡闻战事，销售日绌，尚有二百万捆生丝未织。若欧洲尽如中国男女，俱以丝帛章身，则销路广矣。"苞谓欧洲男服呢表而帛裹，是有美内含，与学问人相似。罗笑颔之。又论："俄土未定，人心惶恐，商贾日穷，无如民望息争，而贪心者不免构衅，欧洲之执政无不忧虑。予每羡中国一统为治，可以安享太平也。"苞曰："君愿永息兵 会见意大利公使

争，共敦友谊，确是仁人之言，钦佩无极。”罗称谢。又曰：“此后有所商询，请随时晤聚。当勉效微劳。”苞亦称谢。罗曰：“感冒未愈，迟日答拜。”

十四日 晨起拜发谢恩折及包封信件。一点钟谒英使卢赛尔，与博、罗同往。旺健果毅，气宇不凡。首询曾见威君否。苞授以威使手函。(罗)〔卢〕阅毕曰：“署使例不面君，惟朝会先期通知，可以随班参谒。今德君养疴，家嗣监国，遇便当为先容也。”苞答曰：“应见与否，当照西例，不敢渎请。威君书中大约谓中国官员实任署任办事相等耳。”罗曰：“是也。我英国甚喜为中国出力，阁下如有委托，尽可频来，勿拘形迹，自当体国家之意，为中国效劳也。”并询中国商务。苞将税则略为陈说。临别，订于明日答拜。

拜会英使

又谒俄使吴布里。握手迎入。苞谓欧洲各国，均隔重洋，日本亦有衣带水界之。其壤地相接，而又累代通好者，无如贵国。今同役于此，更为亲切。吴曰：“敝国莫士科旧京铁道，如能造成，则直达北京。无舟楫之险，两国交好，当更亲密。”苞谓北陲贸易清淡，铁道尚非紧要。吴曰：“此条铁道，敝国本有成议，缘与土耳其开兵，是以暂寝，将来必行之也。”苞答：“西国各有本境，铁道皆是因地制宜，以收本国之益。”吴是之。苞又谓：“奉使在此，得叨指教，实为欣幸。此后尚望勿吝金玉。”吴曰：“凡有所商，无不效劳。惟此间典礼，未能全知。英使卢君在此最久，熟悉情形，当可详告。”苞称谢告

拜会俄使

4,10,14

辞。吴曰："夙所钦仰，今蒙同事，实为庆幸。"送至门外，握手而别。是晚使寓各员公饯刘京堂于开式好甫，苞亦陪坐。顺道往温德尔得临顿街阅蜡像馆。较之去年，地段既展，塑像亦增。新塑柏林会议各员，设棹三面，毕首相起立陈说，毛发皆动。坐其右者，为英之毕相、沙相及俄使；坐其左者，为奥使、希使、土使，或谛听，或沉思，或看地图，神情毕肖，真神工也。左屋又塑德君被创之像，亦维妙维肖。 顺道参观蜡像馆

十五日　十点钟，巴提督来，述巴公使病状，及斯邦道肄业四弁情形。三点，谒法使汕乏连，与陈同往。容貌清癯，仙骨姗姗，接见甚恭。即云："闻君在洋年馀。"苞曰："曾监督生徒来洋肄习。蒙法国准入学官厂，实为心感。"汕曰："互相照应，分固宜然，况数万里来学之远人乎？"苞称谢。汕曰："曾识驻华之白公使否？"苞答："在京曾蒙招饮。且白公和蔼笃实，最为中国敬重。"汕曰："予好友也。前日惠寄绣毯一方，设色运针，无不精妙，深佩中国静细工巧，实他国所不逮。即漆器、雕牙，亦无不然。"苞曰："惟恐陈设玩物，未必切用耳。"汕曰："绘绣刻镂，具有学问，良以怡情悦性，即是切用。予曾筹思，若作铺被，但可独乐，不如作桌罩，以供同好者有目共赏。"苞曰："具见公溥为心，佩服之至。"又论柏林、巴黎天气同异，不必赘述。临别时，汕曰："得君同事，实惬予心。凡有委托，自当竭力相助。"苞称谢而别。 拜会法使

往观铁甲船下水

士旦丁之吴尔铿厂，订于今日往观铁甲船下水，遂委罗、刘两员带同肄业弁查连标往观。早八点半，由士旦丁车场发轫，有喀尔巴施同车，系上海广丰行伙，自谓是士旦丁在华办事之人。行二十分时，过乃白尔发耳代，有植物学院。十一点钟抵士旦丁，为布国东北境卜美阿尼省城，距柏林七十六英里，古为王国。一千六百四十八年，属于瑞典；一千七百二十年入于布，为通商要邑。以炮台为城，在奥德阿江右岸。江口为水师泊船之所，每年有货船二三百艘运木、酒、麦鱼等货。运入者值四千馀他拉，运出者称是。亦为制造名城，造糖、造船、造机器甚多。有民九万馀。是日，厂主吴尔铿须发皤然，备马车数辆以迎。行二刻抵厂，海部尚书、日本公使咸在。先阅船身，次登船台。尚书士叨取宣言曰："国家命予名此船为威尔登白希，俾与拜晏萨孙两船保卫海疆，永与布路斯为一家。威尔登白希国，屡建大功，贤才跄济，各邦宗仰。今以名尔，尔其永为他船矜式。"语毕，以酒瓶碎于船，众举帽喝采者三。斫断曳索，其船始则缓动，继则急趋。俄见波涛涌立，而船已下水矣。入室午餐。同席者一百三十人。尚书首座，次制造局商、水师总兵、日本公使、中国委员。席终，尚书举觞曰："第一杯，贺德君增一兵船，足资保卫。德君幸邀天佑，受伤获痊，可望寿登耄耋，永庇国人。共饮此酒，以为君寿。"厂商步恒举觞曰："今日庆幸兵船落成。追忆从前德国商船，全赖他国水师保护。近年兵船渐众，商务渐兴，尤望日益加多，称雄海

他拉(吨)

铁甲船下水仪式

上。俾他国畏我水军，可如今日之畏我陆军。而庆幸兵船之成，必归功海部。请饮此以谢尚书。”尚书又举酒答谢，且称吴尔铿工坚料实，襄助德国，洵属可嘉。皆举杯和之。书院教习士密得举觞曰：“东方之中国、日本，咸来与会，应饮此以酬谢之。”日本使答曰：“德国兵船日盛，驶往东方，众所钦仰。吴尔铿厂工日拓，助国富强，尤为可敬。”座客咸和之。按此船长二百八十尺，宽六十尺，高二十六尺半，入水十六尺半，与萨孙船先后竣工。里层铁甲，厚三十二密理迈当，外用二百密理之梯克木，其外层铁甲厚一百五十二密理。又函二百五十四密理之梯克木，而联以径一百密理之铁钉。船面圆台二座，后座有二十七生脱炮四尊，前座二尊。其围台之铁甲，厚二百五十四密理。后座有小塔隆起，亦铁甲护之，为船主望楼。载煤五百顿，水手四百五十人。每点钟行十三海里有奇。价一千万马克。台座前后，有宽各三尺之浮木，如带之围。倘前后受敌击损，中段尚能浮行，全赖此浮木也。船前插嘴长九尺半。全船内有逐段隔堵，循龙骨有中线隔堵。以两汽机运两螺轮。每汽机二千八百马力，每马力日需煤七磅。有汽甑八，每方寸受力三十磅。炉门三十二。船身机器，皆本厂自造所成。德国铁甲船，今已六号：勿里格脱类之布爱森船，改代克脱考怀脱类之来伯及希船，泊令士阿达贝德船，士叨取船，潘尺考怀脱类之萨孙船，威登布希船是也。又成商船七十四号。今俄国定购之水雷艇，钢片厚八分寸之一，速率十七海里半，船底敷以巴拉

铁甲船之设施配置

芬油，可免锈蚀。每年又成汽车百辆，一切机器无算。计用机匠一千五百人，船匠一千人。创始于一千八百四十八年，至一千八百五十三年而改为有限公司。

十六日　接上海刘道台电报，询守口水雷之电线价。当即函询英、德大厂。是夕送刘京堂至汉奴乏车场，令庆常随往马赛。

拜会土耳其公使

十七日　三点，谒土其耳公使萨多拉贝，与陈同往。人颇安静，谓吾侪东方国，习欧洲话甚难，一切规制，亦有不同，且问中国日后究竟仍派公使与否。苞答："想不久必派公使。"萨云："既派于前，不便中止。敝国与中国通好已久，当必格外相待。凡有所知，无不实告。"辞出。此外奥公使暂回本国，有参赞代理。西例，谒头等使既遍，即到二三等使处投刺，并拜头等使夫人。俟二三等使投刺报拜，再往请见，并拜其夫人。既遍，乃谒各国参赞随员。今驻德之二等使为比利时之诺汤、巴敦之脱噶克亨、拜晏之啰脱哈脱、巴西之邵胡、丹麦之套德、希腊之郎噶贝、日本之爱俄基、黑孙之乃脱哈脱、梅令布希之派里乌司、荷兰之华霍和生、美利坚之退辣、葡萄牙之里尔乏斯、西班牙之贝奴马尔、瑞典之比尔脱、瑞士之和脱、萨孙之淖台止瓦费次、威登布希之士必生拜尔希，凡十七员。三等使为布伦瑞希、奥登布希、两邦之里白、汉倍克等三城之克吕噶尔、墨西哥之巴尔雷大科士、答里噶之保削尔脱，凡四员。署使则奥之华根士拖士步希、海为岛之达们洛生、布克之爱生，并中国而为四员。又循例谒各部

各国驻德二等公使

4,10,17

尚书、各营统帅、各书院掌教，皆造门投刺，俟其报拜，然后再往请见，并拜其夫人。其他官绅不遍及。有先施者则答之。亲王宰贰，非署使所应拜。曾致函外部，转询首相毕士马克，则函复云不日嫁女下乡，未能接见。连日拜客，车尘仆仆，无足记述。公使官绅之报拜者，间有入门小坐，寒温数语而去。其愿交好者，则第二次报拜亦请见，如拜晏、希腊、日本、葡萄牙、比利时、海为岛诸使及礼官、掌教、提督数员是也。

十八日　巴公使来函云："署使虽不面君，然可知会外部，照过客例引见嗣君。"作函复之曰："姑照此间向例，不必急见也。"昨晚闻在法肄业刘生病重，令陈季同驰往察看。

映相法

十九日　博郎引照印地图者来见，谓不必重绘，只用映相法脱于石板，工精价省，为他国所无。姑付一图试之。

德意志联邦王国四　大公邦六　公邦五　王邦七

二十日　英使卢赛尔函询："监国已回，欲先见否?"亦以答巴使者答之。今之德意志列邦有王国四：曰普爱孙，译者作布路斯；曰萨孙；曰拜晏；曰威登布希。大公邦六：曰巴敦，曰黑辛，曰梅令布希水林，曰梅令布希锡特利子，曰萨孙外迈生那，曰奥登布希。公邦五：曰布伦瑞希，曰萨孙麦宁恩，曰萨孙阿廷布希，（然）〔曰〕萨孙可部固代，曰安好尔得。王邦七：曰实字部尔孙特好生，曰实字部尔鲁德司答，曰瓦尔代克，曰荷怀士允合林尼，曰荷怀士爱脱林尼，曰桑布额律百，曰立贝。自主城

自主城三 三：曰汉布克，曰律百克，曰伯磊门。德相管理者，一曰爱尔赛士洛脱零恩，其馀已入于布。布有十三省，曰普爱孙，曰波森，曰班等布希，曰朴门，曰式里秦，曰萨孙，曰回世脱发仑，曰尔恒兰德，曰奥恩初良，曰黑孙拿搔，曰汉奴乏，曰式伦瑞希荷尔士登，曰洛恩布希。

布十三省

参观柏林书库

二十一日 接金登干税司电报，知上海汇来经费五千四百八十磅，合库平银二万两。午后，掌东方书籍者赫美里邀观柏林书库。在新王宫之旁，西名扣尼希力喜比伯里乌台克。同往者傅西士及刘、罗两员。先观左屋，罗列数千年前乐谱及各国古字，俱羊皮为之。次入右门，过掌书所，架有书目二百册。副总办波士们迎入，短小诚悫，彬彬雅儒，洵绩学士也。穿过长巷，右屋为各国地图说；左屋为观书之所，鳞比设坐，每日九点集，四点散。任领何书，按籍检付，目耕手挥者恒二百馀人。每日十点钟，可上楼偏阅他书。讶其房舍曲折，不若英法书库之轩敞。则云：一千七百七十五年，弗里格磊王饬建书库，恩格请颁式，王指书柜以示之，故作此式，五年而成。又过数室，庋藏各国史记，标题曰英史、法史，分国列架，秩然不紊。次到大书厅，排列古时写本，以玻璃匣函之。有希腊古书，以楷书字母连贯而无段落。有始为聚珍板之古登白克所印第一书，亦羊皮为之。回部之哥仑经，写作八边形式。有路得及米兰登手抄之耶稣经，或以名人真迹见重，或以年代湮远见重，皆希世宝也。临窗数架，为布、法战事之书图数百种，装褫华丽，绘印精妙，亦足宝也。厅分

4,10,21

上下层，周有飞廊，下层皆格致性理，西名费昔克司之类，中列布国历代王像，白土抟成，精致如石，末座即今之德君也。右上为亨保尔脱像，著书人也。上螺梯，循廊而右，为各国语言书，西名费劳洛直之类。又进为东方国之原书，则赫美里所掌也。土耳其、阿剌伯、波斯古籍甚多，西藏、缅甸、暹罗、印度各有写本印本。三四千年前之印度书，皆坚薄牛皮，大半作葵黄色、象牙色、古香色，迥非唐宋藏经笺所及。其婆罗门教之里格飞答经，则四千年前物也。梵文字汇、蒙古旧史、吐蕃记载，皆中国所罕见。赫君任取何种文字，辄能成诵，且领略其大旨。前在中国十年，通华文，操华语，明晰了当，知其于东方学问枕胙深矣。又进一门，为中国、日本之书。有《大清会典》《三才图会》《汲古阁十七史》《元史类编》《明史稿》《西清古鉴》《尔雅图》《文献通考》《司马通鉴》等书，《古今图书集成》只存草木图，有《性理真诠》一册，为乾隆朝西国教士所撰，虽发明西教，而玄妙如禅理，精微似宋学，盖其时教士尤多通儒也。日本书较多，大半是唐土名胜、书谱类书、绵谱花谱、杂记小说而已。统计藏书九十万册，又手抄者一万五千册。每日四点钟闭门。

东方之书

赫君又陪往迈克罗士谷比施阿夸林，译即显微镜水族院也。人纳马克一。上楼，有室三楹，中室左案置显微镜七，各嵌水晶、宝石微如纤尘，以镜窥之，灿然五色，面面不同。右案置迈克罗芬显声机及压气机、三角分元镜、

显微镜水族院

台拉芬传声机，室中以五丈线悬一铜球，自然摆动，数杪时，往来一次，恒循子午线编右十度，谓可证地动绕日之理。左室作大喇叭二，径约五尺，由树胶细管中作语，声可及远。或以耳属管口，可闻远处絮语，可证声音聚散之理。又置芬奴格拉非传语机，以手摇转，左用飞轮助之，其声不甚分明。壁悬验血器，木板长二尺上下，各缀玻璃空球，以细玻管盘曲通之，中贮红水，别有玻璃管直通上下两球，令红水自上球循直管下注，逼气从曲管上行，既见红水滴滴鱼贯随行，相离各半寸。行速于蚁，排列极匀。若以手指轻击木板，则即两滴相近而不匀，以证人身血随气行周流不息之理。右室排置显微镜六十馀架，各嵌猪肉虫、疥虫、蜻翼、蚊睛、蚁足及毛肤等物。又见生虾蟆足、鲜鱼翅，其中血脉红色流行，汩汩如泉。又有一微点为极小活螺，窥其呼吸匀速，与人相似，大约为水中微虫居多，故取名水族院，实则为售显微镜之所。镜光之大，自七十五倍至四百五十倍。

“编”疑作“偏”

二十二日 微雨。近日感受潮湿，癣疥烦热，夜不成寐。商之西医，则云治不寐有多术，一以摩飞耶水，用水管注入肩臂之皮中，少选即寐，其水大约每次用干者六分厘之一以化水；一以克路尔海生，则更毒，而能立时昏卧；最烈者克路尔房略，嗅之则昏瞶如死，脔割不觉，半日方苏，体弱者往往不醒，医生用此以施剖割者也。予皆不敢用。

治失眠药

二十三日 议员拜阿及前驻英使之子班生来拜，且谓

4,10,23

一千八百八十年，将于阿丕尔设鱼会，广集各种咸淡水鱼及养鱼、捕鱼之器，将以扩充一千八百七十三年之博物院也，请中国亦以鱼种及养捕各法运送来会。惟须开明门类，所占尺寸，先期详告。定在一千八百八十年元旦以前三个月送来，其运费由各国自备。惟到会火车之费，及会中房室器具，均由会备。其保护一切，亦为会中责成。会毕，俱各送还，愿就地出售者听。其条目则一为水族，有十类，曰水中酒中可浸者，曰风干或火炙者，曰蛎蛤珍珠玳瑁，曰海星，曰长虫及食鱼子之虫，曰蟹类，曰鱼类，曰四足类，曰食鱼之禽，曰食鱼之兽。二为捕鱼器。三为养鱼法。四为运鱼器。五为熏咸各法。六为渔房渔衣。七为鱼水。八为鱼志。九为鱼史。盖鱼最养生，乃日用所需，且为天地自然之利，精求其理，广播其种，实与农圃并重。闻美国久有鱼会，英国亦议设之。德国鱼会，则德储君主之，而朝臣议员任之，非玩物丧志者可比，岂臧僖伯所能窥见哉？

将设鱼会

鱼会条目

二十四日　接李节相八月二十三日函。傍晚，答拜藏书楼副总办波士们，并见其妻及妻妹，皆有儒雅风。出其亡友亨保尔脱手稿一箱，是《考司马司》原稿，而波为续成美国土番记者也。尝谓狉獉之所以渐化，教化之所以覃敷，必由于士商之来往。记载之详备，苟无导其先路，孰能步其后尘，是地理之学为足尚矣。欧洲上古自乏尼斯、希腊、罗马历有载记，类皆缺略纰缪。自一千八百年后，地理渐明，论者每归功于日耳曼人，其学之精者，尤

亨保尔脱手稿一箱

考司马司即宇宙

推亨保尔脱。尝游亚细亚各国及美利坚人迹未到之区，著《考司马司》等书。苞于十年前广采地志，摘译其要，知亨保尔脱以地学通于格致，其时又有尔力德耳，以地学通于史传，皆为布国人，而皆卒于一千八百五十九年。尝心慕之，而思继起者必有其人。今权摄使篆，阅藏书楼，获交波士们，方知续亨氏未竟之绪者数年。有心求之，一旦无意遇之，幸何如也。检其遗稿，涂乙丹黄，手泽如新。夫亨氏学精品粹，固足以共信，而其考订之慎，著撰之勤，非亲阅其稿不知也。其得波士们而续成之，尤为相得益彰。亨氏往矣，而犹得交其执友，睹其手稿，亦何异我身亲见之哉。因题数语，以志欣幸。

参观布国议院会议

二十五日 外部订观布国开议院。午刻，往大王宫。登西南隅白厅之楼，各省议员，咸集于厅。厅宽七丈，雕镂甚工，全敷白漆。向南设宝座，上覆红绫华盖，下承三级，铺以红毯。丞相士吐尔白希奉书，率各部尚书至。南向立宝座东，各部以次并立。各议员北向，丞相宣读曰：

布国丞相宣读议院应议事项

“布王两次被惊，幸叨天佑，众情欣慰。冢嗣监国，亦臣民所爱戴。今订诸君开设布国议院，首以筹款为要。去年出入相抵，所存虽多，而因赔垫德国要款，以致存款将罄，本年必形支绌，良由德国新成之事尚未获利，出款无定，而进款有常。且国中商务未兴，恒虑不能周转。日后拟改税则，以为补救。今先须定国债单式。凡布国各部，事烦人众，款项不敷，亦须以此次国债嗣补之。其筹款用人等事，均须诸君商定。又内部拟定新章，系随时改妥至

4,10,25

要之事。如各村修路设学经费宜筹，而地方首务莫重于教。如何幼弁可备将才，如问下僚可胜大任，务须从长酌议。萨孙省教堂事，仍应共议。刑例数条，亦须商定，著为成例，俟明年十一月初一日，纂入律书。前者，各大学之律师纷纷辞去。今宜妥定新章，俾各遵守。去年学部未定之稿，亦宜发出再议。若广添民塾，需费不赀，亦宜酌中妥议。至于关系通商之农田工艺，国家常设法提挈，俾可日胜一日。总望本国所出土货渐多，鸠合赀本，懋迁远方。又应立通商公会，添设各省银号，俾农工商贾均沾实惠。其火车栈章程，能否较胜于前？应添铁路处，曾否确查？公司铁道购归国家者，曾否加多？各处水利，曾否兴修？去年所商保护园林之事，应否续议？均请诸君逐一斟酌。近年筹款甚难，惟望撙节估计，以副诸君爱民保国之心。”宣毕，各议员举帽应之。傍晚，庆常回，述及刘京堂于二十三日马赛上船，与英公使威君同舟，又有英人麦士尼为能及海关扦手某伴送。

二十六日　阅西们士哈尔士该电机厂。主人引入，先观各种电灯及西门电机。大约喀仑母法之后，惟西门士法最精。其俄人耶白尔考夫之电烛，每十六支者用汽机十二马力，四支者三马力。其配合精致，似胜于法。厂中夜间工作，俱用电烛照之。次观其机器厂，刨床俱用楞轴，兼可磨刮。钻床所钻之物，必以钢壳为模，亦一劳永逸。开齿轮之机，亦灵活而占地甚少。次观其电机厂，则新创者甚多。一为车栈大报钟，中有重锤下坠，而以电气连于活

参观电机厂

电机厂新创品种

闸，机脱钟鸣。一为火（军）〔车〕之行速表，有针盘旋，以指每点钟行若干路，如速至五十二克罗迈当，则钟鸣不绝，闻者罚其司机。一为火警表，每街设一长方匣，联以电线，如第十二号失慎，则各匣俱现十二字样，且钟鸣不绝，俾赴救者知所趋向。一为电报伏线，布法战时，陆路电线易于割断，其后布国遂用埋土之伏线，与过河之电缆相同，合七线为一，而夹以麻绳六绺，加麻丝钢线各一层，再加麻线左旋绕之，髹黑漆一层，又右旋绕之，髹黑漆一层。今柏林及诸大城，已全用伏线，不似伦敦之飞线纵横如蛛丝也。一为探报线，系陆军前锋巡探所用。以三铜线合成细电线，联于台拉芬传声之机，令二兵曳之，一负电线，一负电池箱，凡有所见地势夷险敌兵情形，以传音机告于大营，俾可筹备。其传声机中函小电机二枚，外套叫管，此处吹之，彼处闻叫，即摘去管而属耳焉，数十里外如闻隔壁人语。此器为本厂所创，实陆军之利用。俄之攻土，已购用之，士兵惊以为神。是厂所造之器，大至大洋电缆，小至电器自鸣钟及电报小机，其各种齿轮机器，以及纤悉秒针，皆分类储之。每种千百，无毫发之差，凑合各种，便成全器。工之精良，实造其极。较之伦敦之昔尔乏唐电器厂，殆异曲而同工者欤。

电报伏线

探报线

又谒内部尚书可仑比施，云其弟曾在中国，颇与中国有缘。今愿中国仍派公使与本国交好。凡有所商，情愿效劳。答拜书楼正监督里白休士，并见其夫人。论及春秋以前有无信史，如外纪、竹书纪年，半多后人伪撰，不知史

答拜里白休士及夫人

4,10,26

记所依据者更有何书？苞答："竹书纪年惟伊尹事纰缪，然月日干支，用三统术上推悉符，实阳全属伪撰。"里君亦首肯。且谓北无入声，各国古音皆然。美利坚土番亦然，谅是天地元音云云。知其于东方学问确有心得，于中国书不能读其音而颇解其义。其夫人年五十馀，亦询中国叶韵始于何时。苞答："可考者只四千年前《虞书》有明良叶韵，至《三百篇》而叶韵甚多。"里夫人曰："不过是借用之韵，本无一定，希腊古诗多有之。亦与《三百篇》同时。"又谓《三百篇》之后，变为古乐，其长短变换，动与古合，大约是论古乐府之节奏。惜博翻译传述不明，无从索解。尝疑西人之习华语，不过为通商传教，有所为而为耳。及来欧洲，方知有终身探讨中国古文诗词及满蒙文字，苦心孤诣，至死不变者。且有妇女详考亚细亚古民种、古文字、古诗词者。凤仪在英，遇垂髫女子指曰："此人头颅是蒙古种。"苞在巴黎，遇人谓是老子后裔。适郭大臣在座，甚奇之。其询古诗古字者，不一而足，而于德国为尤多。赓音泰尝遇女人询以音韵乐律，瞠目不能对。可见好学之人，不论时地，不限男女，不待提倡，不计致用，而孜孜焉视之如性命。吁，可嘉也已。

欧洲有终身探讨中国学问者

二十七日　偕罗、博两员答拜太姆士报主笔道克得爱孛尔。左图右史，万轴千箱，词气温文，绩学士也。通九国文字，尤留心蒙古、回疆形势。谓俄国新报厉禁甚严，赖有丹麦、芬兰、波兰、罗明尼阿小报，述其亚细亚事，亦不便录于英、法、德新报也。检示回疆详细地图七八

太姆士报主笔纵论俄国言行

种，皆俄文回文，指画形势，动中窾要。谓俄兵在高加索者十万，若渡里海而抵谋甫，才一月程耳。此为南入阿甫干之门户，可阴助阿甫干凭陵印度。俄人非真窥印度，实以声东击西之法，挟制英人，欲就汕士德发奴之约，不就柏林之约，可以占地中海口岸也。为英人计，只有速据阿甫干腹地，令俄人不及应援，则俄人不得占地中海，而俄、土柏林之议即可书诺矣。又云：俄人实肯以伊犁还中国，而兵部谓伊犁依山负险，进战退守，最为得地，苟欲经营腹地，与英抗衡，则勿还为便。又云：俄国人众而

俄尚用拿破仑兵法

贪，其将多庸材，尚用法君拿破仑兵法，大队进攻，胜不相让，败不相救，不若布兵之人人知书，人人习武，可以人自为守，人自为战。近来尤财匮众怨，新造钞票，折半行用。明知不能侵掠印度，然尝指印度以饵军士，聊为羁縻计耳。清辩滔滔，不及遍记。大约皆新报不载之语。临别告曰："各报馆采访之事，常有不便列报者。执笔人俱肯口述，日后当引数友来见，必与中国边防有益也。"

二十八日　文词会总办犹太人请观图书会。盖士人集

图书会为刊图印书之所

赀为会，刊图印书之所，或由会中人撰绘，或以前人原本翻印。其书皆装褫华丽，大半史传诗歌，为赠遗妇女陈设客厅之用。其画各国山川人物，俱以石板法印套五色，与油画无异。其日耳曼古史一巨册方印竣，姑购之，以备摘译考证。

二十九日　北德意志报主斌台尔请观其报馆。导见主笔者七友，皆绩学士也。各坐一室，类聚采访所得而选择

4,10,29

之，删润之。印报处为二大屋，右印小件，左印大件，皆裁纸片印之，不似英国之卷轴联纸，随印随裁也。最大之架，并印十纸，四人司之。且有既印正面，复印反面者，殊费工夫。凡印新报八种，惟北德意志者销售最多，每日不过万纸而已。造整铅板之器，甚为简易，铸字机亦精工利用，计值六百马克，实优于英法所制。谈及中国字模，最少须五六千枚，约须六千马克。铜质铅镶，究嫌重笨。厂主将当日在厂游览，印成花片，以志雪泥，称谢而去。

参观报馆印报处

中国字模

近日新报馆友私论曰：华之与俄，从无衅隙，通商于恰克图，而楚喀查、由琅基均有俄人行栈，喀什噶尔既畔，俄人恐喀酋据伊犁，遂乘机先据之，且与中国约，收复喀地，当即让还。及喀地既复，俄人又思在喀通商，而左帅禁不与通，违者拘其人，没其货，俄民在喀者，限半月出境，否则改籍。且欲令让还伊犁，交出喀酋。近闻中国简放崇大臣，将往俄京专办此事，谅俄人不能食言。苟俄人恃强败盟，则中亚细亚非又添一劲敌乎？盖近年英国极愿与中国合力同心，而俄恒阴间之。因恐中英合谋，则百年以来横行于中亚细亚者，即不能复逞耳。今闻俄人私议，无论若何，总应延约不还伊犁。以用兵论之，惟伊犁为必争之地，三面距山，形势险要，山径深曲，安设小炮，守以数人，即莫能飞越。俄人得之，南可并喀什噶尔、叶尔羌，北可兼楚喀查、塔尔巴哈台，是伊犁实为南北之枢纽。以通商论之，伊犁土脉沃饶，为中亚细亚之菁华，舍此而外，皆入不敷出矣。地松易耕，山深多矿，铜

新报馆友论伊犁事

铁尤多，煤炭最佳。从前华人在此开垦，米谷丰收。有伊犁河东西横贯，转输利便。贸易流通。地志云：是城筑于乾隆二十八年，周不过四十中里。既城三十年，民日蕃庶，又拓新城，有大书院、俄文馆及文武衙署，驻防兵二万二千。百年来阛阓喧嚣，居然都会。及同治年间，回民蠢动，遍地瓦砾，鞠为茂草。俄人得以经营之，遂视为久长之计。而今之中国，兵械精良，心志坚定，西征之兵，精练不亚于欧洲。俄人见中国有自强之机，不敢显背前言，计必虚与委蛇，以阴行其蚕食。然延搁不远，虽中国不遽兴兵，而俄必设重兵于伊犁，且不敢逞志于回疆，亦非计之得也。中亚细亚之俄督考夫门，即前年以兵阻左帅者也。语伊犁人曰：此地既为俄属，永无更改。语华人曰：暂管伊犁，实助中国，非为利也。又谓中国能保永无回番起衅，则可让中国管辖。苟有边疆不靖，则是中国不能管辖，势必贻患邻国也，我俄人必取其地。夫俄人善用阴谋，挑动盗贼，助之军械，以为藉端吞并之计。从前谋基发、布哈尔、土耳其，俱用此术。今恃为长技，又欲施诸中国。我恐中国渐悉外洋情形，不能如从前窃取东三省海疆之易易矣。

俄人善用阴谋

接刘（丕）孚翊自荷兰来信云："昨由北路赴英，叩送郭筠帅，黄昏时过荷兰南境，火车相撞，几濒于危。死者二人，伤者数人。向谓轮船有风波之险，火车则更速而无险，岂知撞车出轨，层见叠出。德国铁道最少，而闻其前月内共有出轨者三十馀次，相撞者十八次，死者十人，

火车相撞

4,11,1

伤者百人。岂利大者害亦大耶?”

十一月初一日　乘马车往汶赛乡，谒房主芬得海德，为前户部尚书子也。其宅四面轩敞，林木森秀，前对河口，烟波浩渺。左望柏林，屋宇参差。傍舍栽花，四时不绝。其园中有钢铁为棚，屈曲如廊，而罩以藤蔓者。主人指曰：“此中夏令枝密垂缨，花深覆幄，纳凉佳处也。”是宅为别墅，使寓则正宅也。使寓在柏林西垌氏耳噶屯园林之南，半村半郭，流水弯环，昔为河唇洲渚，恩得伯磊门建造此屋。檐桷廊楣，悉仿希腊之式。大门向北，白石为梯，文石为壁。旁列布王、布妃石像四。向西大厅，雕镂工丽，高宏爽垲。旁有房厅二，客厅五，皆雕石为格顶，镂木为地板。上层为房厅二，卧房五。又有庋衣阁，则不合华人之用。下层为仆房、厨房，西旁小屋三楹，上下三层，车马房在其下。舍后有园，花木数百株，牡丹、芍药咸备。园中各处水法不同，最高者可五六丈。每年房租一万五千馀马克，外加赋税，其租价廉于旧寓，而屋较多者，因廛市稍远，且急于求售，不计租价多寡也。今自光绪四年八月始，订租二年，如有售主，则三月前可通知，三月后让屋，不必满二年之限也。其售价房屋四十五万马克，器具一万七千马克。 租用使署设施环境

初二日　往虚村街六十号之印地图处，在第四层楼。先用映相法留影于玻璃，可令永不脱落，以黑漆护其四边，用油墨印之，则玻片即为印板。又有铜板、铅板，雕镂甚工，实非人力所为。乃先敷强水，而以日光晒成之。 以映相法印制地图

衬以木板，可用印书法印之。登楼顶之玻璃房，见试印中国字之地图，精细明白，与原本无异。系用风琴式映相镜映于玻片，镜头径不及三寸，而收放可以自如。虽玻片可作印板，而不能修改，且易破裂，须以油墨之印移于石板，乃可任意修改，即至千百不渝。其刻锌板，先敷以粉，用针画纹，以强水蚀之。凡包印华字地图，每千纸计二百马克。欲海边作线纹，加二十马克。欲套印他色，加一百马克。取回石板，则每石十五马克。因令试印一百纸，计付七十马克。

电报总局工作情形

午后，致电信于上海刘观察，晤电报局总办，引观总局。有男工四百五十人，女工百馀人，聚于大厅，列棹而坐，约二百棹，以达天下各路。每棹通连一路，置一电报器，以一人专司收发。其新式洋琴式之印字电机，男人司之，每日添蓝水五六次。其旧式成点书纸条者，女人司之。每夕十点钟后，则只留总路一棹，轮班司之。旁有斜高如铅字架者，纵横铜条两层，各不相接。不知是测电气之强弱联断，抑是避雷之用？博翻译不甚明了，无从传述也。德国合盟各邦之电报，皆归德君管理。惟拜晏、威登布希两邦自管，亦遵柏林章，赢绌皆德国家任之。信局亦然。

电信局之伏线设置

自一千八百七十六年始造伏线，自柏林至考仑、至爱巴非尔特、至巴门、至佛郎克佛格、至士他尔布希，凡五路。又自汉倍克以接丹国之海线，本有伏线二千四百八十七启罗迈当。今新添六路，又费一千二百馀万马克，系以七铜线合成，裹以苎麻树胶，埋伏地中。既免暴风坏扞，

4,11,3

又免敌兵割线，洵良法也。此外飞线共长四万八千启罗迈当。又有台拉芬传语法在柏林已设二百七十二局。其音可通五六十中国里。总计去年一岁，所收电报费一千二百馀万马克，合之信局共馀一千万马克。

初三日　保门邀观机器所。陈印书机甚多，大半为美国之式。最小者为手机，值三百马克；较大者为脚机，值一千二百马克。灵敏便捷，远胜旧式。其总厂在来珀即克城。

初四日　鱼会朝官拜阿来谈。豢鱼莫善于美国。前将鲫鱼、鲢鱼等蛋三万五千运到此间试养，颇属相宜。闻中国养鱼捕鱼之法，自古有之，如能招致鱼户来此，将鱼种及法制流水、止水、淡水、咸水之宜，何时生子、何时破蛋，一一传播，再将此间鱼种及法制传播中国，则彼此利益不浅。 豢鱼莫善于美国

初五日　外部总办、秘鲁及巴敦使吐铿来谈，良久方散。近闻伦敦新美阿莅任。美阿犹中国府尹也。英相毕根士飞就宴宣言曰："前任美阿莅任时，东方构兵，人心惶悚。予方创议设会劝和，俾天下永享升平。今已定议，而舆论以为无益于英，且无益各国，予不得不申明之。夫东方未靖，与印度边陲最有关系，非谓蕞尔之阿富干可侵轶我也。印度西北，虽天然险阻，皆可设法度越。历任印度督臣，请英国家议令印度筹费驻兵，以资防守。今须及时兴办，以固印度疆圉。盖近邻固宜交好，远邻尤宜防御，勿谓印度必无人觊觎也。一旦东土耳其被人兼并，由波斯 美阿即市长 英相于国会议政

建瓴而东，凭陵印度，是我英国剥肤之实也。故柏林会议本旨，是不准坛取土国寸地，犹恐空言无济，故驻兵居伯鲁岛以助之。或谓英据此岛，耗费无益。岂知略用英制，未及一年，除偿土国利息之外，已有赢馀。不但政教洋溢可化邻近之邦，且是岛既得地势，又多土产，为地中海东偏各岛之冠。苟能经营妥善，则印度可藉为声援，东土耳其不致弱肉强食，英属亚细亚得以日渐富强，永无外患矣。且关系印度，犹为英国之私利。而控制地中海者，实维欧洲之大局。国会诸君，与予同心，不令一国独强，方可永保平权，故力求土国之能自主焉。或谓既欲土国自主，何必割裂其地？岂知异教异族，不为分剖，纷争胡底。今议土京及水道与黑海泊船善地，不准他国蚕食，则土国界限已清。有民二千万，苟能自强，犹为善国。惟向来会议不能旦夕遵行，必几费周折，方始贴然。今为时未久，试观俄以应离土京、应还格里卜里尔生罗姆倍奥卜屯及代牛白江之炮台，曾已照办否？未可云毫无举行也。其馀尚可逐一照办。未闻与议各国有翻异之议，未可云毫无成效也。凡两国相争，既有偏胜，必予以利益，方肯罢兵。土国几不能自主，今酌留疆宇，不遭兼并足矣，未可云毫无裨益也。予为英相，我英国岂肯坐视寒盟？万一予力不逮，尚望通国臣民合力助之。其各国新报，谤毁沸腾，则各国有君相治事，非物议所能摇惑，固无足轻重。至英国新闻，自西十月后，议论日多，谅因将易美阿，乘机谣诼耳。及议院既开，而浮议者已各鸟兽散。今为众

关系印度犹英私利

4,11,6

告，柏林国会，实有益于英，有益于各国。当此议定而尚未画诺，正在紧要之时，总之事有迟早，必底于成，焉有谓英权渐替，恐如古时凡尼司齐奴阿之日渐衰落者？须知我英方兴未艾，生齿三千四百万，既能自主，又能公道，苟能上下一心，常如近数十年之专精，当必日进无疆。盖国之兴衰，在己而不在人耳。”语毕，奉觞以寿君主。毕相此说，虽解舆论之惑，而其通筹时局，坚持定见，已昭然若揭，文亦婉转畅达。（柏林国会有益于英）

初六日　有报拜者，述及奥国在波希米阿之省城帕哈，考验新旧兵枪，试得新式之库巴乞格，胜于旧式之瓦恩得。因新式速而且准，坚朴易用，可以趸装药子，接连施放也。其临试时，瓦恩得枪每半分时可发七八次，一千八百步已难取准。库巴乞格枪，每半分时可发十次，二千二百步尚能中的。故奥国议院欲令步队改用新枪。（新旧枪式新式速且准可连放）

初七日　晴。连日拜客馀暇，摘译记载，参以见闻，撮要如左。柏林都城，在士普里溪上，通爱尔珀河，以达波罗的海。有民百万，附郭民二十五万，为欧洲第四城。兵二万五千。犹太人一万六千，西教之法国人六千，乃罗意十四徙于此城。洋教人五万。地高于海面九十八尺。旧城仅在士普里河右，即今王宫迤东一隅。道光十年后，贸易制造渐兴，寖为要城。地皆砂碛，全赖引水栽树，人力经营。又无山石，造屋以砖，陶埴颇工，胜于刻镂。古时吸饮溪水，民多疾病。厥后设水公司，置吸水机八所，民始便之。城中街道，纵七横十馀。横街之温德尔得令登（介绍德国都城柏林）

街，宏丽喧阗，甲于全城。是街东抵大王宫，以旭洛士桥通之。桥列古仙石像八。西抵白仑丁哀格之得胜门，房屋齐整，刻镂精巧。希腊、罗马，各式俱备。绿阴夹道，中为御道，旁为马道。又旁为马车道，又旁为步行道。市肆罗列，士女如云，实欧洲所仅见。新旧王宫、新旧博物院、储君宫、军器院、太学试院、书楼、书院、大戏园、水族院、蜡像院咸在焉。得胜门砯石为门五道，建于乾隆五十四年，计费金钱七万五千，上有神女御四马铁车。嘉庆十一年，法王拿破仑夺去，越八年取回。其南半里有来伯吸士街，房屋工整，市肆繁盛，稍逊于温德尔得令登。

最长纵街

其纵街则以福尔得利街为最长，直贯城中，一千一百四十丈，有铁道、马车，而房屋廛市则稍逊。其东平行数街，如沙路屯马噶芬则较短。惟其西之维耳令街，自得胜门内折南斜东，工整宏敞，为纵街之最。亲王之府、相府、大衙署咸在。出得胜门，迤西为氏尔噶屯之囿，绿树万章，幽径四出，溪沼潆洄，车马络绎，广八百馀丈。礼拜日，游人尤众。彼都人士方诸文王之囿。盖古为禁中兽院，而近年与民同之者也。园中有西吸士少欧勒得胜塔，下方上圆，顶立金神，乃胜法后所建也。

德为文学荟萃之区

德为文学荟萃之区，格致词章，自古著名。其各书院教习，多老师宿儒，是以各国访道之士，咸来印证。其游观之地，则有博古院、博物院、油画院、冶金院、营造学艺工院、拳勇学、水族院。其太学中有生物院、矿学院、矿质院、肢体院、大医学院，又有植物院，亦属太学，而

4,11,7

不在柏林。又有议政院、工学院、聋哑院、商议院、铸钱局、钞票局、官银号、电报局，及奥伯来路耶耳维克多利福里得利等大戏园。德君尝微行观剧焉。城厢火车栈九所。德语谓之本好甫。在北者曰汉奴乏，曰罕倍克，曰士旦丁；在东南者曰奥士，曰佛郎福格，曰居里式；在西南者，恩好士狄，次曰普士丹麦，曰得来士屯，皆以所通之地命名焉。

德之民俗

德之民俗，喜礼貌，惜妄费，尚显荣，耽烟酒。凡识面者，每遇必举冠，英人谓德人之冠无五分时安稳。武官则举右手于鬓为礼。虽提督见兵丁亦答礼。名片之官衔，衣襟之宝星，皆以多为贵。官衔有多至四五行，宝星有多至四五十枚者。女人见亲长尊客，必屈双膝。昔无握手礼，近十馀年始行之。卑者不与尊者握手，尊者出手则握之。紧握重顿者，以示亲昵。最亲之友可接吻。须发皓白者亦然。遇稔友之妻可以吻接其手。每筵罢，又各握手。礼文甚周也。凡男女称谓，须带官阶。英人称式尔，已为尊敬，而德人称迈音罕尔，未为尊敬。称妇人曰马代姆，女曰马代马赛，亦未为尊敬。必查其职守称之，方不为简慢。如称男人必称宜职，称女人之有爵者曰某爵夫人，有官者曰某官夫人，及学士夫人，教习夫人之类。或自尚书夫人以下，乃氏希弗老尔。其女则概称福来林。凡男人大半加一芬字，则世爵相连之字，犹法国之特也。德之世爵，嫡派支派，世及罔替，男女无异，故几无人非爵，即无人不芬矣。又有商人自称好夫尔拉脱者，每年须纳税一

男女称谓须带官阶

百马克左右。其馀职衔，皆国家论功赏锡，不准自称，惟他人称之者或可尊也。

烟酒之嗜甚于他国

德国烟酒之嗜，甚于他国，市廛亦烟酒居半。自将相以至佣工，每衔二尺长之大烟袋，斗大于杯。每筵罢，入旁室饮加非，尽人吸烟，云霞满室，虽妇女未散不顾也。昔有将军送王女出嫁于英，舞会未终，将军出烟呵吸，捕役逐之，主人不能缓颊也。德国崇尚学问，各书院学生甚众。其遨游街市者，衔烟呼酒，衣冠与齐民等，不似英之方巾深衣，易于辨别也。

听乐饮酒欢乐有度

柏林附郭多园林，每日下午，士女游行，扇影衣香，往来杂沓。常有听乐饮酒之所，王宫西边之加非庖，则终年沽酒，晨夕无闲。礼拜日午后，游人尤众，贵贱杂处，耦俱无猜。每有工匠，蓬首垢面，挟其妻女浓装华服，姗姗其来。坐饮村沽，围坐七八人，中设皮酒一大瓯，男女合饮之。惟从未见有丁役工匹酒醉滋闹者，此其谨身节用，较胜于英、法、班、葡诸国也。富贵之家，恒上午用茶点一次，午后大餐一次，荤腥二三味，皮酒一杯，日入后又茶点一次，冷肴一二味，足了一日。而牛羊鸡鹅，恒隔数宿，不似法之日餐四次，英之大块脔切，糜费甚多也。街市饭馆甚夥，每人每餐六马克者，已可宴客。其佣工匠作，有每日仅费一马克者。其民俗勤俭，实冠于欧洲焉。

十一日　连日气候潮湿，胃火内燃，烦热不寐。日间乘车拜客，间有入门小坐者。客之来拜者亦然，大率多寒

4,11,11

暄泛语。有询及中国商务税务者，必答以赋税本轻，幅员甚广，征税抽厘，乃按约办理，并无越收之事。中国内地，未与洋人交往，莫不少见多怪，故不准内地通商者，实系保护洋商。又中国货物出入，不过此数，马头虽多，亦属无益，故不准添开马头者，实恐亏折洋商。语繁不及备录，闻者每多领会。彼中通例，凡二等公使莅任，函请外部订见。既见后，乃请头等公使订见。毕见后，乃遍拜二三等使及其夫人。充署使者亦然。既见头等使，乃到头等使夫人、二三等使及其夫人处，投刺既遍，乃到参赞随员寓投刺。俟其报拜投刺，则再往请见。遍拜出使人员之后，可拜所驻国之各部尚书、司员及总教习、提督、总统，亦初次投刺，俟答刺后，乃往请见。惟亲王将相，则非署使应拜。此外爵绅及文武员弁、书院教习、告假官员，则俟其先施而后答拜，欲坐谈则延入之。

二等公使莅任通例

凡拜客，可说明是投刺，是请见。既投刺者，第二次必应请见，不当再投刺也。不愿见者，男可云将出门、将用膳，女可云未穿衣、未梳洗，不为慢客也。凡必欲见而不在家者，不留刺，次日再往。如有公事面谈，则必先日函订。凡拜妇女，而仆人辞曰主家某时在家、或某日在家，则届期应往。如专拜妇女，其夫不必陪坐。如拜客兼拜其妇女，则或男人接见，或男女同陪，或并令子女出见，各随其便焉。

待客之道

十二日　晴。午刻，德君伤愈回都。先是欧洲有莎舍尔德玛噶里会，译言平会，欲天下一切平等无贵贱贫富之

平会愚者屡刺德君

分，其愚者遂以为夷灭君相，则穷黎皆得饱暖，故屡刺德君。惟夏间温得尔令登之车中一次，右臂受枪子数枚，被创最重，泄血甚多。旋往波希米阿之退伯力止养疴，而令储君监国，今始就痊。是日柏林街市遍悬旗彩，联以松柏枝，自火车场至王宫，彩坊络绎，几无空隙。来伯吸士街之西端，立一方塔，上缀灯球，四围密布松柏旗旛；得胜门内外，灯彩尤多，家家悬挂国旗，燃烛窗中。各铺皆奉德君石像，戴以绿纸花环。及德君入都，盛陈兵卫，夹道欢呼，官民商贾亦逐队走迎。每队数百人，高冠新衣，鼓乐前导，街市填塞，举国若狂，较之迎神赛会，殆又过之。耆老奉表诣宫称贺，德君亲出，降阶宣辞答谢。其略曰："今日都城士庶，因予创愈生还，举欣欣然有喜色，张灯结彩，情意殷勤。君民相得之欢，于此可见，予甚慰之。惟望广布闾阎，以表予感谢之忱。观此欢欣鼓舞，虽云人藏其心，不可测度，然已见举国同心，毫无怨望。予幸邀天佑，遇险终夷，清夜扪心，何修得此？此后天年有限，能否与尔臣民共享升平，亦惟天所命。特横逆之来，则意计所不料耳。国家刑律，自应从议宽减，先自布国为始，而令德国各邦一律遵循，以示体恤。凡尔臣民，应不至再有怨怼矣。惟异端之党，不愿有君，群相为乱。今欲其激发天良，共知悔悟，应如父老贺表所云以教诲子弟为第一要事，务使通国幼稚，咸得就学，讲让行仁，尊君亲上之道，童而习之，自不至离经背道，复萌叛乱之心。独奈柏林辇毂之下而行刺，乱党时时窃发。无乃子弟之率不

德君伤愈举城欢庆

德君答谢臣民之辞

谨者，父兄之教不先欤？父老贺表祷颂之词，未免过誉，予甚惭焉。今特亲为答谢，愿尔臣民，咸谅予心。”语毕，耆老举帽三呼而散。是晚，柏林阖城张灯，每窗门四五烛不等，各衙署前，以铁管弯曲作德君冕鹰像及各种花式，然以煤气。各使署则昼悬各国本旗，夜则窗内明灯，恍如不夜之城。夜过半始熄。

十三日　谒兵部噶美格，晤谈良久。又谒学士芍克，年已七十六矣，著作等身，兼精东方学问。见其二十年前用德文所撰《中国文法》《中国古语考》等书，久有印本；又通清语、蒙古语，手为编纂者数十册。出《三合便览》及《清文汇》见示，多旁行小注，手订歧误。今虽衰迈，而方将《契丹国志》译作德文。已脱稿二卷。且云拟译辽、金、元三史。真不知老至矣。苞赠以《瀛寰志略》，开卷数行，即能摘出误处。其夫人亦七旬矣，谦恭温雅，有儒风。 汉学家芍克

薄暮，斯邦道营官德罗他来，言肄业四弁，习至明年西九月，则一哨之事可毕。德君整顿步军三十馀年，其规制之善，纪律之严，全在一哨工夫。为营为军，无非以一哨并合而已。四弁既晓一哨工夫，若中国欲令再习炮队一年，尤足增长识见。惟须由公使向德国商借年轻未娶之营官一员，俾与四弁同先令往中国，四弁分教，挑选教习。由四人而十六人，渐得一哨一营，由德营官教以调度分合变化应敌之法，并令通德语者与译陆营阵法及临敌机宜，则可得一营劲旅，亦可得一军劲旅。否则四弁回华，但充 为营为军全在一哨

教练，终属无济。盖此间营哨官，必在武备学堂读书十馀年，考选五六次，而又加以历练者也。此言颇为中肯。

十四日　英使函知，明日往王宫称贺。

往见德君

十五日　一点钟，穿公服，往温德尔令登王宫。车至宫门，侍卫迎入。登楼，礼官引至一厅，为公使聚立处。未几，一二三等使及署使咸集，共二十六人。唯苞带陈季同偕往。相识之各公使，咸来问讯。一点一刻，法使托礼官临时呈明中国署使初见，且告以姓氏。及排班，英使立东南隅，以次迤西，苞立西南隅，陈季同立于后右。礼官六人立中间，旋以杖叩地者三。东边门启，德君及后出。众鞠躬，亦鞠躬答之。德君穿兵官服，右臂络于胸前，左手持羽冠；德后穿紫呢袍，遍络黑絛。德君宣言曰："重见诸君，实邀天幸。今蒙惠顾，感谢良深。"众又鞠躬。遂挨次自英使起，各立谈数语，德后亦然。德君与一等使或握手或否。凡德君后至前，先鞠躬，就前半步，谈毕，又鞠躬，退入班。将至苞前，礼官白曰："中国署使某带同武随员某初次入见。"德君鞠躬，亦鞠躬，且云："中国留人在此交好，欣慰之至。"苞云："奉大皇帝命致贺，并问好。"德君答曰："蒙大皇帝垂念，铭感无既。今伤已愈，惟右臂未妥，烦为致谢。"又云："前刘大臣在此，曾见两次。一递国书，一为岁会。渠起程时，未及面托，代请大皇帝安，深为抱歉。"又询陈季同曰："在欧洲几年？"答："二年。"德后称中国衣冠大方，甚壮观瞻，并询苞云："闻已到过此地，想水土相宜。所住房屋颇轩

与德君后问答

4,11,15

敞，半村半郭，予甚爱之，曾到数次。”又云：“烦请两宫皇太后及大皇帝安。”苞亦云：“奉命问好。”德后鞠躬称谢。又与陈季同谈数语，谓其法语甚熟。君与后又向众鞠躬而入。英使向苞曰：“今日机会甚好，只此便算面君矣。日前内人抱恙，未及迎候，抱歉良深。”各略谈半晌而散。是日，公使皆公服，唯瑞士、美利坚为民政之国，无公服。礼官皆金饰斜楞衣缘，胸前宝星累累，手持短杖。又有朝太太亦华服而随德后。各宫门有侍卫两人，持戟或刀或椎，屹立两旁，亦金彩陆离，皆公服也。下午，法随员得赛美桑来辞行暂返，谓去年随操堕马伤足，德后随倩人来问，并以医来。其出使人员，体恤周至如此。日本参赞三宫来言，东边学问，宜于承平之日。今群雄林立，极宜早务富强，庶几有济。尤望中国、日本，永保权利，常相和睦。薄暮，尔里次叨芬来谈。其人精舆地学、矿学，曾游历中国各省，著书数巨册。今举地图会总办，雄伟颀长，气宇轩昂，指陈国中舆地甚悉。且谓与巴公使交好。巴公使拟咯血少愈，将往法意南境调养，即回华任也。

日本参赞三宫来言

十六日　巴合马亚赠歎昔格拉飞字典，译言数码传字法也，计德、英、法三国文各一本，欲合中国以成四国字典。每字各标数码，如某数是某解，则各国皆同，其用意甚精。惟各国文法不同，与中国尤异，决不能一律明晓。随与陈、罗两员略译数叶，知其以德文小字典为主，选择不精，搜罗未广也。三点，谒日本使，践昨约也。署屋甚

数码传字法

与日使交谈

精，陈设亦雅。谈及日本向派学生来习，最久者已八年。今有一人在营务处办事，更有在陆军考取充官者数人。且云少读诗书，未知西国有学问也。及长，见地球全图，而心胸顿扩。吾兄素精舆地，自应早知西人学问。今愿我东方国勉图自强，永远交好。并云：刘大臣起程时，曾作七绝句一首送之。谈次，以小杯啜绿茶相款，极似潮州人饮法，而叶则尤佳。

十七日　午后，克鹿卜之友美阿及派利来谈，知克鹿卜新制毕福脱炮船，为铁壳之快船。船面置大炮一尊，无轮架而有枢柱，寻常时入水不深。若以攻炮台，则令水入隔堵，即船身露水不多，可避敌炮。其炮不用时，可藏伏舱下，又可周转开放。数秒时即已旋转一周，不必挪动其船也。且船小舵灵，运棹甚便。近年大铁甲船占地甚宽，易于受击。以此船与铁甲船校，则大小贵贱捷钝，无不悬殊。以此论胜负，犹以一与百相搏也。设造此船数艘，随大铁甲为一军，则可以大铁甲为营，以此船迎敌，则行驶轻捷，炮弹鱼雷，俱不必虑也。今拟造者，长一百尺，宽十八尺，入水七尺，汽机四百五十马力，每点钟行二十海里。上用十五生德迈脱长炮一尊，其钢弹可穿五百迈脱远、九寸厚之铁甲。其船只用五十人。今克鹿卜议造此船，已领德国之保凭矣。又云：克鹿卜现制一寸径及一寸半径之炮，与格得令炮略同，可击敌人之水雷船。俱有图说，可译出送呈中国。下午，芬班生来拜，曾充出使中国之随员，创立和约。回国后，充外部总办。其父曾为驻英

铁壳快船

生德迈脱即厘米

4,11,18

之德使。兄弟三人，俱娶英女。苞前译驻德之英使瓦德日记，知与其父友善。班生亦鱼会绅士。谓天生食物以养人生，最为要务。从前侈谈空理以为学问者，直玩物丧志耳。

十八日　午后，赴弗利德里噶尔公爵夫人之善会，即大家妇女罗列什物，招人择购，以资济人者，西名法尔恩。是日系捐养阵亡弁兵之妻子。设会于刑部署。入门，公爵噶尔夫人谢苞前日之捐助，妇女五六十人咸鞠躬相迎。陈物四屋，标明价值，所贵无几，亦不强劝。约购七十马克。又赴帕士代洛齐太太之善会，乃储君妃维克多理亚冈伯恒司为会首。欲捐费以赡书院教习之孤寡也。设会于好代耳罗马之大厅。宦家闺女四十馀人，列物不多，相劝甚殷。计费百马克。按欧洲养老恤孤各善堂经费偶绌，或他国有水旱偏灾，则王公将相之命妇闺秀相约成会，或歌舞，或演戏，函招绅商观听，或出亲制之针黹、石刻、油画，或捐己之首饰玩存，或设花果酒肴，或集衣饰什物，函招相识者来会，抬价劝购。或会集教堂，跪求布施。但以招徕之广劝募之多者为荣，即笑语诙谐，勉效市井，亦不惜也。国后王妃，亦乐会首，以为之提倡，殆有舍身救世之遗风焉。

慈善募捐

命妇闺秀相约成会

二十一日　闻萨孙之脱来司登有更士纳止厂，制造机器，工精而价贱。曾试验数具，实胜于他厂。连日夜雪昼晴，而气候温和，不甚寒沍。

二十二日　晨起，积雪皑然。园中玉树交柯，幽鸟飞鸣，轻风回舞，而天气清朗，直似一片碧琉璃万树白珊瑚矣。午后，巴提督来谈。其弟巴公使咯血未愈，医者禁勿出门，特遣道谢，并云：凡有所询，当即详告。薄暮，出门散步。冰床甚多，两马曳走，捷于车。又有马车三四辆，因路滑马蹶而覆。始知冰床、马车，各适于用，大禹所以陆乘车、泥乘輴也。

二十三日　学士芍克来笔谈，云昨得郭大臣《使西纪程》，阅之既遍，纪载确实，世无虚语。且谓中国文字可学目谋与心谋，而不能与耳谋与舌谋。

崇厚将抵马赛

二十六日　接崇宫保电报，云西十七日抵马赛，西二十八日可抵柏林。同日又接崇宫保上海所发函牍，商调博郎、庆常赴俄差遣。

二十七日　偕博郎往观改伏尔拜乏伦阿歆台登好赛，

工艺会市

译言工艺会市。凡匠工新奇之手艺，及私家制造非居肆所成者，咸列其内，而令匠家妇女发售之。入观者，人纳半马克。为楼二层，罗列磁、木、铜、铁、金、银诸器，各擅其妙。测绘仪器亦多精致，刻镂器具各式具备。有黄色陶器，坚致如石，所镂花纹，非人工所及。询知是先用印石法，后用强水蚀法，系专门秘授，不知其详也。其磁器所留映相，用作桌面匣盖，亦颇雅观。各种织花之地毯桌罩，系仿土耳其、印度、波斯花式，五采陆离，多目所未见。酌购花布一二件，价亦不贵。

二十八日　下议院绅銮伏订观其制造厂。是厂造各种机器。现代俄国赶造手枪，曾于八月初七日与密腊往观一

4,11,28

次。今与博郎往。见其厂屋如曲尺形，为楼七层。厂主引登升阁，自上而下，次第观看，以见其位置之妥善。第一层为砂轮所、木作所。砂轮径尺馀，并列三四十架，旋转甚速，用以磨光机件。木工所造木箱、木架，各有成模，千百如一。所以装储俄国所购手枪者。第二层为合拢所、查验所，右室为煏色所，作倚壁之长砖炉，堆储碎木炭，厚约三四寸，着火十之二三，以既磨光之枪管机件，接以四尺之铁竿，埋诸炭中。数分时取出，以细麻丝擦之，成青紫色，如燕尾。此等工作，须熟悉火候，方能千万一色。其查验所，中隔铁楞门，门外为本厂自查，门内有俄官查收。凡手枪各件，各以钢板成模，逐一验试。厂主谓俄员查验极严，凡参差万分之五者，必剔换之。然本厂正欲其严，庶工匠均肯留心，不坏本厂声名。第三层向东各房，俱造手枪管。其造来福线器甚精。前有密齿轮，每一来往，略过数齿；中段有轮，将刀口微微吐出，俟深至恰好，则前轮机脱而钟鸣，故绝无浅深之差。其向北屋，则造机壳机簧，一切皆用鎈轮为之，千万件不爽毫发。第四层造手枪之小机关。俄国所购手枪六万杆，系用正面拆开六壳自脱之新样，计合六十五小件而成。一枪工作，极为精细。其价每杆五十马克，二百迈当可以命中。第五层为修造本厂机器之所。向东屋系各家定购之造火药饼、造枪子各种机器。手枪之藕心杆，系购英国色非尔得厂钢柱，以机锯断之，先钻中孔，又以不同心法钻旁六孔。其他钢件，亦色非尔得钢也。第六层即平地一层，左排为刺刨大

参观机器厂手枪制作流程

一枪工作极为精细

件，右屋置康邦汽机。旁舍有新制四游钻排钻等机。或有人定购，或尚无售主，皆造枪机器也。第七层亦地下一层，为捶铁翦铁重大之器。是厂造器之精，则因全用鎈轮之法，以精钢视欲鎈之形犁作密楞，有弯曲者，则合以数段淬之以火，锋利无比。用以磨错，良于刨削。其造手枪之机，共五千馀架，计造十八月而方备。厂主规画图稿，颇多心得。工匠练习，二年方始熟悉。甚矣，创制之非易也。入客厅小憩。厂主云："此枪机件纤巧，不可受些子尘沙。俄人欲用诸漠北，恐不相宜。本厂曾制一种莲蓬枪，旁面开合，较为坚朴，价四十二马克。"取枪观之，信然。是厂有匠一千七百人，每日成枪一百二十杆。

造器之精因全用鎈轮之法

戏园观剧

是晚与英公使同在维克多利亚戏园观剧，为第一日开演新戏。林木云彩，无不逼真。变换灵敏，匪夷所思。系演公主在离宫梦与王孙订婚，醒后不知王孙所在，婢告曰："园外破寺有解梦妇，盍询之?"而妇实枭神所托。王因毁其寺。方衔之，许公主以明年当送线轴入宫，线成可遇王孙。明日，邻国太子方率女乐来聘，公主未许，而枭神适至，女主及朝官皆暴卒。旋有福神护之，谓百年卧醒，可夫妇相会。极似《牡丹亭》事迹。

美使葬礼

二十九日　午后送美国公使美耶台勒之殡。停棺室中，覆以黑呢，维以花圈。棺形上下均敛，如两斗相合。会送者男妇五百馀人，各国公使随员咸在。美公使夫人衣黑掩泣，陪女宾同坐。美国公法师汤谟孙诵诔曰："美公使台勒君，去年创诗伯果次之会，曾谓继起何人，良深感

4,11,29

喟。今而知继起者即台勒君也。自古诗人，幼皆贫贱，励志不衰。台勒君幼牧羊，长充印书苦工，节膳资以游日耳曼。攻书访友，精于化学、地学、史学，所撰游历记已行世，而卒以诗名。笺注果次诗集，尤脍炙人口。游历中国、日本，俱有纪载。美国因其久与德国都人士游，遂派充公使。莅任以来，交涉事件，秩然有序，德美两国交谊日深。其人谨厚和平，善诱后进，是功德言三者皆不朽，虽谓台勒君未死可也。今日同使诸公及亲友会送，惟祝万邦协和，永无战争，则天下苍生之福，亦台勒君之素愿也。”诵毕，发引，客亦散。

按果次为德国学士巨擘，生于乾隆十四年，十五岁入来伯吸士书院，未能卒业。往士他拉白希习律，兼习化学、骨格学。越三年，考充律师，著完舍书。二十三岁，萨孙外末公聘之掌政府编纂昔勒诗以为传奇。又自撰诗词，并传于世。二十七岁，游罗马昔西里，而学益粹。乾隆五十七年，与于湘滨之战，旋相外末公，功业颇著。俄王赠以爱力山得宝星，法王赠以大十字宝星。卒于道光二十年。 果次即诗人歌德

是晚接崇宫保电报云，初四日可到柏林，拟住二日。计上人十五，下人二十。前二日先有电报，嘱函托外部，照会税关免税。今接外部覆函云，已转饬税关，俟崇大臣到时，可请贵署使同来一会。

是月宾朋聚谈，必及英人征阿富干事。新报亦常及人。初本年六月二十三日，俄人派提督士叨吐甫于阿富 英人征阿富汗事

干，佯为修好，实欲间英。英人亦遣使桑卜隆往，而阿王西尔阿力拒不纳。印度之英督洛令登遗书诘之，不报。遂兴兵分两路征之。一由印度西北境入阿富干为东路。此路又分南北两支，北为提督步郎一军，由印度之白琐阿进兵，向西取阿西摩西脱搭噶及直拉拉巴脱；南为提督瓦巴次一军，由多耳进兵，向西北取科仑拜瓦及苏答果屯山路，将以夹攻阿富汗都考步耳也。其南路提督士梯尔德，辅以毕多尔甫，合为一军，由俾路支国之贵搭进兵，将入据肯答哈，再分两支。一向东北果士尼，以接应东路；一向西北海哈脱，以扼制俄援。而英督驻印度之拉和，以调度之。规画已定，其北支步郎一军，遂于十月二十七日（俱中历）分为三队，以一队攻阿里摩西炮台，而以二队潜绕其后，攀缘登山，直逼炮台。阿兵溃，生擒者众，获炮二十一，英兵死伤者四十人。炮台距边界三十中里，筑于巉岩，以扼开发帕司山路。路宽四丈至二十馀丈，两崖高一百五十丈。阿有重兵驻之，为边疆第一险要。迤西百里，厓路宽仄不等，至直拉拉巴脱而展为平地。英人既得炮台，已有建瓴深入之势。开发巴司多土番劫掠，幸随征之印度步兵熟其路径，防御甚周。十一日，兵抵搭噶，阿兵自溃。土番与阿不洽，咸导英兵，且馈以饷。二十四日，进逼直拉拉巴脱。印度兵畏寒多病，幸有土番应之。阿兵于先三日溃散，英人遂踞之。探得直拉拉巴脱迤西数十里，沿江草地甚肥，可以屯兵度岁。其南支瓦巴次一军，于初四日由多耳取科仑山客夺其炮台，亦要害也。此

英国分兵进击情形

阿富汗被攻占情形

4,11,29

间山高地寒，英兵十人九病，常加意抚循，以作锐气。卒以步队二、山炮队一、象炮队一，破阿兵六千。初六日，探得前路阿兵修拜瓦炮台，作久拒计。遂令全军裹六日粮趋攻之。拜瓦山势峭削，上有炮台，险峻难破。英兵奋勇鏖战，至十六日，受困绝粮，竭力攀攻，无不以一当百，稍得辎重。十二月初一日，始破其炮台，杀伤甚多。英兵死者八十人。初十日，进抵苏荅果屯山路，亦险固难攻。至二十三日，阿兵遁走，始克之。此间寒沍尤甚，乃以一半守科仑，一半回拜瓦，仍分兵守多耳后路，各就密林避寒。其南路士梯尔德于十一月二十五日进攻科耶克岭路，克之。毕多尔甫之兵分攻毕兴，将前至科耶克取齐，以合攻西北之肯荅哈。肯答哈为南境省会，阿兵深沟固垒，尽力保守。有步队三营，而无炮队。英军有阿蒙士唐四十磅子炮及八寸径田鸡炮各九尊。是役也，阿有内乱，兵皆自溃，惟拜瓦则拒战多日。英人谓非贪一地，只以保印度疆圉。然既兴师深入，究必割据其地。意者东踞直拉拉巴脱及科仑，南踞肯答哈，方以为防备阿人，而阿几不可为国矣。阿国有民五百万，马队四万五千，步队二万五千，而战具不精，众心不附，遂至一蹶难支。阿王于十一月十七日释其子亚古柏于囚，二十日北遁。俄人虽于是月召回使臣，而仍令布哈尔王派人驻阿。俄提督阿伯亥摩甫移兵于阿摩大雅江，提督拉麻金亦由高喀索东渡，其结阿拒英，固已显然。而英人决不听俄人干涉阿国，恐两雄之争，不在土而在阿矣。盖争土则各国必来排解，争阿则各国视同

阿有内乱
兵皆自溃

战具不精
众心不附
一蹶难支

秦越也。英属印度卜哈乌巴等邦，咸以兵助，百折不回，英人实赖之。俾路支，本以英之胜负为向背，欲规复苏阿瓦克省故地，愿以三子全入英营，且甘为之借道，殆未鉴虞虢之前车欤？

十二月初一日　日本参赞引美国公法师汤谟孙来谈。颀长庄重，长于言论，曾在美国纽哈芬习公法，其师即撰公法便览之吴尔玺也。汤谟孙现住柏林，常往美公使署。去年在佛郎克福格公法会中，曾与马建忠论西国与中国所定和约未能合忠恕之道。今其所著书，论索赔兵费，应视兴兵是否合理，否则弱肉强食，伊于胡底。洋洋万言，可遏穷兵黩武之心，蔼然仁者之言也。其他辩论，多有印本。是日接学生何心川自南阿非利加之美拉得岛来函云：英提督姗笑之曰，今中国将助英拒俄，我辈可安枕矣？陈季同自噶西努会馆回，亦遇某国参赞云：我欧洲各国，莫非姻好，亦莫非世仇，不知中国如何助之？询知系香港新闻讹传中国有与英同好同仇之语也。季同力辩新闻之误，而新闻之喜造谣言，概可见矣。

汤谟孙论索赔兵费

初二日　欧洲之有童艺院，创于瑞典，继于丹麦，去年德国亦效之。每年开设两次。先令地方确查无业子弟，挑选其稍聪慧者，延师教之。今柏林有学生二十人，习花锯、雕刻、钉书等艺之浅近易学者，限六礼拜内学成。经学部尚书考验，请赏四百马克，以奖其师。今方创始，已由绅富捐得三千六百马克，置器等费六百馀马克。再议筹款扩充，以广小民生计。

童艺院

4,12,3

初三日　为西历十二月二十五日克力斯马士，相传为耶稣生辰。凡洋教西教之国，咸以为大节。上午，男女齐集教堂，唪经听讲，典至重也。德虽不甚崇教，亦以是日为令节。先三日，糖果玩物，杂陈市肆。街口遍搭木棚，发售各种食物耍具。先一夕，以食用之物馈送亲友，奖赏婢仆，并分赠彩绘名片，缀以吉语。向晚，每家供一柏树，密悬五彩烛枝，玩具果品，邀集亲友，男女长幼，团坐一棹，嘉肴旨酒，枣糕糖果，无不毕陈。宴罢，作猜枚藏钩一切嬉戏，尽欢而散。虽贫贱之家，亦供盈尺围，饮苦酒。前后三日，官师放假，佣雇停工，工商百艺咸各休息。 克力斯马士（圣诞节） 西方各国圣诞习俗

初四日　令博郎为崇宫保租定客寓，命仆人先往布置。晚七点，到开式好甫大客寓等候，一面令随员全到车栈，备车恭迎。八点半，宫保到寓。命开厅门，观者如堵。苞东向跪请圣安，宫保立定，答曰："皇太后皇上安。"谈坐半晌，又谒参赞随员。命庆常在宫保寓照料一切，听候带往俄京。 迎接崇厚

初五日　十点，崇宫保来答拜。二点，赴宫保寓，陪往外部。既见毕鲁，苞谢其前日饬税关免验，且云："崇大臣因匆匆过此，不能面谒德君，烦为致意。"宫保亦云："近日德君伤愈复政，烦为致贺。"毕云："当为一一致意，德君必甚喜悦。因中国有钦差过此，甚有益于各国交涉也。"宫保曰："现有李某在此，多承照应。"毕曰："分所应为。且李某在此，极为相宜。"又谈数语而别。 陪往外部见毕鲁

石板印地图之价格

五点，宫保与参赞邵小村、蒋丹如、德明、庆常来晚饭。谈及石板印地图，告以印五百分者约需四万金。宫保极以为应办。八点始散。

初六日　订随员翻译午饭。仅到俄人夏干、随员庆禧、纯锡、翻译俄文桂荣、塔克什纳、法文福连而已。七点，赴宫保寓叩送。十点，送至车栈。是日，柏林新闻哗传中国署使跪迎头等公使云云，亦听之而已。

维式厂之铁甲炮船

启罗阁冷即千克

初七日　晚雨。闻德国在百磊门相近之维式厂定造铁甲炮船，名曰“喀米里阿”，系单轮浅水船。水积一千一百顿，甲厚二十生特。圆台内置钢炮一尊，口径三十生特半。炮弹重三百五十启罗阁冷，用药七十五启罗阁冷，汽机七百马力，入水十尺。速率每点钟十海里。下河时，人皆颂海部之功，因前次钢片，（督）〔皆〕取赀于英。此次由德国氐丙煤矿所产，不必仰息于人也。又定造此式船二号，明年可成。精于水师者，咸谓吃水既浅，铁甲又坚，最为合用，拟明春赴厂详考之。

西方各国税收状况

初八日　闻欧洲关税重轻恒以户口较量之。德国近来匀计每年收税一万一千九百六十九万马克，合每人输二马克十之六。奥国收四千六百四十七万马克，合每人输一马克三。法国收一万七千七百二十九万马克，合每人输四马克八。俄国收一万九千二十七万马克，合每人输二马克六。英国收四万一千一百二十二万马克，合每人输十二马克六。意大利收八千一百六十四万马克，合每人输三马克。美国收六万二千九百万马克，合每人输十六马克三。

4,12,9

是英美为重，而奥为轻矣。

初九日　为西历元旦。上午晴，申酉小雨，夜晴。书楼总办波士们来谈中国史事。午后，往王宫挂号，并循例到各部署公使处投刺，不必请见也。 西方新年

初十日　投刺贺年。德国查屡次谋弑之平会，西语莎舍尔德玛噶里，各国皆有之。瑞士为民政国，故混迹尤多。在俄者曰尼赫力士，在法者曰廓密尼士。今各国禁逐，令民间不得自备军火枪械，如备猎枪，亦应报领凭照。又闻柏林有平会五万八千人，且有充议员者，德君不能禁也。晚大雪。 各国禁逐平会 德不能禁

十二日　海为岛署使达们来谈。述及幼时在美国读书，曾与容闳交好，且云："海为岛在太平洋中心，近年华人甚多，勤苦工作，食少力强，居民亦不陵虐。气候长春，不寒不暑。" 达们曾与容闳交好

十三日　午后，微霰霏霏，冷风袭人。乘马车入氏尔噶屯林中，士女甚众。河冻未坚，尚无冰嬉。下午，外部总办古施娄来，谈及中国厘金，应俟各国会商，非德国所能自主。且须北京定议，非此间所可悬拟。苞谓进口洋货，德居三十分之一，而中国实欲与德国实心交好，谅不肯以倡言免厘为人分谤。今虽巴使欲各国会商，而既由贵国发难，仍须贵国主持，勿损中国饷源为是。古谓："厘金既为养兵卫国，自不便免。奈征无定额，且多方索阻，各国咸谓病商，故欲会议去之耳。"苞答："极感贵国深明厘金难免，但欲定征收之额，绝阻索之弊而已。则莫如 谈有关中国厘金事

照章概完子税，严定越索之罪。再或加半税，永不重征。似合贵国之意矣。”古谓：“会议时请以此为立说根基。贵署使既知敝国本意，敝国总肯帮助。但各国皆愿中国先有保商实据，俾无疑虑，然后征收，轻重自易定议。其鸦片尤可加税，巴使亦愿助之。”苞申明苟欲免厘，必定子税，未可先颁免厘之据，后定子税之数。还是一面加税，一面免厘，合并为妥。”古谓：“近闻各公使稍有端倪，总以内地苟免厘金，自当一次完纳。大约与子税大同小异。”苞谓一次完纳，本有子税向章，何必再议？”古谓：“闻各公使会议时，必有妥当办法。应将今日面谈，转禀毕尚书。总可谆属巴使，视力相助也。”

苏格兰雪深数尺

十四日　闻英之苏格兰雪深数尺，路为之梗，火车不能来往。有双铁道者，勉强只行单道。汽车停处，积雪没车。高于烟通二尺，时有飞禽怗怗下坠。回忆偕郭筠帅游历苏格兰北境，犹和煦如春。不图转瞬三月，而一寒至此也。

十五日　傅兰雅、刘孚翊连日赶译《公法论》，无可消遣处，偶谈及柏林有法国戏馆，言语最清，情景逼真，因邀往一观。盖德君亦常往观也。

十七日　晚五点，偕陈季同往噶西努会馆用膳。肴甚精洁，价亦不贵。在第二层楼，纵横五六间，为阅报、打球、用膳、议事诸厅。仆人数辈，皆绒裤金钮，执事甚恪。是夕同膳者，提督及营官十馀人，出使者十馀人。溯前年到柏林时，即闻有出使及本国官员之会馆曰噶西努，

噶西努会馆概况

4,12,17

为会讲学业、访问时事之地。今令陈季同入其会。会馆为德君主政，而举总管、副管及提调六员，帮办六员，以专理之。每西二月下旬，总会一次，以议应改章程，应置器具，须与会者三分之二允准，方可举办。其会友分为三等，以殷实官绅有恒产在柏林者及使署人员、驻防武员列为一等，每年纳费一百四十四马克；如无恒产在柏林者，又非出使人员，则列为二三等，不得干预选举之事，不得与于总会，不得引人进会。二等者年纳九十马克。三等者到则纳，不到则否。其初进会，俱先纳二百马克。凡欲进会，必由一等会友引入，谒见执事，登记姓氏籍贯于册，并悬示于厅。越十四日，集会友，设柜，提调宣言：今有某欲入此会，请各会友定之。于是各记准否，作纸阄纳于柜。提调启柜检之，如有二十八人准者令入会，不足者弗纳焉。按欧洲都会每有官商会馆，所以聚会友朋，通达时事，法至善也。柏林之噶西努，选择甚精，规条尤善。冠盖相望，道谊相资，岂饮食征逐者可同日语哉！

会友分三等

入会规条

十八日　大雪。晚五点，学士芍克请茶会，与傅兰雅、陈季同同往。芍夫人甚恭，献茶点三四次，酒肴二次，必躬亲焉。芍克出所注佛经数种、及清文数种，又见《中国文法解》一书，援引甚博。皆其二十年前著作也。同会者有赫美里及教习夫妻闺女，皆彬彬儒雅者流。是夕，马建忠自法国来，述所学政治交涉之学，颇多心得。近日兼习矿学，亦窥门径。

学士芍克请茶会

十九日　与马、陈、罗各员观格凡尔白缪相，译言工

参观工件博物院

件博物院也。屋宇古朴，地亦阴湿，为楼一行计三层，长十六间。中层为刻石刻木之檐桶、斗拱及箱笼、橱柜，小至首饰奁匣，自古及今，工致朴陋，无不兼搜并蓄。上层为金银首饰、钟表、洗盆、杯盏、盘、匜，大半为刻镂金类之物。又有各色磁器、玻璃器、陶器，其玻璃之染五采者，首饰之嵌七宝者，皆工巧绝伦。惟屋宇黑暗，楼板参差，颇不饰观。按西国博物院之设，不但资考证、广见闻也，往往有构屋置器者。择其式样，而命工仿制，宜古宜今，各从其愿。则由高曾规矩，而无穷出新。博物院诚有益于民生者矣。

引水机之构造用途

二十一日　香港商人罗士脱引厂主氏脱里取来见。是厂向造克鹿卜炮弹及各种机器。其引水机尤为新奇适用。本为同治八年美国总监工所创，屡经修改，今始妥善。以整块铸铁为之，下侈上锐，形如蒜白。内有两房，联以开合之户，上接通水管，以蒸气入其上口，压令右房之水达于外管，气凝而宿。外水复入，其气即压左房之水达于外管。及右房水满，而左房又宿。一虚一实，一出一纳，迭相为用，与双鞲鞴之抽水器相同，且有其利而无其弊。因呼吸甚速，整铁为之，不易损坏。今所新制，其力倍蓰，用之更能耐久。且任何安置俱属相宜。用于救火、开矿、灌田，尤为便利。曾在巴黎大会中得奖金牌。

日使与谈交涉公法

二十二日　日本使爱俄基来，谈及交涉公法为当今要务，而东边条约尚多可商之处，如准教士入内地传教，而不准商人买屋居住；又通商口岸洋人应归所在国管理，如

4,12,23

谓刑罚不同，亦可酌定通商口应用之律，阿公使在中国所议通商口百里内免厘，亦属不妥，当时幸未举行；又谓明年六月十二日，德君夫妇五十春金婚之庆，应函告中国颁一国书，或届时发电报贺之。谈至上灯后方散。

二十三日　新报主笔道克德尔爱孛尔请宴，与陈、博两员偕往。酒肴甚丰。爱君断弦未续，令女郎出陪。约十五六龄，善油画，兼通英法言语。同席者二十馀人，皆书院教习。新报主笔，油画名师也。爱君示以埃及文字，并讲解其字典，不外象形、假借、转注三类。其假借又多反用之字，如中国扰兆民作安字解，乱臣十人作治字解之类。爱君亦谓埃及与中国古文实为同源。

新报主笔请宴

二十五日　拜客并往爱孛尔家投刺谢宴。西俗，凡宴客有女人主席者，客必往谢，法国则次日谢之，德国则两日后谢之。或请见或否。是日爱君延入，并令其次女出见，才十三龄，通六国语，谈中亚细亚事甚详悉，指陈各国形势，了如指掌。出示文字不同之新报十馀种，土耳其、阿剌伯、波斯无不搜采。罗明尼阿之文，与义、与俄、土、奥俱异。布尔噶亚则全用俄文，而义则迥异。女曰："此犹满洲之用蒙古文也。"以垂髫之女子，而淹博如此，盖得益于庭训者多矣。

爱君次女指陈形势了如指掌

二十六日　佛郎克福格之屯杜淳门来谒，为刊印钞票之厂主。携来各式钞票，为意国、奥国、日本国及拜晏、那播各邦所定造，精微工致，实无其匹。日本所造，计及二万五千万洋钱，行用已久，莫能伪造。夫自唐以来，始

各式钞票精微工致

为飞券钞引，以便商贾。是执券引以取钱，而非以券引为钱也。至宋而有交子、会子，直以楮为钱。元则专用宝钞，出入无所亏折。至明则出而不入，钞贱钱贵，上下交困。而后世因噎废食，遂相戒以为害民之弊政。然国朝顺治八年，尝岁造钞十二万有奇，天下便之。至十八年，因财用充足而停止。是行钞实可以裕国便民，特行之不善，则为弊政耳。尝考其弊，一在印造无限制，一在收发多折阅，一在昏烂不倒换，一在法制多更变，一在镂刻不精工。欲求其有利无弊，则惟印造有限而精细难伪、收发同价而配搭任便而已。泰西各国，概行钞票，与钱兼用，上下利便。近闻俄、土两国钞票现钱，已迥分轩轾。盖其利弊之源，中西一致焉。

行钞可裕国便民行之不善则为弊政

赴日使宴

是夕八点钟，赴日本使爱俄基之宴。其夫人则德人也。同席者为随员暨学生七八人。有已考取道克德尔及已考取充德国都司者。日本使在德习交涉公法八年，政教风俗，均所深悉。饭后，纵谈日本地产，谓日本之虾夷岛，远逊于高丽、吉林等处，前年以美国羊种牧于虾夷岛，亦不相宜。又谓日本向用中国正朔，或前后一二日，则因用平朔望，而不用实朔望也。今改用西历，惟农工商贾仍用旧历耳。中国度岁伊迩，使寓有何典礼？因告以除夕小叙，订请光顾。爱君欣然允之。

二十八日　傅兰雅引地图营官洛君来见，系瑞士人，娶英女，而仕于德。谓德国武弁均能测绘，而另有专绘地图之员弁，设为官图局，提督掌之，分遣详测。估计德国

德国武弁均能测绘

4,12,28

全图须七十年而竣，今已开办十馀年矣。初测者绘成二万五千分之一，高下林木房屋无不毕具。又缩成五万分之一，而刊以铜板。又缩成十万分之一，而刊为总图。仍随时复测，如有增添房屋等事，随即修改其图。谓行军胜败，全在地图。昔布兵入法，每获法兵，按其怀中，必有柏林图，而无法国图，盖法人只思破布，未识己国之路。而布弁皆有法国图，是以所向披靡，直捣巴黎。今法国有鉴于此，亦已设局测绘，恐需数十年方能竣工也。

行军胜败全在地图

二十九日　除夕小叙。有日本使青木周藏，即爱俄基，随员河岛醇、参赞三宫义允，法国武参赞赛和及斯邦道肄业四弁，尽欢而散。日本使云：中东两国，须一心保全高丽，以全力北拒俄国，则东海之国即可常有权力。又云：日本与中国自应永远相好，唯台湾生番，总望中国早日化导，如再有劫船杀人之事，难免因而启衅。我日本亦知轻于动兵，于己实有大损，无奈沿海多尚武之流，奋不顾身，藉端生衅，国家不得不为承认，实无可如何耳。三宫曰：德国考取道克德尔，较易于英。昔英国惟奥克士福德有太学，只取国教之人，厥后添设伦敦太学，始准兼取他教。河岛读中国书籍甚多。谓慕维廉所译英史，颇有条理。是夕与各员笔谈，援引史汉，滔滔不竭。习西国理学，颇有所造。可见日本人之勤学矣。

日使谈中日邦交

奥克士福德即牛津

柏林城内预议明年进出之款，计进款二千三百三十九万马克，而货税居十之一；出款八百四十六万马克，而造屋费居百之十一。一城之中，居民仅约百万，而进出如此

柏林进出款情况

之巨，洵善于理财者已。德国进口货如麦面、杂粮、牲畜、煤炭、铜、锡、钢、铁、皮草、麻、绵、丝枲之类，今年共值二十八万五千四百二十三万马克，向不征税。今村农纷纷具禀，调客货日多，土货日贱，民不聊生，请将进口之货值十税一，庶几土货流通，以苏民困。首相毕士马克韪之，遂创进口加税之议，将发交议院公议焉。

俄报议论中国使事

是月新报友来述俄国官报云：中国之遣使，若为通商，则只应驻英，何以既驻英，旋驻德？大约均为谋俄起见。其结好于英者，欲订与同仇也。其结好于德者，欲断其右臂也。是皆西谚所谓欲谋近邻，须结远邻之法也。其遣使驻俄，大约只为伊犁耳。所可异者，适当华人集兵喀什噶尔，英人深入阿富汗之时，不先不后，正在恰好。想华人未必有此深谋，必有为之画策者。今英人方与华人亲密，必谓乘此良时，所谋易遂。在英人则竭力保护中国，但恐所谓保护者，不过如今日据居伯鲁岛以保护土耳其而已。闻俄国新报，凡涉国事者不准传出境外，税关查察甚严。见新报之涉国事者，每以油墨涂之，惟新报馆友裁割入函，可以达诸境外。

阿富汗战事进展

是月英军在阿富汗东路者，俄巴次攻考次省城，降之。直拉拉巴脱一军，因山路甚险，不能进取。拜瓦之阿兵颇勇猛，惟分散而不能厚集其力，实为取败之道。印度各邦之助英者，克什米耳王最为出力。英人令取齐塔哈耳，以扼大路，可免俄兵阻截之虞。其南路两军，于是月十六日合并进攻肯荅哈，十八日闻阿兵多溃，英以马队冲

4,12,29

之，死者二十人，降者一千二百人，获炮二十尊。十九日，英人遂据肯苔哈。因粮息兵，为度冬计。盖是城东北达考布耳，西南达海哈脱，控制各路，最称扼要也。又分兵取西北之果士尼。二十八日抵济尔宰。是时英兵及印度兵之在阿者不及四万人，惟边界尚有防御及备调之兵。

欧洲大局以俄土之盟为最有关系

是年，欧洲大局，以俄土之盟为最有关系。自去年三月间开兵，土耳其勉力支持，终不相敌，遣使求成，亦不允。各国俱作壁上观。腊月二十八日，破噶里波里，长驱土城，英人始恐。是时俄方要挟多端，土则俯首听命。今年二月二十七日，强立生士德发奴之约，将囊括波尔噶阿、爱舍尔海以及康士旦丁、努白尔，直踞西土耳其之全土。于是欧洲各国始觉剥肤之痛，如梦初醒，英奥尤惴惴焉。英相沙力士百里执政，函召各国议举国会。俄人方师老饷匮，遂勉从之。四月二十九日，英与俄约，将土国海峡遵旧议，不得侵占，并予波尔噶阿罗明里阿以自主之权。五月初四日，英与土约，将居伯鲁岛让于英，以保护西土耳其顿，出各国意计之外。英与俄、土既有成说，遂于十三日开国会于柏林，凡一月而散。主盟者，德相毕士马克也。其所议大略，如波尔噶阿立为自主邦，南界巴尔冈，不以爱舍尔海为界，罗明里阿亦得自主。举罗马教人为之总督，而听土国节制。削比芒德内堪，亦略为展拓，不属于土。土国以阿达、红喀士、巴冬三地割于俄，奥国、希腊亦重定疆界，均得少展。土国既西疆分

德相主盟

裂，其政教但能行于新界之内矣。国会已散，波尔噶阿未有邦主，罗明里阿东境，经各国派员会理，未有头绪。俄君既未画诺，俄兵亦未退让。土国则朝官纷更，百废未举。惟望明春国会盟约一一遵行，罢兵息民，庶几可永享升平焉。

附：（摘要版）使德日记

署理出使德国大臣

[1]光绪二年，苞以候选道带同员弁赴各国学习文艺、兵法。四年，奉旨署理出使德国大臣。外部毕鲁约见，偕刘京堂同往。京堂曰："本大臣奉国家召回内用，不及面谒监国，又未有国书呈递。"毕曰："昨将贵使回国诸语函告监国，因游猎未回，不及面送。奉召自宜速行。既未颁国书，当为代达监国。"京堂又告以派李某署理，日后有话，可与面谈。毕起立曰："李君去岁查课来此，曾经聆教。今后朝夕共事，虽吾辈臣子凡事遵旨而行，倘能有益贵使者，甚愿极力相助。"苞曰："愿两国邦交日厚，即臣子交谊日深。"称谢而出。在英时，威妥玛谓西例赍有国书之二等公使，猝有要事出行，派参赞代理，非国君所派，称桑赛代费阿。虽译作四等，实不列公使，不若中国实任署任一律办事。当作书嘱苞带至德国，交英使卢赛尔。至是往见卢。阅信毕，曰："署任例不面君，惟朝会

先期通知，可以随班参谒。今德皇养疴（在温德尔令受平等会人西名沙会尔德马格里者枪伤右臂，刻往退伯力止养疴），冢嗣监国。遇便当为先容。”苞曰：“应见与否，当照西例，不敢渎。”卢曰：“我英国甚喜为中国出力，如有委托，尽可频来。当体国家之意，为中国效劳也。”

德皇伤愈诸使往贺

[2]德皇伤愈，英使函约往贺。至期穿公服，至温德尔令登王宫。车至宫门，侍卫迎入。登楼，礼官引至一厅，为公使聚立处。共二十六人。法使托礼官临时呈明，中国署使某初见。及排班，英使立东隅，以次迤西。苞立西南隅，翻译陈季同立于后右。礼官六人，立中间，旋以杖叩地者三。东边门启，德皇及后出，众鞠躬，亦鞠躬答之。德皇穿兵官服，右臂络于胸前，左手持羽冠；德后穿紫呢袍，遍络黑绦。德皇宣言曰：“重见诸君，实邀天幸。今蒙惠顾，感谢良深。”众又鞠躬。遂挨次自英使起，各立谈数语，德后亦然。德皇与一等使或握手或否。凡皇与后至前，先鞠躬，就前半步，谈毕又鞠躬，退入班次。将至苞前，礼官曰：“中国署使某带同武随员某初次入见。”德皇鞠躬，亦鞠躬，且云：“中国留人在此交好，欣慰之至。”苞云：“奉大皇帝命致贺并问好。”德皇曰：“蒙大皇帝垂念，甚感。惟右臂未妥，烦为致谢。”又云：“刘大臣在此曾见两次，渠起程时，未及面托请大皇帝安，深为抱歉。”又询陈季同曰：“在欧洲几年？”答：“二年。”皇后称中国服饰大方，甚壮观瞻。又云闻已到过此地，想

与德皇交谈情形

水土相宜。所住房屋颇轩敞，余甚爱之。曾到数次。又云：烦请两宫皇太后及大皇帝安。苞亦云：奉命问好。德后鞠躬称谢。皇与后向众鞠躬而入。礼官皆金饰，斜楞衣缘，胸前宝星累累，手持短杖。又有朝太太者，亦华服而随后。后英使语苞曰："今日机会甚好，只此即算面君矣。"

[3]德皇与后明年西六月十二日为五十春金婚之庆，日本使臣爱俄基告曰：应通知中国，发一国书，或届时发电报贺之。

[4]泰西例，使臣见外部后，即谒各国头等公使。凡有所知，无不实告。谒头等公使毕后，土耳其公使萨多拉贝曰："吾侪东方国，习欧洲语甚难，一切规制亦有不同。敝国与中国通好已久，必当格外相待。"即到二三等使处投刺，并拜头等使夫人。俟二三等使报拜，再往请见，并拜其夫人。既遍，乃拜参赞随员。又往各部尚书、各营统帅、各书院掌教，皆造门投刺，亦俟报拜，再往请见，并拜其夫人。其他官绅不遍及。有先施者，则答之。亲王宰贰，非署使所应拜，曾致函外部，转询毕士马克，则函复云：嫁女下乡，未能接见。公使官绅之报拜，间有入门寒温数语而去。其愿交好者，则第二次报拜，亦请见。旋巴公使来函，谓署使虽不面君，然可致函外部，照过客例引见嗣君。当作函复之，曰姑照此间向例，不必急见也。

拜见各国公使

毕士马克（俾斯麦）

二等公使拜客礼节

[5]泰西通例，二等公使莅任，订见外部后，即见各国头二三等公使及主国各部尚书、司员、总教习、提督、总兵各官，此外爵绅及文武员弁、书院教习、告假官员，则俟其先施而后答拜。欲坐谈则延之入。凡拜客，可说明是投刺，是请见。既投刺者，第二次必应请见，不当再投刺也。不愿见者，男可云将出门，将用膳，女可云未穿衣，未梳洗，不为慢客也。凡必欲见而不在家者，不留刺，次日再往。如有公事面谈，则先日函订。凡拜妇女而仆人辞曰主妇某时在家，或某日在家，则届期应往。如专拜妇女，其夫不必陪坐。如拜客兼拜其妇女，则男人接见，或男人同陪，或并令子女出见，各随其便。

德皇伤愈都城欢迎

[6]德皇伤痊回都，市中遍竖国旗，缀以松柏，燃烛窗中。各铺皆奉德皇石像，戴以绿纸花环。各衙署以铁管弯曲作德皇冕鹰像，燃以煤气。各使署则悬各国本旗。德皇入都时，盛陈兵卫，官民商贾每队数百人，高冠新服，鼓乐迎导。耆老奉表，诣宫称贺。德皇亲降阶宣词答谢，大意谓百姓见余创愈，欢忻鼓舞，虽人藏其心，不可测度，然已见举国同心，毫无怨望。余邀天佑，遇险终夷。清夜扪心，何修得此。此后天年有限，能否与尔臣民共享升平，亦惟天所命，特横逆之来，意计所不料耳。国家刑律，自应从议宽减，先自布国始。而今德意志各邦一律办理。惟异端之党，不愿有君，群相作乱，欲其激发天良，应如父老贺表所云，以教诲子弟，为第一要事务。使通国

幼稚咸得就学，习尊君亲上之道，自不致萌叛逆之心。至贺表之词，未免过誉，余心甚惭。今特亲为答谢，愿臣民共谅余心。宣毕，耆老举帽三呼而散。

香港报纸讹传谣言

[7]英吉利驻南亚非利加美拉得岛之提督向中国学生何心川曰：今中国将助英拒俄，我辈可以安枕矣。意似姗笑。陈季同遇某国参赞云：我欧洲各国莫非姻好，亦莫非世仇。不知中国如何助之？询知为香港新闻纸讹传中国有与英国同仇同好之语也，季同力辨其无，而新闻纸之喜造谣言已可概见矣。

伊犁一事德报反应

[8]俄罗斯于交还伊犁一节，德意志新报馆友谈及中俄本无失睦，惟此事苟俄人持强败盟，则中亚细亚人添一劲敌。近年英国极愿与中国合力同心，而俄人恒思阴间之，恐中英合谋，则百年来横行于中亚细亚者即不能复逞耳。今闻俄人私议总应延约不还。以用兵论之，伊犁形势险要，为南北之枢纽；以通商论之，土脉沃饶，矿产尤多，且有伊犁河东西横贯，转输利便。俄人近年力为经营，视为久长之计。今之中国，兵械精良，心志坚定，西征之兵，不减于欧洲。俄人见中国自强之机，不敢显背前言，计必虚与委蛇，阴行其蚕食。中亚细亚之俄督考夫门语伊犁人曰：此地既为俄属，永无更改。语华人曰：暂管伊犁，实助中国，非为利也。盖俄人善用阴谋，挑动盗贼，助之军械，以为藉端吞并之计。从前谋基发、布哈尔、土

尔其，俱用此术，今恃为长技，又欲施诸中国，恐中国渐

俄报之说

悉外洋情形，不能如从前窃取东三省海疆之易矣。俄罗斯官报云，中国之遣使，若转为通商，驻英足矣。何以既驻英，又驻德？大约为谋俄起见。其结好于英者，欲订与同仇也；其结好于德者，欲断其右臂也。是皆西谚所谓欲谋近邻，须结远邻之法也。其遣使驻俄，大约只为伊犁耳。所可异者，适当华人聚兵喀什噶尔，英人深入阿富汗之时。不先不后，在此恰好。想华人未必有此深谋，必有为之画策者。今英人方与华人亲密，必谓乘此良时，所谋易遂。在英人则极力保护中国，但恐所谓保护者，不过如今日据居伯鲁岛以保护土耳其而已矣。

太姆士报主笔观点

[9]德都太姆士报馆主笔道克德爱白尔曰：俄人实肯以伊犁还中国，而兵部谓伊犁依山负险，进战退守，最为得地。苟欲经营腹地，与英抗衡，则勿还为便。又云：俄国人众而贪，其将多庸材，尚用法君拿破仑兵法，大队进攻，胜不相让，败不相救。

[10]外部总办古施楼来，谈及中国厘金，应俟各国会商，非德国所能作主，且须北京定议，非此间所能悬拟。苞谓：洋货进口，德居三十分之一，而中国实欲与德国实心交好，谅不肯倡言免厘，为人分谤。今虽巴使欲各国会商，而既由贵国发难，仍须贵国主持，勿损中国饷源为是。古君谓厘金既为养民卫国，自不便免，奈征无定额，

且多方索阻，各国咸谓病商，故欲会议去之耳。

[11]斯邦道营官德罗他来，言中国派来肄业四弁，至明年西九月则一哨之事可毕。德国整顿步军三十馀年，其规制之善，全在一哨工夫。为营为军，无非以一哨并合。四弁既晓一哨工夫，若中国欲令再习炮队一年，尤足增长见识。惟须由公使向德国商借年轻未娶之营官一员，与四弁同往中国，先令四弁分教挑选教习，由四人而十六人，渐得一哨一营，由德营官教以调度分合变化应敌之法，并令通德文者与译陆营阵法，则可得一营劲旅。否则四弁回华，但充教练，终属无济。盖此间营哨官，必在武弁学堂读书十馀年，考选五六次，而又加以历练者也。

步军之善全在一哨

分教挑选可得劲旅

[12]泰西各国关税，恒以户口较量之。德国近来匀计每年收税一万一千九百六十九万马克，合每人输二马克十之六。奥国收四千六百四十七万马克，每人输一马克三。法国收一万七千七百二十九万马克，每人输四马克八。俄国收一万九千二十七万马克，每人输二马克六。英国收四万一千一百二十二万马克，每人输十二马克六。意国收八千一百六十四万马克，每人输二马克。美国收六万二千九百万马克，每人输十六马克三。是英美最重，奥为最轻。

各国关税

[13]德都有会馆，为本国官员及使臣会讲学业、访闻时事之地，名曰噶西努。因令陈季同入其会。会馆为德皇主

德都会馆季同入会

政而举，总管、副管及提调六员，帮办六员，以专理之。每西二月下旬总会一次，以议应改章程，应置器具，须与会者三分之二允，方为举办。其会友分为三等，以殷实官绅、有恒产在柏灵者及使署人员、驻防武员列为一等，每年纳费一百四十四马克，非此则列为二三等，不得干预选举之事，不得与于总会，不得引人进会。二等年纳九十马克，三等者到则纳，不到则否。其初进会，俱先纳二百马克。凡进会，由一等会友引入，谒见执事，登姓氏于册，悬示于厅。越十四日，集会友，设柜，提调宣言今有某欲入此会，请各会友定之。于是各记准否，作纸阄纳于柜。提调启检之。如有二十八人准者，令入，不足者弗纳焉。

布国议院议事情形

[14]外部订观开布国议院，因往大王宫。登西南隅白厅之楼，各省议员咸集于厅。厅宽七丈，全施白漆。向南设宝座，上覆红绫华盖，下承三级，铺以红毯。丞相吐尔白希奉书率各尚书至南向立宝座东，各部以次并立。各议员北向。丞相宣读曰：布王两次被惊，幸叨天佑，众情欣慰。冢嗣监国，亦臣民所爱戴。今订诸君开设布国议院，首以筹款为要。去年出入相抵，所存虽多，而因赔垫德国要款，以致存款将罄，本年必形支绌。良因德国新成之事尚未获利，出款无定，而进款有常。且国中商务未兴，恒虑不能周转。日后拟改税则，以为补救。今须先定国债单式。凡布国各部，事烦人众，款抵不敷，亦须以此次国债弥补。其筹款用人等事，均须诸君商定。又内部定拟新

章，系随时改妥。至要之事，各村修路设学经费宜筹，而地方首务莫重于教。如何幼弁可备将才，如何下僚可胜大任，务须从长酌议。萨孙省教堂事，仍应共议。刑例数条，亦须商定，著为成例，俟明年十一月初一日纂入律书。前者各大学之律师纷纷辞去，今宜妥定新章，俾各遵守。去年学部未定之稿，亦宜发出再议。若广添民塾，需费不赀，亦宜酌中妥议。至于关系通商之农田工艺，国家第设法提挈，俾可日胜一日。总望本国所出土货渐多，鸠合资本，懋迁远方。又应立通商工会，添设各省银号，俾农工商贾均沾实惠。其火车栈章程，能否较胜于前，应添铁路处曾否确查，公司铁道购归国家曾否加多，各处水利曾否兴修，去年所商保护园林之事应否续议，均应诸君逐一斟酌。近年筹款甚难，惟望撙节估计，以副诸君爱民保国之心。宣毕，各议员举帽应之。

[15]泰西各国，现禁民间不得自备军械，如需猎枪，亦应报领凭照，因平会屡谋弑逆之故。此会西语“莎舍尔德玛葛里”，各国皆有之。瑞士民政混迹尤多。在俄者曰“尼赫力士”，在法者曰“廓密尼士”。德都有平会五万八千人，且有充议员者，不能禁也。 民间不得自备军械

[16]柏灵都城在士普里溪，上通爱尔泊河，以达波罗的海。有民一百万，附郭二十五万，为欧洲第四城池。高于海面九十八尺。旧城在士普里河右，即今王宫迤东一隅。 柏灵即柏林

道光十年后，贸易渐兴，浸为要城。地皆沙碛，全赖引水供栽种汲饮。又无山石，造屋以砖，陶埴颇胜。城中街道纵七横十馀。横街之温德尔得令登街，宏丽喧阗，甲于全城。是街东抵大王宫，以旭落士桥通之。桥列古仙石像八。西抵白仑丁裒之得胜门，房屋整齐，希腊、罗马各式俱备，绿荫夹道。中为御道，旁马道，又旁为马车道，又旁为步行道。市肆罗列，士女如云。新旧王宫及储君宫、博物院、军器院、太学、书楼、画院、戏园、蜡像馆，咸在焉。得胜门砌石为门五道，建于乾隆五十四年，计费金钱七万五千，上有神女御四马铁车。其南半里有来伯吸士街，房屋市肆，稍逊于温德尔得令登。其纵街则以福尔得利街为最长，直贯城中一千一百四十丈，有铁马道车，房屋较逊。其东平行数街，如沙路屯、马格芬，则较短。惟其西之维耳今街，自得胜门内折南斜东，工整宏敞，为纵街之最。亲王府、相府、大衙署咸在。出得胜门迤西，为氏尔噶屯之囿。

市肆罗列士女如云

阿欣古城

[17]阿欣古城，本罗马人所建，其后削尔蛮王居之。西历八百十四年，王殂，为自主之城。其礼拜堂，乃罗马规制，为德国营造所宗式。城北有高山，其脉迤西绕至城内，地多硫泉。铁道自北绕出东南，车场在其城南，居民七万五千。灯火万家，居然都会也。

[18]谷郎，沿来因河西岸，为德国第六通商大城。西历

五十年行比阿民所筑，后为下日耳曼都城。一千二百十二年，为自主之城。一千七百九十四年，地属于法。及拿破仑败，地属布国。居民十三万。河东为德次城，有民万馀。铁道自西北隅渡河而来，过大铁桥，长四百十二迈当。上层过汽车，下层过马车，两旁可步行。俱麂眼铁楞隔之。两端各有国王铜像，为维令一，维令四。 大铁桥

[19]汉奴乏，本为日耳曼大邦之都，因一千八百六十六年布亲奥，布人既胜，遂收其地为一省。旧城跨来纳河，开拓东北，峻宇通衢，整齐雄厚，有一千七百五十年之古王宫，今为布王离宫。大戏园、博物院、礼拜堂，无不壮观。并临顿乡计之，有民九万。铁道过城东北，车场宽广。 汉奴乏即汉诺威

[20]东北境卜美阿里省城，距柏灵七十六英里，曾属瑞典，一千七百二十年属布。为通商要邑。以炮台为城，在奥德阿江右岸。江口为水师泊船之所。每年货船二三百艘，运木酒、麦鱼等货。运入者值四千馀他，拉运出者称是。

[21]德国在百磊门相近之维式厂定造铁甲炮船，名曰喀米里阿，系单轮浅水船。积一千一百顿，甲厚二十生特。圆台内置钢炮一尊，口径三十生特半。炮弹重三百五十启罗阁冷，用药七十五启罗阁冷，汽机七百匹马力。入水十 铁甲炮船最为合用

尺。速行每点钟十海里。下水时，人皆颂海部之功。因前次钢片皆取资于英，此次由德国氐丙煤矿所产，不必仰息于人也。精水师者，咸谓此船吃水既浅，铁甲又坚，最为合用。

铁壳快船轻便灵捷

[22]克乐博新制毕福脱炮船，为铁壳之快船。船面置大炮一尊，无轮架而有枢柱。寻常时入水不深，若以攻炮台，则令水入隔堵，即船身露水不多，可避敌炮。其炮不用时，可藏伏舱下，又可周转。开放数杪时，即已旋转一周，不必挪动其船也。且船小舵灵，运动甚便。近来大铁甲船占地甚宽，易于受击。以此船与铁甲船较，则大小贵贱无不悬殊。以此论胜负，犹以一与十相博也。设造此船数艘，随大铁甲为一军，则可以大铁甲为营，以此船迎敌。炮弹、鱼雷，俱不必虑也。今拟造长一百尺，宽十八尺，入水七尺汽机，四百五十马力，每点钟行二十海里。上用十五生特迈脱大炮一尊，其钢弹可穿五百迈脱远、九寸厚之铁甲。其船只用十五人。又闻克乐博现制一寸半径之炮，与格德令炮略同，可击敌人之水雷船。

[23]奥斯马加，在波希米阿之省城帕哈考验新旧兵枪，试得新式之库巴乞格，胜于旧式瓦恩得。因新式远而且准，坚朴易用，可以趸装药子，接连施放也。盖瓦恩得每半分时可发七八次，一千八百步已难取准；库巴乞格每半分时可发十次，二千二百步尚能中的。

德都书库藏书丰富

[24]德都书库在新王宫之旁，西名扣尼西力喜比伯黑鸟台克。掌东方书籍者赫美里，约往观之。左屋列数千年前乐谱及各国古字，俱羊皮为之。次入右门，过掌书所架，有书目二百册。穿过长巷，右屋为各国地图说，左屋为观书之所，鳞比设座。每日九点钟集，四点散。任领何书，按籍检付。目耕手挥者，恒二百馀人。每日十点钟可上楼遍阅他书。讶其房舍曲折，不若英法之轩敞。其帮办波士门云：一千七百七十五年，弗里格磊王饬建书库。恩格请颁式，王指书柜示之，故作是式，五年而成。又过数屋，庋藏各国史记，标题曰英史、法史，分国列架。次到大书厅，排列古时写本，以玻璃匣函之，有希腊古书，以楷书字母连贯而无段落。有始为聚珍版之古登白克所印第一书，亦羊皮为之回部之哥仑经写作八边形式，有路得及米兰登手抄之耶稣经。临窗数架，为布法战事之书图数百种。装潢华丽，厅分上下层，四周有飞廊，下层皆格致性理，西名费克音司之类。中列布国历代帝王像，白土抟成，末座即今德皇也。右上为亨保尔脱像，著书人也。上螺梯循廊而右，为各国语言书，西名费劳洛真之类。又进为东方国之原书，则赫美黑所掌也。土耳其、阿剌伯、波斯古籍甚多，西藏、缅甸、暹罗各有写本、印本。三四千年前之印度书，皆坚薄羊皮，大半作葵黄色、象牙色，远胜藏经笺。其婆罗门教之里格飞答经，则四千年物也。梵文字汇、蒙古旧史、吐番记载，皆中国所罕见。赫君任取何种文字，辄能成诵，且通华文。又进一门，为中国、日

本之书，有《大清会典》《三才图会》《汲古阁十七史》《元史类编》《明史稿》《西清古鉴》《尔雅图》《文献通考》《司马通鉴》等书，《古今图书集成》只存草木图，有《性理真铨》一册，为乾隆朝西国教士所撰，虽发明西教，而元妙如禅理，精微似宋学，盖其时教士犹多通儒也。日本书较多，大半是唐土名胜、画谱、类书、棉谱、花谱、杂记、小说而已。统计藏书九十万册，又手钞者一万五千册。

[25]德都书楼正监督里白休士之夫人，论及春秋以前有无信史，如外纪、《竹书纪年》，半多后人伪撰，不知《史记》所依据者，更有何书。苞答：《竹书纪年》，惟伊尹事纰缪，然日月干支用三统术上推悉符，实非全属伪撰。里君首肯，且谓北无入声，古音皆然，美利坚、土番亦然，谅是天地元音。夫人又询中国叶韵始于何时。苞答：可考者四千年前虞书有明良之句，至“三百篇”而叶韵甚多。夫人曰：不过是借用之韵，本无一定，希腊古诗多有之，亦与“三百篇”同时。又谓“三百篇”之后，变为古乐府，其长短变换，动与古合，大约是论乐府之节奏，惜博翻译传述不明，无从索解。欧洲人讨论中国古文诗词、满蒙文字，有苦心孤诣，至死不休者。且有妇女详考亚细亚古民种古文词者。凤仪在英遇垂髫女子，指曰此人头颇是蒙古种。苞在巴黎遇人谓是老子后裔，适郭大臣在座，甚奇之。

[26]德意志为文学荟萃之区，格致词章，自古著名。其各书院掌教，多老师宿儒，是以各国访道之士，咸来印证。

[27]德都文词会总办为犹太人，盖士人集资刊图印书之所，或由会中人撰绘，或以前人原本翻印，皆装潢华丽，大半史传诗歌，为赠遗、妇女陈设客厅之用。其各国山川人物，俱以石版印法，套五色，与油画无异。日耳曼古史一巨册，方印竣，购之以备考证。

[28]学士芍克年已七十有六，著作等身，兼精东方学问。见其二十年前用德文所撰中国文法、古语考等书。又通清语、蒙古语，手为编纂者数十册。以《三合便览》《清文汇》见示，旁多小注，手订歧误。今虽衰迈，尚将《契丹志》译作德文，已脱稿二卷，且云拟译辽、金、元三史。苞赠以《瀛寰志略》，开卷数行即摘出错误数处。 学士芍克精通汉学

[29]地图局设专绘地图之员，而以提督掌之。计德国全图须七十年而竣。今开办已十馀年。初测者绘成二万五千分之一高下，林木房屋，无不毕具。又缩成五万分之一，而刊以铜版。又缩成十万分之一而刊为总图，仍随时复测，如有增添房屋之事，随即修改。 地图局

[30]风俗喜礼貌，惜妄费，尚显荣，耽烟酒。凡识面 德国风俗

者，每遇必举冠。英人谓德人之冠无五分时安稳。武官则举右手于鬓为礼，虽提督见兵，亦答礼。名片之官衔，衣襟之宝星，皆以多为贵。官衔有多至四五行，宝星有多至四五十枚者。女人见亲长尊客，必屈双膝。昔无握手礼，近十馀年始行之。卑者不与尊者握手，尊者出手则握之。紧握重顿者以示亲昵。最亲之友可接吻，须发皓白者亦然。遇稔友之妻，可以吻接其手。每筵罢，又各握手。礼文甚周也。凡男女称谓须带官阶。英人称式尔已为尊敬，德人称迈音罕尔未为尊敬。称妇人曰马代姆，女曰马代马赛，亦未为尊敬。必查其职守称之，方不为简慢。如称男人，必称官职，称女人之有爵者曰某爵夫人，有官者曰某官夫人。及学士夫人、教习夫人之类，或自尚书夫人以下，乃氏西弗老尔尔，其女则概称福来林。凡男女大半加一芬字，则世爵相连之字，犹法国之特也。德之世爵，嫡派支派，世及罔替，男女无异，故几无人非爵，即无人不芬矣。又有商人自称好夫尔拉脱者，每年须纳税一百马克左右，其馀职衔，皆国家论功赏赐，不准自称。惟他人称之者，或可过尊也。烟酒之嗜，甚于他国，市厘亦烟酒居多。自将相以至佣工，每衔二尺长之大烟袋，斗大于杯，每筵罢，入室饮加非，尽人吸烟。云霞满室，虽妇女未散，不顾也。昔有将军送王女出嫁于英，舞会未终，将军出烟呼吸，捕役逐之，主人不能缓颊也。各书院学生遨游街市，衔烟呼酒，衣冠与齐民等，不似英之方巾深衣，易于辨别也。又有听乐饮酒之所，王宫西边之加非庖，则终年沽酒，晨夕无间。礼拜日午后，游人尤众，贵贱杂处，耦居无猜。每有工匠蓬头垢面，挟其妻女浓装华服，姗姗其来。围坐七八人，中设皮酒一大瓯，男女合饮之，惟鲜有酗酒者。富贵之家，上午用茶点一次，午后大餐一次，荤腥二三味，皮酒一杯。日入后，又茶点一次，冷肴一二味，牛羊鸡鹅，恒隔数宿，不似法之日食四次、英之大块脔切也。市中饭馆，每人每餐六马克者，已可宴客。其佣工匠作，有每日仅费一马克者，勤俭冠于欧洲。

德剧极似《牡丹亭》

[31]德都戏剧演故事，有公主在离宫梦与王孙订婚，醒后不知王孙所在，婢告曰园外破寺。有解梦妇，盍询诸，而妇实枭神所托，因王毁其寺，方衔之。许公主以明年当送线轴入宫，线成可遇王孙。明日邻国太子方率女乐来聘，公主未许，而枭神适至，女主及朝臣皆暴死。旋有福神护之，谓百年卧醒，可夫妇相会。极似《牡丹亭》事迹。

[32]美国驻德国公使美耶台勒卒，因往送殡。见停棺室中，覆以黑呢，维以花圈。棺形上下均敛，如两斗相合。会送者男妇百馀人。美公使夫人衣黑，掩泣陪女宾同坐。美国公法师汤模孙诵诔词曰：美公使台勒君去年创诗伯果次之会，曾谓继起何人，良深感喟。今而知继起者，即台勒君也。自古诗人幼皆贫贱，励志不衰。台勒幼牧羊，长充印书苦工，节膳赀以游日耳曼。攻书访友，精化学、地

学、史学，所撰游历记已行世，而卒以诗名。笺注果次诗集，尤脍炙人口。游历中国、日本，俱有记载。美国因其久与德国人士游，遂派充公使。莅任以来，交涉事务，秩然有序，两国交谊日深。其人谨厚和平，善诱后进。是功德言三者皆不朽，虽谓台勒君未死可也。今日同使诸公及亲友会送，惟祝万邦协和，永无战争，则天下苍生之福，亦台勒君之愿也。诵毕发引，而客散。按果次尔为德学士巨擘，生于乾隆十四年，工诗词，著作甚富。于道光十二年卒。

果次尔（歌德）

耶稣生辰以为大节

[33]西历十二月二十五日，相传为耶稣生辰。奉教之国，咸以为大节。上午男女齐集教堂，诵经听讲。先三日以糖果玩物耍具，先一日以食用之物，馈赠亲友，奖赏婢仆，并分赠彩绘名片，缀以吉语。向晚每家供以柏树，密悬五彩烛枝、玩具、果品，邀集亲友，男女长幼围坐一桌，嘉肴旨酒，枣栗糖果，无不毕陈。宴罢，作猜枚藏钩一切嬉戏，尽欢而散。虽贫贱之家，亦供盈尺围，饮苦酒，前后三日咸各休息。

[34]德都有氏尔噶屯之囿，绿树万章，幽径四出，溪沼潆洄。广八百馀丈。礼拜日车马络绎。彼都人士方诸文王之囿。盖古为禁中兽院，近年与民同之也。园中有西吸士少欧勒得胜塔，下方上圆，顶立金神，乃胜法后建也。

童艺院

[35]泰西之童艺院，创于瑞典，继于丹马，由绅富捐给经费。去年德国亦效之，每年开设两次。先令地方查明无业子弟，选其聪慧者，延师教以雕刻、订书等艺之浅近者，限六礼拜内学成，考验有效，集资以奖其师。

劝捐方式

[36]泰西各善堂经费偶绌，或他国有偏灾，则王公将相之命妇闺秀，相约成会，或歌舞，或演剧，函招绅商观听。或出亲制之针黹石刻油画，或捐己之首饰玩好，或设花果酒肴，或集衣服杂物，函致相识者来会，抬价劝购，或会集教堂，跪求布施。但以招徕之广，劝募之多为荣。即笑语诙谐，勉效市井，亦所不惜。国后王妃，亦乐为会首，为之提倡。

显微镜水族院

[37]德都有迈克罗士谷施比阿夸林，译即显微镜水族院也。人纳一马克，上楼有室三楹。中室左案置显微镜七，各嵌水晶宝石，微如纤尘，以镜窥之，灿然五色，面面不同。右案置迈克罗芬显声机三角分元镜台、拉芬传声机，室中以五丈线悬一铜球，自然摆动，数秒时往来一次，恒循子午线偏右十度，谓可证地动绕日之理。左室作大喇叭二，径约五尺，由树胶细管中作语声，可及远。或一耳属管口，可闻远处絮语，可证声音聚散之理。又置芬奴格拉非传语机，以手摇转，左手飞轮助之，其声不甚分明。壁悬验皿器木板，长二尺，上下各缀玻璃空球，以细玻璃管盘曲通之，中贮红水。别有玻璃管直通上下两球，令红水

自上球循直管下注逼气，由曲管上行，既见红水滴滴，鱼贯随行，上离各半寸，行速于蚁，排列极匀。若以手指轻击木板，则即两滴相近而不行，以证人身血随气行，周流不息之理。右室置显微镜六十架，各嵌猪肉虫疥虫蜻翼蚊睛蚁足及毛肤等物。又见生虾蟆足、鲜鱼翅，其中血脉红色流行，汩汩如泉。又有一微点，为极小活螺，窥其呼吸匀速，与人相似，大约为水中微虫居多，故取名水族院。实则为售显微镜之所。镜光之大，自七十五倍至四百五十倍。

电机厂

[38]德都有西门士哈尔该电机厂。先观各种电灯及西门电机。大约哈仑母法之后，惟西门士法最精。其俄人耶伯尔考夫之电烛，每十六枝者用汽机十二马力，四枝者三马力，配合精致，较胜于法厂。次观电机，则新创者甚多。一为车栈之大报镜，中有重锤下坠，而以电气连于活闸，机脱钟鸣。一为火车之行速表，有针盘旋，以指每点钟行若干路，如速至五十二克罗迈当，则钟鸣不绝，闻者罚其司机。一为火警表，每街设一长方匣，联以电线，如第十二号失慎，则各匣俱现十二字样，且钟鸣弗绝，俾赴救者知其趋向。一为电报伏线。布法战时，陆路电线易于割断，其后布国遂用埋土之伏线，与过河电缆相同，合七线为一夹，以麻绳鬃以黑漆。今柏灵及诸大城已皆用伏线。一为探报线，系陆军前锋巡探所用。以三铜线合成细电线，联于台拉芬传声之机，令二兵曳走，一负电线，一负

电池箱。凡所见地势夷险、敌兵情形，以传音机告之大营，俾其筹备。其传声机中小电机二，外套叫管，此处吹之，彼处闻叫，即摘去管而属耳焉，数十里外皆闻。俄土之战已用之矣。其馀各种电器，与伦敦之昔乏尔唐电器厂异曲同工。

[39]德都有工艺会市，西语改伏尔拜乏伦阿歌台登好。凡工匠新奇手艺及私家制造，非市肆所成者，咸列其内，而令匠家妇女发售之。入观者人纳半马克。罗列瓷木铜铁金银诸器，各擅其妙。有黄色陶器，坚致如石。所镂花纹，非人工所及。询知先用印石法，后用镪水蚀法，专门秘授，不知其详也。其瓷器所留映相用作桌面匣，盖颇雅观。 工艺会市

[40]泰西火车路以英最繁，车亦最多，法次之，德、荷、比又次之。而碰车、出辙、歧误诸患，比、荷最多，德次之，英、法则不数见。

李凤苞使德日记

人名索引

三画

三宫义允（日驻德参赞）
4,12,29
士吐尔白希（德联邦之布鲁斯首相）
4,10,25
士叨吐甫（俄提督，派往阿富汗使臣）
4,11,29
马建忠
4,10,5　4,12,1　4,12,18

四画

瓦德（前驻德英使）
4,11,17
比尔脱（瑞典驻德二等公使）
4,10,17
日意格（洋监督）
4,10,2　4,10,5
贝奴马尔
4,10,17
凤仪
4,10,26　附 25

五画

古施娄（德国外部总办）
4,12,13　附 10（附录作古施楼）
可仑比施（内部尚书或内务部长）

4,10,26
卢赛尔（驻德英使）
4,10,6　4,10,13　4,10,20　附 1
氏脱里取（工厂主）
4,12,21
尔力德耳（德国以地学通于史传者）
4,11,24
尔里次叨芬（德国地理学家）
4,11,15

六画

芍克（德国学者、汉学家威廉·硕特）
4,11,13　4,11,23　4,12,18　附 28
亚古柏（阿富汗王子）
4,11,29
西尔阿力（阿富汗国王）
4,11,29
达们（海为岛署使，认识容闳）
4,12,12
毕士马克（即德国首相俾斯麦）
4,10,17　4,12,29　附 4
毕根士飞（英国首相）
4,11,5
毕鲁（德国外交部长）
4,10,10　4,12,5
刘孚翊
4,10,8　4,10,29　4,12,15
庆常
4,10,8　4,10,11　4,10,16　4,10,26　4,11,26　4,12,4　4,12,5
汕乏连（驻德法使）
4,10,15
汤谟孙（美国公法师）
4,12,1

七画

芬班生（德外部总办，曾为出使中国随员）
4,11,17
芬得海德（使馆别墅房主）
4,11,1
李爵相/李节相（李鸿章）
4,10,2　4,10,24
吴布里（驻德俄使）
4,10,14
里白休士（书库正监督）

4,10,26

里尔乏斯（葡萄牙驻德二等公使）

4,10,17

何心川（李凤苞学生）

4,12,1

亨保尔脱（德国地理学家洪堡）

4,10,24

闵士达（驻英德使）

4,10,5

沙力士百里（英国首相）

4,12,29

陈季同（字敬如）

4,10,4　4,10,5　4,10,7　4,10,10　4,10,13　4,10,15　4,10,18　4,11,15　4,12,1　4,12,17　4,12,18　附2　附7　附13

邵小村（参赞）

4,12,5

邵胡（巴西驻德二等公使）

4,10,17

八画

昔勒（席勒）

4,11,29

果次（歌德）

4,11,29　附32（作果次尔）

罗士脱（香港商人）

4,12,21

罗丰禄

4,10,4　4,10,7　4,10,27

罗讷（驻德意使）

4,10,13

和脱（瑞士驻德二等公使）

4,10,17

金登干

4,10,21

河岛醇（日驻德随员）

4,12,29

波士们（柏林书库副总办）

4,10,21　4,10,24　4,12,9

郎噶贝（希腊驻德二等公使）

4,10,17

九画

荫昌

4,10,8

柏次

4,10,4

拜阿（德国议员）

4,10,23　4,11,4

美耶台勒（美国公使）

4,11,29

洛令登（印度之英督）

4,11,29

退辣（美国驻德二等公使）

4,10,17

十画

套德（丹麦驻德二等公使）

4,10,17

钱德培

4,10,8

拿破仑

4,11,7

爱俄基（日本驻德二等公使）

4,10,17　4,12,22　4,12,26　4,12,29　附3

高氏耶

4,10,5　4,10,7

郭筠帅/郭大臣（郭嵩焘）

4,10,2　4,10,3　4,10,4　4,10,5　4,10,26　4,11,23　4,12,14

容闳

4,12,12

密腊

4,11,28

诺汤（比利时驻德二等公使）

4,10,17

桑卜隆（英国派往阿富汗使臣）

4,11,29

十一画

萨多拉贝（驻德土耳其公使）

4,10,17　附4

崇宫保（崇厚）

4,11,26　4,11,29　4,12,4　4,12,5　4,12,6

得赛美桑（法随员）

4,11,15

十二画

博郎

4,10,10　4,10,13　4,10,14　4,10,19　4,10,26　4,10,27　4,11,2　4,11,26　4,11,27　4,11,28　4,12,4

蒋丹如（参赞）

4,12,5

傅兰雅(西士)

4,10,6　4,10,7　4,10,11
4,10,21　4,12,15　4,12,18
4,12,28

斌台尔（北德意志报主）
4,10,29

赓音泰
4,10,8　4,10,26

道克得爱孛尔/道克德尔爱孛尔（太姆士报主笔）
4,10,27　4,12,23　4,12,25
附9（作道克得爱白尔）

十四画

赫美里（柏林书库东方书籍管理者）
4,10,21　4,12,18

蜚仑洛赫奈（德国画家）
4,10,8

銮伏（德下议院议员）
4,11,28

十五画

黎庶昌
4,10,5　4,10,6

德明
4,12,5

德罗他（德国营官）
4,11,15

李凤苞使德日记

译名简释

五画

生德迈脱/生脱/生特

centimeter，厘米

白罗色耳

Brussels，布鲁塞尔

他拉

ton，吨

汉奴乏

Hannover，汉诺威

六画

考司马司

cosmos，宇宙

考步耳

Kabul，喀布尔（阿富汗首都）

迈脱

metre，米

七画

克力斯马士

Christmas，圣诞节

来伯吸

Leipzig，莱比锡

亨保尔脱

Humboldt，今译洪堡，德国著名地理学家

启罗迈当

kilometre，公里

启罗阁冷

kilogram，千克，公斤

阿甫干/阿富干

阿富汗

八画

昔勒

Schiller，席勒

果次

Goethe，歌德

罗意十四

今译“路易十四”

九画

美阿

mayor，市长

十一画

密理迈当

millimeter，毫米

十二画

奥克士福德

Oxford，牛津

走向世界丛书一百种

初编三十五种以 * 标出

谢清高 **海录**
* 容　闳 **西学东渐记**
* 林　鍼 **西海纪游草**
* 罗　森 **日本日记**
* 斌　椿 **乘槎笔记**
* 张德彝 **航海述奇**
* 王　韬 **漫游随录**
* 志　刚 **初使泰西记**
* 张德彝 **再述奇**（欧美环游记）
* 张德彝 **三述奇**（随使法国记）

王　芝 **海客日谈**
* 祁兆熙 **游美洲日记**
* 李　圭 **环游地球新录**
* 郭嵩焘 **伦敦与巴黎日记**
* 张德彝 **四述奇**（随使英俄记）
* 黎庶昌 **西洋杂志**
* 刘锡鸿 **英轺私记**

李凤苞 **使德日记**

钱德培 **欧游随笔**
* 何如璋 **使东述略及杂咏**
* 张斯桂 **使东诗录**

黄遵宪 **日本国志**
* 黄遵宪 **日本杂事诗**〔广注〕

陈兰彬 **使美纪略**
* 曾纪泽 **出使英法俄国日记**
* 王　韬 **扶桑游记**
* 徐建寅 **欧游杂录**

谭乾初 **古巴杂记**

王之春 **谈瀛录**
* 李筱圃 **日本纪游**

池仲佑 **西行日记**

蔡　钧 **出洋琐记**

袁祖志 **瀛海采问纪实**

张祖翼 **伦敦竹枝词**

王以宣 **法京纪事诗**

潘飞声 **西海纪行卷**

潘飞声 **柏林竹枝词**

潘飞声 **天外归槎录**

张荫桓 **三洲日记**

邹代钧 **西征纪程**

王咏霓 **道西斋日记**

张元济 **环游谈荟**

余思诒 **楼船日记**

缪祐孙 **俄游汇编**

张德彝 **五述奇**
* 傅云龙 **游历日本图经馀记**

傅云龙 **游历美加等国图经馀记**

洪　勋 **游历闻见录**

崔国因 **出使美日秘国日记**
* 薛福成 **出使英法义比四国日记**
* 薛福成 **出使日记续刻**

陈道华 **日京竹枝词**

严　修 **东游日记**
姚鹏图 **扶桑百八吟**
凤　凌 **游馀仅志**
＊ 黄庆澄 **东游日记**
吴宗濂 **随轺笔记**
宋育仁 **泰西各国采风记**
王之春 **使俄草**
伍廷芳 **美国视察记**
＊ 蔡尔康等 **李鸿章历聘欧美记**
张德彝 **六述奇**
刘学询 **考察商务日记**
黄　璟 **考察农务日记**
罗振玉 **扶桑两月记**
罗振玉 **扶桑再游记**
丁鸿臣 **东瀛阅操日记**
沈翊清 **东游日记**
＊ 梁启超 **新大陆游记**
张德彝 **八述奇**
载　振 **英轺日记**
吴汝纶 **东游丛录**
双　寿 **东瀛小识**
缪荃孙 **日游汇编**
周学熙 **东游日记**
＊ 单士厘 **癸卯旅行记**
凌文渊 **籥盦东游日记**
张　謇 **癸卯东游日记**
蒋　煦 **西游日记**
王景禧 **日游笔记**
陈　琪 **环游日记**
＊ 康有为 **意大利游记**
康有为 **德意志等国游记**
康有为 **英国游记**
＊ 康有为 **法兰西游记**
韩国钧 **实业界之九十日**
李濬之 **东隅琐记**
盛宣怀 **愚斋东游日记**
＊ 戴鸿慈 **出使九国日记**
金　鼎 **随同考察政治笔记**
＊ 载　泽 **考察政治日记**
程　淯 **丙午日本游记**
康有为 **西班牙等国游记**
杨泰阶 **东游日记**
文　恺 **东游日记**
左湘钟 **东游日记**
吕珮芬 **东瀛参观学校记**
＊ 林汝耀 **苏格兰游学指南**
＊ 单士厘 **归潜记**
金绍城 **十八国游记**
附 艾儒略 **职方外纪**
附 南怀仁 **坤舆图说**
附 丁韪良 **西学考略**
附 艾约瑟 **西学启蒙**

图书在版编目(CIP)数据

欧游随笔/(清)钱德培著．使德日记/(清)李凤苞著．—长沙：岳麓书社，2016.9(2022.6 重印)

(走向世界丛书/钟叔河主编)

ISBN 978-7-5538-0638-9

Ⅰ.①欧…②使…　Ⅱ.①钱…②李…　Ⅲ.①随笔—作品集—中国—清代②日记—作品集—中国—清代　Ⅳ.①I264.9②I264.9

中国版本图书馆 CIP 数据核字(2016)第 178617 号

OUYOU SUIBI SHIDE RIJI

欧游随笔·使德日记

作　　者：钱德培　李凤苞

校 点 者：穆　易

责任编辑：杨云辉

责任校对：舒　舍

封面设计：吴颖辉　贺红梅

岳麓书社出版发行

地址：湖南省长沙市爱民路 47 号

直销电话：0731-88804152　0731-88885616

邮编：410006

版次：2016 年 9 月第 1 版

印次：2022 年 6 月第 2 次印刷

开本：890mm×1240mm　1/32

印张：9.125

字数：204 千字

ISBN 978-7-5538-0638-9

定价：45.00 元

承印：北京虎彩文化传播有限公司